dtv

Deutschland 2019: Der Sozialstaat steht kurz vor dem Zusammenbruch; mehr als zehn Millionen Menschen sind arbeitslos, und ein großer Teil der Bevölkerung ist verarmt. Vor dem Hintergrund horrender Steuern und Sozialabgaben hat eine inoffizielle Organisation begonnen, Sozialhilfeempfänger bei Krankenhausaufenthalten durch Verabreichung eines Giftes zu töten. Volker Kühn, ein ehemals erfolgreicher Kundenberater, ist zum Sozialfall geworden und wird im städtischen Krankenhaus Opfer dieser »Behandlung«. Durch einen Zimmergenossen erfährt er, dass er das Gift bereits erhalten und nur noch wenige Stunden zu leben hat. Er flieht aus der Klinik und versucht, verfolgt von den Agenten des mörderischen Systems, die ungeheuerliche Wahrheit publik zu machen. Ein schockierender Thriller, der hoffentlich niemals Wirklichkeit werden wird.

Andreas Laudan, geboren 1967 in Lüneburg, ist promovierter Musikwissenschaftler und lebt heute als freier Schriftsteller in der Nähe von Hamburg. Seinen Lebensunterhalt verdiente er lange mit Gelegenheitsjobs am Rande der Armutsgrenze, später mit einer Anstellung als Kartenverkäufer. ›Pharmakos‹ ist sein erster Roman.

Andreas Laudan

Pharmakos

Roman

Deutscher Taschenbuch Verlag

Die Handlung des vorliegenden Romans ist frei erfunden. Sämtliche im Text genannten Personen, Presseorgane sowie Wirtschaftsunternehmen einschließlich ihrer Namen und Standorte sind fiktiv; Ähnlichkeiten mit wirklich existierenden Personen, Presseorganen oder Wirtschaftsunternehmen sowie deren Namen und Standorten sind unbeabsichtigt. Zufällige Namensähnlichkeiten wurden, so weit dies möglich war, durch Internetrecherche vermieden, können jedoch nicht völlig ausgeschlossen werden. Auch die Medikamente *Axxidizyn*, *Hämoliquidon* und *Noctagil* sind rein fiktiv und spielen nicht auf möglicherweise existierende Arzneistoffe mit graphisch oder phonetisch ähnlichen Namen oder vergleichbaren pharmakologischen Eigenschaften an.

Originalausgabe
Mai 2009
Deutscher Taschenbuch Verlag GmbH & Co, KG,
München
www.dtv.de

Umschlagkonzept: Balk & Brumshagen
Umschlaggestaltung: Michaela Korbel unter Verwendung
einer Illustration von mauritius images/age
Satz: Greiner & Reichel, Köln
Gesetzt aus der Garamond 9,75/12,25
Druck und Bindung: Druckerei C. H. Beck, Nördlingen
Gedruckt auf säurefreiem, chlorfrei gebleichtem Papier
Printed in Germany · ISBN 978-3-423-21139-0

Wer nicht arbeiten will, der
soll auch nicht essen.
2. Tessalonicher III

ERSTER TEIL

12.00 – 16.00 UHR

12:04

zeigte die Digitaluhr auf dem Nachtschränkchen. Volker Kühn blickte abwesend auf die hellblau leuchtenden Ziffern – dann sah er sein Gesicht in der dunklen Spiegelfläche dahinter und erstarrte: Blassrote Pusteln bedeckten seine Stirn wie ein bizarres Muster aus getrockneten Blutflecken.

Kain hatte gesündigt, und Gott hatte ein Zeichen an seiner Stirn gemacht. Und Kain musste fortgehen und im Lande Nod wohnen – dem Land, aus dem niemand zurückkehrte.

»Nein«, hörte Volker sich sagen. »Nicht so … nicht *so* …«

Er stürzte ans Bett seines Nachbarn, packte den Sterbenden bei den Schultern und rüttelte ihn. »Andresen! Um Gottes willen, kommen Sie zu sich!«

Andresens Augenlider flatterten, und sein Blick, schon halb in einer anderen Welt, fing sich mühsam an Volkers schreckverzerrtem Gesicht. Einige Sekunden lang sahen sich die beiden Bettnachbarn stumm in die Augen.

»Sie auch?«, flüsterte der Ältere. Dann dehnte sich sein Brustkorb zu einem mühsamen Atemzug, und sein Kopf sank zur Seite. »So eine Schande«, sagte er. »Ein junger Kerl wie Sie …«

»Ich will nicht sterben!«, stieß Volker hervor. »Helfen Sie mir, Andresen! Was kann ich tun?«

»Gar nichts können Sie tun«, sagte der alte Mann müde. »Legen Sie sich hin, dann geht es schneller. Kämpfen Sie nicht dagegen an.«

»Wie viel Zeit noch?« Volker packte den ehemaligen Arzt bei den Schultern und drehte ihn zu sich herum.

»Einen halben Tag«, sagte Andresen leise, »wenn Sie ruhig liegen bleiben.«

Volker wurde schwarz vor Augen. »Und wenn nicht?«

Andresen schüttelte den Kopf ... sehr langsam, und sehr lange, als könne er nicht glauben, was offensichtlich war. »Sie wollen es hinauszögern?«

Volker nickte wild.

Andresen seufzte. »Dann bewegen Sie sich. Laufen Sie herum und halten Sie Ihren Kreislauf in Gang.« Er wandte den Kopf zur Seite und nickte in Richtung seines Nachtschränkchens. »In der Schublade dort ist Aspirin. Nehmen Sie vier Tabletten auf einmal, und jede Stunde eine weitere ... das verdünnt das Blut.«

Volker riss die Schublade auf und kramte mit fliegenden Fingern nach den Tabletten. Endlich fand er das Röhrchen und schraubte es fahrig auf – die Tabletten fielen heraus, verstreuten sich über den Boden, und einige kullerten quer durch das Krankenzimmer. Volker fluchte, warf sich auf den Boden und haschte nach einer Tablette, die unter das Bett seines Leidensgefährten gerollt war.

»Unfassbar«, hörte er von oben Andresens Stimme. »Die müssen sich wirklich sicher fühlen ... zwei von uns am selben Tag, im selben Zimmer ... vielleicht, weil keiner von uns Angehörige hat.«

Volker achtete nicht auf ihn. Unter normalen Umständen hätte er es pietätlos gefunden, so unter dem Bett eines Sterbenden herumzukriechen, aber er hatte schon lange verloren, was ahnungslose Humanisten einst die Menschenwürde genannt hatten. Im Moment war er sich selbst der

Nächste. Er bekam die Tablette zu fassen, raffte den kläglichen Vorrat zusammen – gerade fünf Stück – und stolperte in die Nasszelle.

Während er seinen Zahnputzbecher mit Wasser füllte und die Tabletten hinunterwürgte, hörte er wieder die mahnende Stimme des alten Mannes.

»Lassen Sie es, Kühn. Sie machen es sich nur unnötig schwer. Wollen Sie auf der Straße sterben?«

Volker ließ den leeren Plastikbecher zu Boden fallen und stürzte erneut ans Bett seines Nachbarn. »Hören Sie, Andresen«, keuchte er. »Ich will *überhaupt* nicht sterben. Jedenfalls nicht so. Ich will noch lange genug leben, um die Sache bekannt zu machen.«

Andresen lachte – ein stimmloses Lachen, nur an den ruckartigen Hebungen seines Zwerchfells unter der Decke erkennbar. »Mit Aspirin und Bewegung schaffen Sie es vielleicht zwölf Stunden – aber länger auf keinen Fall. Spätestens um Mitternacht sind Sie tot. Was haben Sie denn vor?«

»Sie haben doch gesagt, es gäbe ein Gegenmittel …«

Andresen seufzte. »Vor *siebzehn Jahren*, in Hamburg … wahrscheinlich ist es längst vernichtet worden.«

»Das werden wir sehen«, sagte Volker. »Wie hieß der Professor, der das Projekt geleitet hat?«

»Hans Degus«, sagte Andresen leise. »Aber der kann inzwischen sonst wo sein. Gut möglich, dass er längst tot ist. Und falls er noch lebt, wird er Ihnen nicht helfen, Kühn. Er wird es weder wollen noch dürfen.«

»Das werden wir sehen«, wiederholte Volker zwischen zusammengebissenen Zähnen. Er hob den Kopf, und seine Augen glitten zum Fenster. Was auch immer geschehen würde; als Gefangener wollte er nicht sterben. Er würde fortgehen aus diesem Krankenhaus, das in Wahrheit ein Sterbehaus war. Was das ferne Land Nod betraf, so war es von jedem Ort der Welt aus zu erreichen – und er, Volker Kühn, würde sich nicht auf einem klapprigen Bettgestell mit baumelndem Tropf dorthin tragen lassen.

Ich kann hinüber laufen, *wenn ich will*, dachte er vage. *Laufen hält das Blut in Bewegung.*

Andresen zog scharf den Atem ein, und sein Körper verkrampfte sich.

»Was ist?« Volker näherte sich ihm unwillkürlich.

Andresen, der die Augen geschlossen hatte, öffnete sie wieder – und nun stand in seinem Blick keine Müdigkeit und auch kein Mitleid mehr mehr, sondern nackte Angst. Plötzlich war er es, der Volker am Arm packte.

»Gehen Sie nicht!«, stieß er hervor, und sein flackernder Blick bohrte sich in Volkers Augen. »Bleiben Sie … Wenigstens, bis ich es überstanden habe!«

Volker wusste nichts zu erwidern. Das Grauen hatte auch ihn ergriffen, und für einen Moment waren sein eigenes Schicksal und seine Fluchtpläne wie weggeblasen. »Kann ich … irgendwas tun?«, flüsterte er.

Andresen antwortete nicht. Sein Blick hing jetzt starr an der gegenüberliegenden Wand, einer Wand, so weiß und tot wie das sterile Bettlaken unter seinem Kinn. Sein Unterkiefer zitterte.

»Ich trau mich nicht, die Augen zuzumachen«, lallte er mit grauenhaft veränderter Stimme – der Stimme eines Kindes, das sich vor der Dunkelheit fürchtet. »Ich trau mich nicht … Ich habe Angst, dass ich sie nicht wieder aufmachen kann …«

Er atmete hechelnd.

Volker lief ein Schauder über den Rücken. *So ging Kain hinweg und wohnte im Lande Nod …*

Andresens Unterkiefer öffnete sich, und ein Speichelfaden rann über sein unrasiertes Kinn. Seine Augen erstarrten.

»Es liegt kein Trost in dem Gedanken, dass ich es bald überstanden habe«, hatte Andresen noch vor wenigen Stunden gesagt. »Ich werde nicht sterben wie Sokrates, der den Giftbecher trank. Ich werde keine feierliche Rede halten, und keine Nachwelt wird meine Opferbereitschaft und meinen Mut preisen … Ich bin *Pharmakos*. Ich werde nicht in Frieden gehen, sondern fortgejagt werden.«

Volker löste die Finger des Toten von seinem Arm und drückte die erstarrte Hand mit einem letzten, stummen Gruß. Dann wandte er sich ab, ging eilig zu seinem Spind und kramte die letzten Habseligkeiten hervor, die ihm noch geblieben waren: Seine zerschlissene Jeansjacke, seine Brieftasche mit den Papieren, sein Adressbuch und einen Zehn-Euro-Schein. Das war alles, was er besaß. Natürlich konnte er die Jacke nicht anziehen; es würde sofort Verdacht erregen, wenn er in Straßenkleidung auf dem Gang erschien. Auch seine Papiere ließ er nach kurzer Überlegung zurück. Kreditkarten besaß er schon lange nicht mehr – also blieben ihm nur der Geldschein und das Adressbuch.

Volker schob beides in die Taschen seiner Jeans, dann warf er einen letzten Blick auf den verhassten Raum: Ein weiß tapeziertes Zimmer mit kahlen Wänden; zwei Betten, das eine zerwühlt und leer, in dem anderen der Leichnam Andresens, dessen Kopf ein dunkler Fleck in all dem Weiß war, eine unförmige Knolle in der geometrischen Glätte der makellosen Laken.

»Lebwohl«, flüsterte Volker rau – dann wandte er sich ab und stürzte auf den Gang hinaus.

»Hilfe! Hilfe! Mit Herrn Andresen ist was!« Er brauchte sich kaum Mühe zu geben, um Panik zu simulieren. Die beiden weiß gekleideten Gestalten aus dem Schwesternzimmer gegenüber kamen sofort herbeigelaufen.

»Schnell!«, brüllte Volker und gestikulierte wild zur Tür hinüber. »Er atmet nicht mehr!«

Die beiden Schwestern betraten das Zimmer mit der milden Eile des notfallgewohnten Klinikpersonals.

»Defibrillator!«, rief eine von ihnen mit unangenehm spitzer Stimme.

Wollt ihr tatsächlich sein Leben retten?, dachte Volker. *Oder spielt ihr nur Theater?*

Wie auch immer; sie würden ihn aufhalten, wenn er versuchte, die Station zu verlassen. Seine einzige Chance bestand darin, dass die beiden zu sehr mit ihrer eigenen Komödie beschäftigt waren, um die seine zu durchschauen.

Volker drehte sich um und rannte los. Gewiss, sie würden in wenigen Sekunden hinter ihm her sein. Doch seine Kondition war immer noch weitaus besser, als der süffisante Herr Scherchen von der Krankenkasse glauben mochte, der ihn als »gesundheitsrenitent« eingestuft hatte.

Jetzt werden wir ja sehen, wer den längeren Atem hat, dachte Volker, als er um die Ecke bog und zur Glastür am Eingang der Station rannte. *Spätestens um Mitternacht bin ich im Lande Nod. Samstag, den 20. Juni 2019, werde ich nicht mehr erleben. Aber bis dahin werde ich einigen von euch noch das Spiel verderben …*

Er stieß die Glastür auf und versuchte sich an die Lage des Treppenhauses zu erinnern. *Wie komme ich hier raus?*, überlegte er fieberhaft. *Rechts? Links?*

Zwei weitere Gestalten in Weiß, die von links den Gang herunterkamen, nahmen ihm die Entscheidung ab. Volker verlangsamte seine Schritte, um nicht durch verdächtige Eile aufzufallen. Zugleich wandte er sich nach rechts, sodass die beiden Ärzte hinter ihm gingen und den Ausschlag auf seiner Stirn nicht sehen konnten.

Schirmmütze, dachte er unzusammenhängend. *Ich brauche eine Schirmmütze.*

Die Schritte in seinem Rücken beschleunigten sich plötzlich.

»Hallo, Sie da! – Hallo!«

Links – erinnerte sich Volker. *Verflucht …* Links war der Treppenaufgang!

Er wirbelte herum und rannte direkt auf die beiden Ärzte zu. Sie sahen ihn kommen; ihre Gesichter verzerrten sich zu Masken des Erstaunens, dann des Erschreckens. Glücklicherweise blieb ihnen keine Zeit für eine koordinierte Reaktion. Volker warf sich mit einem lauten Schrei auf die beiden und riss sie zu Boden. Der eine knallte gegen die Wand und sackte benommen zusammen; der andere stolperte über den Saum seines Kittels und schlitterte einige Meter über den blankgebohnerten Flur.

Das tut gut, dachte Volker, als er sich wieder aufrappelte.

»Hilfe!«, keuchte einer der Ärzte hinter ihm, als weitere Schritte sich näherten. »Der will abhauen!«

Abhauen … Sieh mal an. So leicht rückten die Kerle also mit der Wahrheit heraus: Sie wussten sehr wohl, dass sie nichts weiter waren als Gefängnisaufseher.

Endlich: die Treppe! Volker flankte hinunter, indem er mit jedem Schritt vier Stufen nahm, immer rechtsherum im Karree, denn der Treppenschacht war gewendelt. Er fühlte kaum den Schwindel, der sich bei diesem Tempo unweigerlich einstellen musste. Die Stationstüren flogen an ihm vorbei: 4B – 3B – 2B – Aufnahme. Eine Gruppe von Patienten kam ihm entgegen, stumpfsinnig dreinblickende Lämmer unter Führung eines Pflegers.

»Halten Sie den Mann auf!«, brüllte eine Stimme von oben den Schacht herunter.

Doch der Pfleger starrte nur verdattert auf Volker, der an ihm vorbeifegte und versuchte, sich einen Weg durch die dichtgedrängte Gruppe zu bahnen. Gesichter umringten ihn, junge und alte, gleichmütige und verzweifelte.

»Lauft weg!«, schrie Volker ihnen zu. »Sie bringen euch um!« Doch er sah nur stumme Blicke, teilnahmslos, ungläubig.

»Halt!«, schrie wieder jemand von oben. Schritte polterten die Treppe herunter. Volker schwang sich aufs Geländer und rutschte vorbei an der gaffenden Menge hinunter. Als er unten ankam, brannten seine Hände.

Inzwischen waren seine Verfolger näher gekommen, doch hatten sie nicht weniger Mühe als er, sich durch die stumme Patientengruppe zu drängen. Irgendwo schrillte eine Alarmglocke.

Endlich: die Tür zur Eingangshalle. Er stieß sie so heftig auf, dass die Scheibe im Rahmen klirrte, und rannte quer durch den Saal. Flanierende Besucher und kaffeetrinkendes Personal am Kiosk drehten sich nach ihm um, und selbst der Pförtner streckte den Kahlkopf neugierig aus seiner Loge hervor. Doch niemand unternahm etwas. Offenbar stellten die Passanten im Moment noch keinen Zusammenhang zwischen dem Alarm und dem Flüchtenden her, der jetzt auf den Ausgang zurannte.

»Augenblick mal, bitte!«, reagierte schließlich der Pförtner als Erster. Volker beachtete ihn nicht, sondern riss die innere Glastür des schleusenförmigen Eingangs auf, wobei er fast mit einer Schwester zusammenstieß, die einen Rollstuhl hereinschob. Im selben Moment preschten seine Verfolger auf die Tür zu – mittlerweile vier oder fünf Ärzte in flatternden Kitteln.

»Halt!«, schrie nun der Pförtner, der inzwischen begriffen hatte, was vorging. Er warf sich über seinen Tresen nach vorn und versuchte, den Ausreißer am Sweatshirt zu packen, griff jedoch knapp ins Leere. Volker gelangte in die gläserne Schleuse, umrundete die Krankenschwester, die mit offenem Mund stehen geblieben war, und warf sich im Sprung gegen die äußere Glastür.

»Stehen bleiben!«, brüllte der Pförtner von drinnen und flankte zu einem Notfallhebel, der offenbar dazu diente, die Ausgangstür zu verriegeln.

Doch Volker war bereits draußen – im selben Augenblick, als zwei seiner Verfolger in die Schleuse stürmten. Einer von ihnen stieß mit der verdutzten Krankenschwester zusammen; der andere knallte gegen die äußere Tür, die gerade wieder zurückschwang, und taumelte mit blutender Stirn rückwärts. Volker sah eine Sekunde lang in sein Gesicht: grellblaue, weit aufgerissene Augen, zwischen denen langsam ein schmaler Blutfaden herablief.

Seht ihr, dachte er fast belustigt, *jetzt bin ich nicht der Einzige mit tätowierter Stirn.*

Der Arzt schrie wütend und schlug mit den Fäusten gegen die Tür – doch die war verriegelt; der Pförtner hatte die Sicherung gerade im falschen Moment einschnappen lassen. Allerdings würde er seinen Irrtum bemerken, und zwar innerhalb der nächsten Sekunden. Volker drehte sich um und rannte weiter, rechter Hand über den Parkplatz, womit er aus den Augen seiner Verfolger verschwand.

Kaum war er um die nächste Ecke gebogen, als ihm eine Idee kam. *Der älteste Trick der Welt*, dachte er. *Klappt fast immer ... zumindest im Film.*

Er warf sich zu Boden, kroch hinüber zu den parkenden Fahrzeugen und robbte unter die Karosserie eines großen BMW Cabrio.

Die nächsten Minuten lag er still da, starrte auf das ölverschmierte Motorengestänge vor seiner Nase, atmete den scharfen Benzingeruch ein und lauschte auf die Geräusche draußen. Unter normalen Umständen wäre er vor Platzangst gestorben: Der Wagen lag ziemlich niedrig, und bei jedem Atemzug berührte sein Bauch die schmutzigen Eingeweide des Fahrzeugs, die sich kaum zwei Handspannen hoch über dem Boden befanden. Doch im Moment hatte er andere Probleme; er bemühte sich, keinen Laut zu verursachen und seinen wild keuchenden Atem zu beruhigen.

Nur Sekunden, nachdem er sein Versteck bezogen hatte, hörte Volker seine Häscher auf den Vorplatz hinausstürmen: Irgendjemand rief etwas; hastende Schritte überquerten das Pflaster in verschiedenen Richtungen, Schritte von mindestens drei Personen. Volker drehte den Kopf zur Seite und sah etwa zehn Meter entfernt ein Paar Füße, die in weißen Socken und Sandalen steckten. Der Mann hielt inne und schien sich umzusehen; die Füße drehten sich wie zu einem bizarren Ballett.

»Wo ist er hin?«

»Zum Kurpark!«, rief eine andere, entferntere Stimme. »Schlägt sich bestimmt irgendwo in die Büsche!«

Die weiß besockten Füße setzten sich wieder in Trab und verschwanden.

Volker blieb still liegen ... Die Gefahr der Entdeckung war weitaus größer, wenn er jetzt zu entkommen versuchte, als wenn er einfach wartete, bis sich die Männer zerstreut hatten. Noch hatte er Zeit – vielleicht zwei Minuten oder drei. Länger nicht.

Heute Nacht um null Uhr, dachte Volker, *bin ich sowieso tot. Vielleicht schon früher.*

Er glaubte das Zirkulieren des Giftes in seinen Adern zu spüren. Doch es war seltsam: Der drohende Tod lähmte ihn nicht wie damals bei der Diagnose seiner Krankheit; er schien im Gegenteil seinen Lebenswillen wieder zu wecken. *Der letzte Countdown*, dachte Volker. *Zu wissen, dass man in sechs Monaten sterben könnte, ist ein zäher, klebriger, betäubender Gedanke – aber wenn es nur noch zwölf Stunden sind, dann fühlt man sich plötzlich wacher als je zuvor ...*

»Sagen Sie: *Hiiii.*«

Es war nicht das erste Mal, dass er zum Tode verurteilt worden war. Er hatte Erfahrung damit. Vor einem halben Jahr hatte er nichtsahnend auf dem Untersuchungsstuhl des Hals-Nasen-Ohren-Arztes gesessen, weil er so heiser war, dass er kaum noch sprechen konnte. Eine verschleppte Grippe, ein Antibiotikum und eine Krankschreibung für die folgende Woche – das war alles, womit er in diesem Moment gerechnet hatte.

»Sagen Sie: *hiiii*«, wiederholte Dr. Wedemann und schob das Endoskop noch ein Stück tiefer in seinen Rachen.

Volker würgte. »Hääääa«, brachte er krächzend hervor.

Dr. Wedemanns Gesicht, nur Zentimeter vor seiner Nase ins Okular starrend, verzog sich zu einer skeptischen Grimasse. Er verlagerte das schwarze Rohr einige Zentimeter zur Seite und drückte es nach unten. Volkers Zunge verkrampfte sich schmerzhaft.

»Und noch einmal … *hiiii.*«

Volker hustete trocken.

Der Arzt zog das bizarre Sehrohr aus seinem Mund und legte es resigniert zur Seite. Dann wandte er sich wieder seinem Patienten zu und setzte ein ernstes Gesicht auf.

»Leukoplakie«, sagte er.

»Wie?«, sagte Volker und starrte ihn verständnislos an. »Was ist das?«

Dr. Wedemann beugte sich über seine Computertastatur, ohne ihn anzusehen. »Sie haben Kehlkopfkrebs im Frühstadium.«

Klackklackklack – »Larynxpräkanzerose«, erschienen auf dem Bildschirm die Buchstaben, einer nach dem anderen, wie eine bläuliche Orakelschrift auf einer weißen Wand.

Volker hatte das Gefühl, dass ihm der Boden unter den Füßen wegsackte. *»Was?«*

»Im Moment kann man es noch mit einer chirurgischen

Abtragung versuchen. Das muss aber schnellstmöglich gemacht werden, bevor der Tumor zu wachsen beginnt. Das wäre gar nicht schön ... Bei dieser Art Krebs sehen die Prognosen leider gar nicht gut aus; es gibt da häufig Metastasen in den Lymphknoten des Halsbereichs.«

»Und dann?«, flüsterte Volker tonlos.

Dr. Wedemann rückte seine Brille zurecht und sah angestrengt auf seinen Bildschirm. »Dann wäre die Laryngektomie dran. Dabei wird der gesamte Kehlkopf und, wenn nötig, auch der hintere Zungengrund herausgenommen. Falls Metastasen vorliegen, ist die sogenannte Halsausräumung angezeigt; dabei werden bestimmte Lymphknoten, Muskeln und Blutgefäße entfernt. Leider ist das eine ziemlich endgültige Sache. Sprechen werden Sie nicht mehr können ... allerdings kann man mit gutem Training eine Ersatzstimme entwickeln; elektronische Prothesen sind dabei behilflich. Manche Patienten können sich damit relativ gut verständlich machen.«

Volker wurde schwarz vor Augen.

»Allerdings muss ich Sie auch auf die Möglichkeit vorbereiten, dass entferntere Metastasen vorliegen«, sagte Dr. Wedemann und tippte weiter.

Volker brauchte nicht zu fragen, was das bedeutete – die Antwort war offensichtlich.

»Sie haben geraucht, ja?«, fragte Dr. Wedemann, der die Patientendaten überflog. »Wie viel?«

»Ähm ...« Volker, momentan gänzlich abwesend, musste sich einen Augenblick besinnen.

»Na, kommen Sie schon«, drängte der Arzt. »Wir kriegen es sowieso raus. Ich muss Ihnen Blut abnehmen und die Cotinin-Konzentration bestimmen ... das ist ein Abbauprodukt von Nikotin; daran kann man erkennen, wie viel Sie geraucht haben.«

»Warum müssen Sie das?«, brachte Volker hervor.

»Das ist seit vier Jahren Gesetz, Herr Kühn.« Dr. Wedemann zuckte die Achseln. »Also gut; ich schreibe mal: Patient verweigert die Angabe. Das ist Ihr gutes Recht. Ihre Krankenkasse legt dann die Ergebnisse der Blutuntersuchung für die Berechnung zugrunde.«

»Welche Berechnung?«

»Die Berechnung, wie viel von den Behandlungskosten übernommen wird.« Dr. Wedemann klickte hörbar auf die *Escape*-Taste, schloss das Programm und wandte sich Volker zu. Seine grauen Augen wirkten unnatürlich groß unter der Brille. »Also ... de facto muss ich Sie darauf vorbereiten, dass Sie den größten Teil der Kosten selbst tragen müssen.«

»Falls ich lange genug lebe«, flüsterte Volker mit einer Art mattem Sarkasmus.

Dr. Wedemann überwand sich zu einem milden Lächeln, das offenbar tröstlich wirken sollte. »Nun warten Sie erst einmal ab«, sagte er und erhob sich. »Mit der Abtragung des veränderten Gewebes und einer guten Chemotherapie kann man oft schon einiges erreichen.«

»Und wenn ...«

»Wenn der Tumor wächst?«, erriet der Arzt die Frage. »Schwer zu sagen. Die Überlebensrate liegt irgendwo bei zwanzig Prozent – jedenfalls für die nächsten fünf Jahre.«

12:26

Hundertachtundsiebzig, hundertneunundsiebzig, hundertachtzig, zählte Volker. *So. Drei Minuten sind um.*

Draußen auf dem Parkplatz des Krankenhauses herrschte jetzt Ruhe; offenbar hatten sich seine Verfolger zerstreut und durchkämmten die Umgebung.

Volker schob sich zur Seite und kroch vorsichtig unter dem Wagen hervor. Weit und breit war kein Mensch zu sehen. Er richtete sich auf und begann mit gezwungener Ruhe in Richtung Ausfahrt zu gehen.

In die City, dachte er vage. Und dort? *Telefon … Irgendjemand zu Hilfe rufen …* Aber wen? *Die Stadt verlassen …* Aber wie?

Erst nachdem er die Auffahrt passiert und das Klinikgelände verlassen hatte, begann er zu laufen. Passanten kreuzten seinen Weg, würdigten ihn jedoch kaum eines Blickes. Wahrscheinlich hielt man ihn für einen Jogger, der seine Mittagspause gesundheitsfördernd ausnutzte. Er bemerkte kaum, wie er instinktiv seine Schritte in Richtung Innenstadt lenkte, mal rechts und mal links abbiegend.

Laufen … Das hält das Blut in Bewegung.

Er erreichte die Fußgängerzone. Nun befand er sich mitten in der Menge – ein Gesicht unter vielen. Es war Freitag Mittag, und die Passagen der City waren belebt. Menschen mit Einkaufstüten schlenderten umher, Familien mit Kindern, Paare. Am Boden vor den Schaufensterfronten der Geschäfte und an den Eingängen zur U-Bahn kauerten die unvermeidlichen Bettler: Arbeitslose, Rentner, Jugendliche aus den Vorstädten.

Apotheke! Da drüben. Volker hielt inne, gab sich einige Sekunden zum Verschnaufen und stützte schwer atmend die Hände auf die Knie. Dann betrat er die Apotheke, zog seinen Zehn-Euro-Schein hervor und bat um Aspirin.

»Drei neunundzwanzig«, sagte die Verkäuferin, eine junge Türkin mit hübschem Gesicht und rabenschwarzem Haar, in akzentfreiem Deutsch. »Oh, Sie sind aber aus der Puste. Haben Sie's eilig?«

»Ein bisschen«, keuchte Volker. »Meine Mittagspause ist gleich vorbei.«

»Ah.« Das Wechselgeld klimperte auf den Tresen. »Meine

fängt in fünf Minuten an«, sagte das Mädchen und lächelte wieder. *Was für schöne Augen*, dachte Volker. *Mein Gott, wann habe ich zum letzten Mal bemerkt, dass eine Frau schöne Augen hat?* Wann hatte er überhaupt zum letzten Mal an etwas Schönes gedacht?

Er ergriff die Münzen – dann fiel sein Blick auf einen Ständer mit Telefonkarten neben der Kasse.

»Eine Telefonkarte«, sagte er. »Bitte.«

»Zu fünf oder zu zehn Euro?«

Volker starrte auf das Geld in seiner Hand – sechs Euro und siebzig Cents waren alles, was er noch hatte.

»Zu fünf.«

Wieder Wechselgeld, wieder das Lächeln.

Braun, begriff Volker wie in einem verspäteten Reflex. *Ihre Augen sind hellbraun ... und sie ist vielleicht gerade zwanzig Jahre alt. Sie hat noch ihr ganzes Leben vor sich. Und sie weiß nicht einmal, in was für einer Welt sie es verbringen muss.*

»Geht es Ihnen nicht gut?«

Volker fasste sich – er hatte das Mädchen einige Sekunden lang abwesend angestarrt. »Äh – danke, alles bestens«, log er.

Sie sah ihm nach ... Lange genug, um eine Beschreibung abgeben zu können, falls später die Polizei kommen und Fragen stellen sollte, dachte Volker. Doch würden die Leute vom Krankenhaus die Polizei überhaupt einweihen? Nein, vermutlich bediente man sich nicht der beamteten Gesetzeshüter. Die wirkliche Gefahr drohte wahrscheinlich von unauffälligen Herren in Straßenanzügen.

Volker verließ die Apotheke, mischte sich wieder in die Menge und steuerte die nächste Telefonzelle an.

»GLOBOCOM Telekommunikation. Herzlich Willkommen!«, begrüßte ihn der Automat mit glatter Ansagerstimme, als Volker seine Karte in den Schlitz schob. »Ihr Guthaben beträgt 5 Euro.« Das Display wurde dunkel, und der Cursor, der die Rufnummer mitschrieb, blinkte ungeduldig am Zeilenbeginn.

Wen sollte er anrufen? Volker wusste es nicht. Frank Czerwonka? Herrn Meissner? Vielleicht sogar Gesine? Erst jetzt wurde Volker bewusst, dass er kaum mehr Freunde auf der Welt hatte. Frank, ein früherer Kommilitone, hatte den Kontakt abgebrochen, seit er in Berlin arbeitete, und Volkers ehemalige Kollegen von *Gering Systems* würden ihm vermutlich kein Wort glauben. Also blieb nur Gesine.

Volker tippte hektisch die Nummer.

Das Klingelzeichen ertönte – dreimal, dann knackte es in der Leitung.

»Hier ist der automatische Anrufbeantworter von Gesine Behrendt und Timo Rasch. Leider sind wir im Moment nicht erreichbar. Bitte hinterlassen Sie eine Nachricht.«

Wer ist Timo Rasch?, dachte Volker. *Mein Gott; ich bin noch nicht einmal unter der Erde, und sie hat bereits einen anderen …*

»Gesi!«, sagte Volker, nachdem der Signalton erklungen war. »Wenn du da bist, geh bitte ran!«

Stille.

»Gesi, bitte! Es ist dringend!«

Der Hörer wurde abgenommen.

»Hör zu, Volker«, sagte die Stimme seiner Exfreundin, noch eine Idee resoluter als üblich. »Es ist vorbei; versteh das bitte endlich. Ich kann mich nicht ständig aus lauter Mitleid um dich kümmern. Du musst dein Leben langsam selbst …«

»Bitte hör zu, Gesi!«, flehte Volker. »Ich muss so schnell wie möglich nach Hamburg; es geht um Leben und Tod. Kannst du …«

»Volker, *bitte*! Ich habe im Moment weder Zeit noch Lust für solche Spielchen.«

»Gesi …«

»Es tut mir leid, was du durchmachst. Aber ich kann leider nichts für dich tun.«

»Gesi, hör mir zu!«, schrie Volker.

Klick … Sie hatte eingehängt.

»Ihr Guthaben beträgt 4,30 Euro«, meldete die Automatenstimme mit munterer Gleichgültigkeit. Volker hieb mit der Faust auf das Stahlgehäuse, dass die Bildschirmanzeige flackerte.

»Dann eben nicht«, stieß er hervor.

Er lehnte seine Stirn an das kühle Metall und gab sich ein paar Sekunden, um wieder zur Ruhe zu kommen. Eines war klar: Er brauchte eine Reisemöglichkeit nach Hamburg, und zwar so schnell wie möglich. Und er hatte kein Geld. So eine Reise kostete Geld. Viel Geld.

»Ihr Guthaben beträgt 4,30 Euro.«

Ich brauche mindestens das Zwanzigfache, dachte Volker verzweifelt.

Dann kam ihm eine Idee. Er wählte das Online-Telefonbuch auf dem Menü, und eine Suchmaske erschien auf dem Bildschirm.

Z-E-I-T-U-N-G, tippte Volker.

Einen Moment sondierte der Computer, dann erschien eine Auflistung auf dem Bildschirm. Volker wählte aufs Geratewohl die Nummer einer bekannten Zeitung.

Wieder das Klingelzeichen, scheinbar endlos – dann wurde der Hörer abgenommen.

»*ALZ*-Redaktion, Britta Reuschner, guten Tag«, meldete sich eine Frauenstimme. Es war eine warme, angenehme Stimme, die er in einem früheren Leben als sympathisch klassifiziert hätte.

»Hören Sie«, keuchte Volker und bemühte sich seinerseits um einen vertrauenerweckenden Tonfall. »Ich habe eine Bombengeschichte für Sie …«

Schweigen am anderen Ende.

»… eine Titelgeschichte, genug für wochenlange Berichte.«

»Jetzt machen Sie mal halblang«, bremste die Stimme. »Sagen Sie mir, worum es geht, und ich werde entscheiden, ob die Sache für uns von Interesse ist.«

Ganz ruhig, beschwor sich Volker, *nur nicht zu dick auftragen.* Was er zu erzählen hatte, durfte nicht unglaubwürdig klingen. Und vor allem durfte es nicht zu viel Zeit beanspruchen.

»Ich kann es Ihnen nicht in drei Sätzen erklären. Sie würden mir nicht glauben.«

»Ach«, sagte die Frau mit spöttischem Tonfall. Wahrscheinlich erwartete sie etwas wie: ›Ich bin von Außerirdischen entführt worden.‹

»Ich kann Ihnen im Moment nur so viel sagen, dass mein Leben bedroht ist«, sagte Volker. »Ich habe ein Gift im Leib – ein tödliches Gift – und werde aller Voraussicht nach in zwölf Stunden nicht mehr am Leben sein.«

»Gehen Sie ins Städtische Krankenhaus und lassen Sie sich den Magen auspumpen«, riet seine Gesprächspartnerin ungerührt.

»Da komme ich gerade her!«, sagte Volker. »Die wollten mich umbringen!«

Stille. Die Frau antwortete nicht, doch sie legte auch nicht auf. Irgendetwas in Volkers Stimme musste sie überzeugt haben, dass die Angelegenheit ernst und unter Umständen nicht uninteressant war.

»Ich habe jetzt keine Zeit, Ihnen die ganze Geschichte zu erzählen. Ich muss versuchen, mein Leben zu retten …«, sagte Volker verzweifelt.

»Wo sind Sie im Moment?«, fragte die Frauenstimme.

»Das kann ich Ihnen nicht sagen. Wer garantiert mir, dass Sie nicht die Polizei zu mir schicken?«

»Und wer garantiert mir, dass ich keine Schwierigkeiten bekomme, wenn ich einem flüchtigen Verbrecher helfe?«

»Ich bin kein Verbrecher«, stieß Volker rau hervor. »Es sei denn, es wäre ein Verbrechen, schwer krank und arbeitslos zu sein. Ich muss sofort nach Hamburg, schnellstmöglich ... am besten wäre ein Taxi.«

»Ach *so* ist das.« Die Stimme der Journalistin veränderte sich; sie klang jetzt fast belustigt. »Und dazu brauchen Sie Geld, nicht wahr?«

»Ich weiß, wie verdächtig das klingt«, zwang sich Volker zu einer ruhigen Antwort. »Aber es ist wirklich wahr. Helfen Sie mir, mein Leben zu retten, dann bekommen Sie eine Story, die Ihren Namen über Nacht berühmt machen wird.«

Wieder Stille.

»Und was erwarten Sie von mir?«, fragte die Journalistin schließlich. »Einen Eilkurier mit zweitausend Euro für ein Taxi quer durch Deutschland?«

»Achtzig«, sagte Volker verzweifelt. »Achtzig für ein Zugticket ... das würde genügen.«

»Angenommen, ich würde mich auf so einen Handel einlassen. Sie wollen mir nicht sagen, wo Sie sind, und Sie nennen nicht einmal einen Namen. Sie rufen mich einfach nur an und bitten um Geld.«

»Warum hören Sie mir überhaupt zu, wenn Sie glauben, dass ich bloß ein durchgedrehter Schnorrer bin?«

Wieder keine Antwort. Volker stöhnte und lehnte sich schwer atmend an die kühle Glaswand der Telefonzelle. Jede Sekunde, die verstrich, brachte ihn dem Tod näher ... vielleicht sollte er einfach auflegen und weiterrennen.

»Sagen wir mal so: Ich bin möglicherweise und unter bestimmten Voraussetzungen interessiert«, sagte die Frauenstimme mit geschäftsmäßiger Vorsicht. »Aber ich kann Ihnen kein Geld bringen oder schicken lassen – nicht, bevor Sie mir beweisen können, dass eine Geschichte drin ist.«

»Passen Sie auf«, sagte Volker, einer plötzlichen Eingebung folgend. »Überprüfen Sie bitte einen Arzneimittelhersteller namens *Kunnart Pharma* in Hamburg. Finden Sie heraus, ob die Firma noch existiert und ob ein Professor Hans Degus dort arbeitet. D – e – g – u – s.«

»Langsam, langsam …« Volker hörte das schwache Kratzen eines Stifts. »Kunnart Pharma, ja? Worum genau geht es?«

»Um ein Medikament«, sagte Volker. »Namens Axxidizyn.«

»A-ksi …?«

»A, Doppel-x, idi-zyn mit Ypsilon.«

Wieder das Kratzen des Stifts.

»Sehr ungewöhnlicher Name für ein Arzneimittel. Okay. Ich kann ja mal bei dieser Firma anrufen.«

»Nein!«, sagte Volker schnell. »Bitte nicht! Sie würden die Leute dort warnen, und dann habe ich keine Chance mehr.«

»Was haben Sie denn mit der Sache zu tun?«, hakte die Journalistin nach. »Wer sind Sie?«

»Meinen Namen kann ich Ihnen nicht nennen, denn ich muss damit rechnen, dass ich verfolgt werde.«

»Wie darf ich Sie denn nennen?«

»Kain«, sagte Volker, einer plötzlichen Eingebung folgend.

»*Kain*? Wie Kain und Abel?«

»Ja.« Volkers Blick fiel durch die Glaswand auf den Parkstreifen eines Möbelhauses, und sein Herz machte einen erschrockenen Sprung: Da standen zwei Männer in salopper, sportlicher Kleidung, die auf merkwürdige Weise zu ihm herüberblickten, halb unbeteiligt, halb abwartend. Sie standen neben einem soeben eingeparkten dunkelblauen Wagen. Ein dritter Mann überquerte etwa fünfzig Meter zur Rechten die Straße; von links näherte sich ein vierter der Telefonzelle.

»O mein Gott«, flüsterte Volker.

Der von links kommende Mann beschleunigte seine Schritte.

»Haben *Sie* diese Leute geschickt?«, schrie Volker. »Haben Sie meinen Anruf zurückverfolgt?«

»Ich weiß nicht, wovon Sie reden«, drang die erschrockene Stimme der Journalistin aus dem Hörer. »Was ist denn los?«

»Ich rufe wieder an«, sagte Volker, warf den Hörer in die Gabel und hatte gerade noch genug Geistesgegenwart, nach der Telefonkarte zu haschen, die aus dem Schlitz sprang. Dann stieß er die Zellentür auf und rannte blindlings los, quer über die Straße.

»He, Sie!«, schrie eine Stimme hinter ihm.

Volker hörte beschleunigte Schritte in seinem Rücken, gleichzeitig den lauter werdenden Motor eines herankommenden LKWs. Er spurtete die letzten Meter zur gegenüberliegenden Straßenseite und flankte über die Motorhaube eines geparkten Wagens. Hinter sich hörte er Bremsenquietschen, schlitternde Reifen, einen dumpfen Aufprall und mehrere Schreie verschiedener Stimmen. Offenbar war einer seiner Verfolger direkt in den Lastwagen gerannt. Volker hatte keine Zeit, sich umzudrehen, denn die beiden Männer auf dem Parkplatz des Möbelhauses hatten sich ebenfalls in Bewegung gesetzt und kamen im Laufschritt auf ihn zu.

Volker lief weiter, überbrückte die wenigen Meter bis zur nächsten Straße, bog ab und rannte in eine Ladenpassage. Was nun? Sollte er sich in eins der Kaufhäuser flüchten, in irgendeinen großen, unübersichtlichen Block mit Rolltreppen und Galerien? Vielleicht gelang es ihm, sich irgendwo zu verstecken. Doch das bedeutete Zeitverlust, und Zeit hatte er keine.

Der Zufall entschied: Als Volker die Passage durchquert

hatte, stieß er auf den Treppenabgang einer U-Bahn-Haltestelle und hörte von unten das Geräusch des einfahrenden Zuges.

U 4 … zum Hauptbahnhof.

Volker rannte auf die Treppe zu, wobei er einen Blick über die Schulter nach hinten riskierte. Die zwei Männer waren etwa fünfzig Meter hinter ihm in der Mitte der Ladenpassage und versuchten gerade, sich an einer fünfköpfigen Familie mit Kinderwagen und dicken Einkaufstaschen vorbeizudrängen.

Fünfzig Meter … acht Sekunden Vorsprung, vielleicht zehn …

Volker jagte die Treppe hinunter, vorbei an den Obdachlosen, die zu beiden Seiten unter den Neonröhren kauerten.

»Hey, haste mal 'n Euro?«, fragte irgendwer, routinemäßig und ohne Hoffnung in der Stimme.

Nein, Volker hatte keinen Euro mehr – nicht einmal für die U-Bahn.

Er bog um eine Ecke, rannte den schmutzig weiß gekachelten Gang entlang und auf eine weitere Treppe zu. Die Wände wichen zurück, und unter ihm lag der Bahnsteig, eine gelb gekachelte Röhre von rund hundert Metern Länge. Der Zug hatte soeben angehalten, und einige Dutzend Fahrgäste kamen die Treppe herauf.

»Richtung Hauptbahnhof bitte einsteigen«, mahnte eine Lautsprecherstimme.

Volker drängte sich gegen den Strom die Treppe hinab, nicht ohne verschiedene der Entgegenkommenden anzurempeln und sich böse Blicke und Flüche einzufangen.

»Halten Sie den Mann auf!«, rief eine Männerstimme, nicht einmal zehn Meter vom oberen Treppenabsatz entfernt. Volker sah nicht zurück, doch er hörte hastige Schritte, Gedrängel und weitere ärgerliche Bemerkungen der Leute in seinem Rücken. Hoffentlich hatten die zwei Männer genauso viel Mühe wie er, sich einen Weg durch die Menge zu bahnen. Ihre Anweisung jedenfalls schien niemand befolgen zu wollen: Keiner stellte sich Volker in den Weg; im Gegenteil, die meisten blieben stehen und drückten sich erschrocken ans Treppengeländer. Ihre verdutzt starrenden Gesichter flogen an Volker vorbei, als er den unteren Treppenabsatz erreichte und quer über den Bahnsteig sprintete.

»Zurückbleiben, bitte«, erklang die Lautsprecherstimme erneut. Die Hydraulik an den Türen zischte.

»Zurückbleiben!«, keifte die Stimme mit verdoppelter Lautstärke, als Volker sich mit einem Hechtsprung zwischen die Türen des nächsten Waggons warf. »Halt!«, schrie jemand hinter ihm her.

Volker knallte auf den schmutzigen Boden des Wagens und hatte gerade noch genug Geistesgegenwart, um die Beine nachzuziehen, bevor die Türen sich endgültig schlossen. Benommen rappelte er sich wieder hoch und warf einen Blick nach draußen: Da waren sie, die beiden Kerle, nur um Sekundenbruchteile zu spät. Einer von ihnen war offenbar gestolpert und kam eben wieder auf die Füße; der andere warf Volker einen scharfen, forschenden Blick zu. Dann wandte er sich ab und zog ein Handy aus der Tasche.

Wer seid ihr?, dachte Volker. *Wer hat euch so schnell informiert?*

Der Zug fuhr an, und die Männer verschwanden aus Volkers Blickfeld. Schwer atmend lehnte er sich an die geschlossene Tür. Hoffentlich gab es jetzt keine Fahrkartenkontrolle. Der übrigen Fahrgäste wegen brauchte er sich jedenfalls keine Sorgen zu machen: Sie hingen apathisch in ihren Sitzen, und jeder schien es zu vermeiden, ihn anzusehen. *Niemand will Schwierigkeiten,* dachte er bitter. *Keiner will irgendetwas gesehen haben, sich einmischen oder Unannehmlichkeiten riskieren. Umso besser.*

Draußen wurde es dunkel: Der Zug verließ den Bahnhof und tauchte in den Tunnel ein. Was nun? Ohne Zweifel wurden die Waggons mit Videokameras überwacht. Würde man das Zugpersonal informieren und ihn beim nächsten Halt festnehmen? Vermutlich nicht, dachte Volker. Wer auch immer seine Verfolger sein mochten; sie führten einen Auftrag für eine inoffizielle Organisation aus. Wahrscheinlich hatten sie gute Gründe, nicht die Bahnpolizei oder staatliche Sicherheitskräfte zu alarmieren. Stattdessen würden sie versuchen, mit ihren eigenen Leuten die nächsten Bahnstationen zu besetzen, um ihn abzupassen.

Glücksspiel, dachte Volker. *Bleibt nur zu hoffen, dass sie nicht ahnen, wo ich hinwill.*

Er kramte das gerade erstandene Aspirin aus der Tasche, drückte zwei Tabletten aus der Verpackung und bemühte sich, genug Speichel zusammenzubekommen, um sie ohne Wasser hinunterzuwürgen.

Wie spät mochte es sein? Vielleicht dreizehn Uhr? Dreizehn Uhr fünfzehn?

Ihm blieben kaum noch elf Stunden. Vielleicht hatte Andresen recht gehabt, und das Aspirin konnte die Wirkung des Gifts verzögern.

»Nächster Halt: Stuttgarter Straße«, verkündete der Zugführer über die Sprechanlage.

Volker drückte sich seitlich neben die Tür und spähte hinaus. Der Zug fuhr in die Station ein; die Türen öffneten sich; einige Fahrgäste stiegen ein. Ansonsten war der Bahnsteig leer: Niemand sprintete auf die offenstehenden Türen zu, und die beiden uniformierten Beamten in der Nähe des Ausgangs wirkten unbeteiligt und gelangweilt.

»Zurückbleiben, bitte.«

Die Türen schlossen sich.

Ich habe eine Chance, suggerierte sich Volker. *Vorausgesetzt, dass sie nicht wissen, was ich vorhabe.*

Er konnte rennen. Er war schnell. *Auf meine letzten Stunden werde ich noch zum Leistungssportler*, dachte er mit einem gequälten Lächeln. Todesurteil hin und her – es würde keine Kehlkopfentfernung geben; er würde nicht für den Rest seines Lebens mit Stummheit geschlagen sein, o nein. Er hatte noch ein paar Stunden Zeit, um seinen Gegnern kräftig den Marsch zu blasen, mit seiner eigenen, immer noch vorhandenen Volker-Kühn-Stimme.

Sie hatten ihm Blut abgenommen, ihn wieder und wieder geröntgt, ihn zur Tomographie geschickt. Dann wurde er ins Krankenhaus eingewiesen und narkotisiert, damit ein Arzt das veränderte Gewebe von seinen Stimmlippen kratzen konnte. Die Operation, so hatte man ihm nachher eröffnet, bedeutete keine sichere Heilung. Der Krebs konnte von neuem wachsen, sich ausbreiten und eine Entfernung des Kehlkopfs notwendig machen. Es würde ein Glücksspiel werden, und die Chancen standen bestenfalls fünfzig zu fünfzig.

Volker erinnerte sich, wie er nach der Entlassung zu Fuß nach Hause gegangen war. Er hatte geglaubt, den kürzesten Weg zu seiner Wohnung zu wählen, irgendwann jedoch festgestellt, dass seine Füße ihn in einen völlig unbekannten Stadtteil getragen hatten. Er wusste nicht, wie er dorthin gekommen war, noch, warum es schon dunkel wurde und die Straßenlaternen aufflammten. Offenbar war er stundenlang wie blind umhergewandert. Er hatte nicht einmal gespürt, dass er völlig durchgefroren war – es war Mitte November, und er trug nur eine leichte Lederjacke.

Auf dem schmiedeeisernen Geländer einer Brücke lag Schnee. Er legte seine Hände darauf und spürte das kalte, unnachgiebige Metall darunter. Wenn er sich ein Stück weit über das Geländer beugte, sah er unter sich eine S-Bahnstation und blanke Gleise, die in die Dunkelheit liefen;

Anzeigetafeln blinkten wie Irrlichter; eine Neonröhre warf ihr frostiges Schlaglicht auf den Bahnsteig, der leer und verlassen dalag. Neben den Schienen stand ein Signal in phosphoreszierendem Grün.

Um sich zu beruhigen, fingerte Volker automatisch eine Zigarette aus der Brusttasche, erinnerte sich dann erst, dass er nicht mehr rauchen durfte, und warf sie hinunter auf die Gleise. Vielleicht blieb ihm das Schlimmste erspart. Vielleicht ruhte der Krebs in Frieden, ohne erneut seine fauligen Finger nach ihm auszustrecken. Vielleicht würde Volker aber auch in wenigen Monaten erneut auf dem Operationstisch liegen, tief im künstlichen Koma der Vollnarkose, und sie würden seinen ›Hals ausräumen‹, wie der Arzt es genannt hatte.

Tod auf Raten, dachte Volker. *Sie kratzen dich inwendig leer, bis du nur noch eine unförmige Hülle bist.* Er erinnerte sich vage an ein Kunstobjekt, das er einmal auf dem Vorplatz einer Ausstellung gesehen hatte, eine überlebensgroße menschliche Gestalt aus Marmor, durchlöchert wie ein Schweizer Käse: Öffnungen in der Brust, im Bauch, in den Beinen, und oben ein großes, kreisrundes Loch im Kopf. In einer der Öffnungen hatte eine Schwalbe genistet, erinnerte Volker sich plötzlich. Schon damals hatte es ihn geschaudert: Es hatte ausgesehen, als sei der Vogel ein Parasit, der von diesem Marmorkörper zehrte, ein gefiederter Leichenfledderer, der sich mit dem spitzen Schnabel Gänge und Stollen in seinen Wirtskörper hackte.

Sie werden dir den Kehlkopf herausschneiden; dann wirst du dich noch einige Monate als stummes Gespenst durch die Krankenhauskorridore schleppen, und dein Körper wird voller Nähte und Narben sein, unförmig von all den ausgeräumten Innenteilen wie ein schlaffer Fußball.

Er beugte sich tiefer über das Geländer. Vierzehn Meter bis zum Boden. Maximale Beschleunigung; Aufprall auf

Beton. Das ergab eine saubere Leiche, vielleicht mit gebrochenem Genick, doch mit intakter Kehle und vollständigem Innenleben.

Ich könnte wenigstens noch einmal schreien, dachte Volker, und von diesem Gedanken ging ein derart wilder Reiz aus, dass er sich noch weiter hinabbeugte.

In diesem Augenblick hatte das Signal neben den Schienen von Grün auf Rot gewechselt.

Er war nicht gesprungen.

»Nächster Halt: Hauptbahnhof.«

Die Mehrheit der Fahrgäste stand auf und drängte sich vor dem Ausgang. Draußen blitzten Lichter auf, flüchtig wie vorbeischießende Kometen in der Finsternis; dann wichen die Tunnelwände zurück, und das kalte Kunstlicht des Bahnsteigs umfing sie.

»Dieser Zug endet hier.«

Die Tür öffnete sich, und Volker wurde mit der Masse auf den Bahnsteig gespült, wobei er stolperte und fast gestürzt wäre. Eine plötzliche Schwäche ergriff ihn. Er drehte sich um sich selbst, sah vorbeihuschende Schemen, teilnahmslose Gesichter, blitzende Brillen, vollgepackte Einkaufstaschen, fahlbunte Kleider im Stil der gegenwärtigen Frühjahrsmode. Ihn schwindelte, und er drückte sich haltsuchend gegen die kühle Wand des Aufsichtspavillons, der sich in der Mitte des Bahnsteigs befand.

»Übergang zu allen U- und S-Bahn-Linien sowie zur Fernbahn.«

Fernbahn, dachte Volker. *Zug nach Hamburg*. Er versuchte sich aufzurichten und von der Wand wegzukommen, doch ihm war noch immer schwindlig. Einen Moment lang durchzuckte ihn der Gedanke, dass es sich bereits um die Wirkung des Giftes handelte und dass er in einigen Sekunden hier auf diesen schmutzigen Kacheln zusammensinken würde, sterbend im Straßendreck der tausend Schuhe, die Tag für Tag durch diesen Bahnhof liefen.

Nein. Er zwang sich zur Ruhe. Andresen hatte gesagt, dass die Wirkung frühestens nach zehn bis zwölf Stunden eintreten würde.

Volker hob den Kopf. Seine Augen suchten nach der Uhr neben dem Zuganzeiger.

13:46

Los jetzt!

Volker zog sich an der Wand in die Höhe, Zentimeter um Zentimeter. Seine Augen streiften über verblasste Graffiti und Flecken von herabgeflossenem Urin. Angewidert wandte Volker sich ab und ging ein paar Schritte. Sein Kopf klärte sich, und seine Körperkräfte kehrten zurück. Rasch sondierte er die Treppenaufgänge; einer links, einer rechts. Über dem rechten ein Schild: »Fernbahn«. Volker rannte los, bahnte sich seinen Weg durch die Menge und spurtete den Treppenaufgang hinauf. Am oberen Ende empfing ihn grelles Sonnenlicht. Unter dem klaren Himmel erhob sich die monströse Kuppelhalle des Hauptbahnhofs. Der Eingang gähnte wie das Tor zur Hölle, flankiert von Bettlern und zwielichtigen Gestalten, die wahrscheinlich zur Drogenszene gehörten. Etwas abseits standen zwei ältere Frauen in unauffälliger Kleidung, die bunte Traktate in den Händen hielten.

GOTTES WORT. Die Schlagzeile fiel Volker in die Augen, als er sich seinen Weg zwischen den Verlorenen hindurch in die Halle bahnte. *Gottes Wort: Wer nicht arbeiten will, der soll auch nicht essen.*

Sein Blick glitt aufwärts zu der großen Anzeigetafel in der Mitte der Halle: Stuttgart, München, Köln, *Hamburg!* HSE »Hermann Löns«, Abfahrt vierzehn Uhr fünfzehn. Gleis Vier.

Das war seine Chance. Schneller würde er nicht nach Hamburg kommen, das stand außer Frage. Er musste diesen Zug nehmen, koste es, was es wolle.

Leicht gesagt, dachte Volker. Was mochte es kosten? Gewiss achtzig Euro, vielleicht mehr. Schwarzfahren wie in der U-Bahn kam hier nicht in Betracht. Bei den Luxus-Expresszügen wurden die Fahrkarten neuerdings bereits beim Einsteigen kontrolliert, um asoziale Elemente fernzuhalten. Und selbst wenn es ihm gelang, sich in irgendeinem unbeobachteten Moment heimlich an Bord zu stehlen – was sollte er tun? Sich viereinhalb Stunden lang auf der Toilette verstecken?

Volker lief die Treppe zum Gleis hinab, lehnte sich schwer atmend an das Geländer und sah sich um. Fahrgäste strömten an ihm vorbei; oben schimmerte hellrot das HSE-Logo. Der Bahnsteig war bereits voller Menschen, hauptsächlich Geschäftsleute mit Rollköfferchen und flachen Ledertaschen für ihre Laptops, dazwischen die unvermeidlichen Bettler wie schmutzige Flecken zwischen all den sauberen Anzügen.

Seine Chancen waren gering, das wusste er. Auf jedem Bahnsteig bettelten, wie an allen öffentlichen Plätzen, zahllose Opfer der neuen Armut: Arbeitslose, Schwerkranke, Obdachlose, Drogenabhängige und zunehmend auch Rentner, die auf Almosen angewiesen waren. Trotz allgegenwärtiger Videoüberwachung hatte man es längst aufgegeben, die Bettler von den Bahnsteigen verjagen zu wollen – Ordnungspersonal war teuer, und die Elenden strömten schneller zurück, als man sie entfernen konnte.

Gleis vier machte keine Ausnahme: Der Bahnsteig quoll über von trostlosen Gestalten. Manche – die Professionellen – huschten mit flinken Bewegungen und listigem Blick umher; die meisten jedoch schleppten sich mit stoischen Gesichtern vom einen zum anderen, baten um einen Euro, um einen halben, um zwanzig Cents, um zehn. Einige Gescheiterte, die dem harten Konkurrenzkampf nicht gewachsen waren, hatten sich neben dem Treppenabsatz zusammengekauert, trotz der Frühlingswärme in schmutzige Decken gewickelt.

»Helfen Sie mir bitte!«, sagte Volker, indem er sich den erstbesten Menschen aussuchte, der eindeutig kein Bettler war: ein junger Mann, vielleicht Büroangestellter, in sauberer Kleidung. »Ich muss unbedingt nach Hamburg … es geht um Leben und Tod.«

Der Mann sah ihn erstaunt an und zog die Augenbrauen hoch. Volker deutete dies als mögliche Chance; schließlich ließen die meisten Leute einen Bettler bereits abblitzen, bevor er auch nur drei Worte sagen konnte.

»Ich bin Geschäftsmann«, trumpfte er auf, in dem Bestreben, sich dem potentiellen Gönner als Klassenverwandter anzuempfehlen. »Mein Name ist Kühn; ich bin Vertriebsangestellter bei *Gering Systems*. Ich muss unbedingt diesen Zug nach Hamburg nehmen und …«

»Und dazu brauchen Sie Geld«, beendete der Angesprochene ironisch lächelnd den Satz. Sein Ton ließ Volker augenblicklich verstummen. Hatte er wirklich geglaubt, dass dieser junge Mann ihm helfen würde? Es war schon lange her, dass Volker Kühn Kundenbetreuer bei *Gering Systems* gewesen war und schon durch seine bloße Erscheinung seriös gewirkt hatte. Jetzt erst machte er sich klar, wie er aussah: ein Kranker, gezeichnet von einer langen Behandlung, mit einem seltsamen Ausschlag auf der Stirn; unrasiert und ungekämmt, vom Laufen verschwitzt und in abgetragener

Kleidung. Zweifellos sah er den übrigen Bettlern auf dem Bahnsteig zum Verwechseln ähnlich.

»Ich … bin schwer krank«, stieß er hervor, »Ich …«

»Das sagen alle«, konterte sein Gegenüber geringschätzig. »Denken Sie sich eine bessere Masche aus.«

»Geh arbeiten, du Parasit!«, schrie plötzlich eine heisere weibliche Stimme zu seiner Linken, und Volker fuhr herum. Eine etwa vierzigjährige Frau von magerer Statur und mit einem blassen, tief gefurchten Gesicht, sah wütend herüber. »Geh arbeiten, wenn du Geld willst!«

»Bravo!«, brüllte eine weitere Frauenstimme im Hintergrund.

Volker erhielt einen Stoß in den Rücken – er wusste nicht, von wem, doch er sah auch keinen Sinn darin, es herauszufinden. Stattdessen suchte er das Weite und stolperte wie ein getretener Hund den Bahnsteig entlang. Köpfe, Hüte, Kleider und Koffer flogen an ihm vorbei, spöttische Gesichter und grimmige, tuschelnde und wütend verzerrte Münder. Ihm wurde schwarz vor Augen.

»Hey! Das ist *unser* Revier!«, schrie ihn eine wandelnde Schnapsleiche an, als er an der Anzeigetafel vorbeikam. Volker war kaum in der Lage, den Sprecher anzublicken, dessen Familie den südlichen Teil des Bahnsteigs besetzt hatte, um Verpflegung für drei verwahrloste Kinder zu schnorren, die auf dem nackten Betonboden hockten. Er lief weiter und erreichte das Ende des Bahnsteigs. Hier gab es praktisch niemanden mehr, den man anbetteln konnte. Dann jedoch entdeckte er nahe dem Schild mit der Aufschrift »Raucherbereich«, das über einer stickigen Plexiglaskammer hing, einen etwa fünfzigjährigen Mann mit grauen Schläfen und Aktentasche, der eine Zigarre in der Hand hielt. Er blickte zum gegenüberliegenden Gleis; wahrscheinlich wartete er auf den Zug nach München, der erst in einer Stunde fuhr.

Letzte Chance, dachte Volker.

Der Mann sah ihn kommen und hielt sofort seine Aktentasche wie einen Schutzschild vor den Körper.

»Hören Sie«, keuchte Volker und hob instinktiv die Hände, wie um zu zeigen, dass er kein Klappmesser im Ärmel hatte. »Ich brauche Geld. Können Sie mir helfen?«

Der Anzugträger ließ seinen Koffer ein Stück weit sinken und setzte ein spöttisches Lächeln auf. »Wie viel denn?«, fragte er in geschäftsmäßigem Ton.

Volker stutzte. *Mein Gott, wie viel?* Die meisten Bettler baten allenfalls um einen Euro; er aber brauchte viel mehr.

»Ähm ... ziemlich viel«, sagte er unbehaglich. »Etwa achtzig Euro.«

»Dir ist es wirklich ernst, was?«, flüsterte sein Gegenüber grinsend und beugte sich vor. Sein Atem roch nach Zigarren und Zwiebeln, und Volker trat unwillkürlich einen Schritt zurück. Was bedeutete das? Wollte ihn der Fremde auf den Arm nehmen, oder signalisierte er eine reelle Chance?

»Ja«, sagte Volker endlich, in dem Bestreben, fest an die letztere Alternative zu glauben.

»Also gut«, sagte der Mann. »Du kannst etwas tun, was achtzig Euro wert ist – na ja, sagen wir: fünfundsiebzig.«

»Tatsächlich?« Volker konnte es kaum glauben. »Gut, abgemacht!« Aus den Augenwinkeln sah er die Uhr über der Anzeigetafel: Der Sekundenzeiger hatte gerade seine Runde vollendet und kletterte in den Zenit. Vierzehn Uhr. »Es darf nur nicht zu lange dauern.«

»Das hängt ganz von dir ab.« Der Mann lächelte ironisch. »Gib dir Mühe, dann geht es schnell.«

Volker ging mit, nicht ahnend, auf was er sich eingelassen hatte. Erst als er dem Mann die Treppe hinauf in Richtung der hell erleuchteten privatisierten Toilettenanlage gefolgt war, bei der für jeden Besuch ein Euro verlangt wurde, begriff er, was jetzt von ihm erwartet wurde.

Der uniformierte Wachmann am Eingang verzog keine Miene, als er das ungleiche Paar herankommen sah, steckte gleichmütig die Zehn-Euro-Note ein, die Volkers Begleiter ihm reichte, und schaltete augenzwinkernd die Überwachungskamera aus.

Dann betraten sie den weiß gekachelten Raum, der von sanften Operettenklängen erfüllt war. An der Wand über den Pissoirs prangte ein Aufkleber: »Asoziale ins Arbeitslager!« *Wie passend*, dachte Volker mit ungewohnter Kälte.

Sein Begleiter hielt ihm mit spöttischer Höflichkeit eine Zellentür auf. Volker ging hinein – wieder ein Schritt weiter in die Hölle der Selbstaufgabe. Der Mann schloss die Tür hinter sich, griff in die Brusttasche seines Anzugs und förderte eine kurzläufige Automatikpistole zutage. Es überraschte Volker nur wenig; kein gutsituierter Mensch lief heutzutage mehr unbewaffnet an öffentlichen Orten herum.

»Na dann«, sagte der Mann, dessen Lächeln zu einer schmallippigen Grimasse zusammenfiel. Die Formalitäten waren beendet. Jetzt wollte er zum angenehmen Teil des Geschäfts kommen. Er richtete die Waffe auf Volkers Stirn.

»Hinsetzen.«

Ohne sich zu sträuben, setzte Volker sich auf den Toilettendeckel. Die teure Anzughose rutschte an den Beinen des Mannes herab, und ein haariger, vorspringender Bauch wurde sichtbar, unter dem weiße Boxershorts hingen. Volker ließ den Kopf hängen.

»So, jetzt darfst du mir einen blasen«, sagte die spöttische Stimme über ihm.

Also gut, dachte Volker, in dem ein verzweifelter Plan gereift war. *Du willst es nicht anders.*

Mit einem schnellen Griff packte er die Hand mit der

Waffe und drehte dem Möchtegern-Freier den Arm um. Der Mann, zu überrascht, um sich ernsthaft zu wehren, schnaufte erschrocken und prallte rückwärts gegen die Zellentür. Einen Moment lang rangen sie keuchend miteinander; dann gelang es Volker, die Mündung in die Unterhose des Mannes zu stoßen.

»Loslassen!«, zischte er. »Nehmen Sie die Finger weg, sonst können Sie bestimmte Dinge für immer vergessen!«

Sekunden Stille, keiner der beiden Kontrahenten wagte eine Bewegung. Volker hielt die Pistole umklammert. An seinem Handrücken spürte er, wie der haarige Bauch seines Gegenübers sich rasch hob und senkte.

Plötzlich lachte der Mann über ihm – ein leises, langsames, meckerndes Lachen. »Du bist mir vielleicht einer.«

Volker war so erstaunt, dass er aufsah. Das spöttische Gesicht hing etwa einen halben Meter über ihm, durch die Perspektive bizarr in die Breite gezogen.

»Drei Sekunden«, sagte Volker kalt und schob seinen Finger durch den Abzug der Waffe, direkt neben den seines Opfers. Fast fühlte er sich imstande, seine Drohung wahr werden zu lassen. »Eins…«

»Okay, okay.«

Der Mann lockerte seinen Griff, zog den Finger aus dem Abzug und hob beide Hände vorsichtig in die Höhe.

Volker erhob sich vom Toilettensitz, ohne den Pistolenlauf von seinem Platz zu entfernen. *Geldbörse? Kreditkarten?* Mit der freien Hand tastete er den Anzug des Mannes ab und fuhr in die Brusttaschen seines Jacketts. *Seltsam*, dachte er: *Als ob es ein Instinkt wäre, ein Instinkt für Raubüberfälle, der in jedem Menschen schlummert.*

»Überleg dir gut, was du tust«, sagte die spöttische Stimme.

Volker antwortete nicht. Er fand die Geldbörse, ein pechschwarzes Rindsledermonstrum, prall wie ein reifer Apfel, außerdem ein Mobiltelefon und ein paar lose Münzen. Das Handy war, wie Volker erwartet hatte, mit einem Stimmerkennungs-Code gesichert – also nutzlos für ihn. Er warf es in die Toilettenschüssel, wo es platschend versank.

»Überleg es dir gut.«

Mit der freien Hand öffnete Volker die Geldbörse. Mehrere Fächer klappten auf und enthüllten, was er erwartet hatte: einen bunten Strauß Kreditkarten, einen Personalausweis auf den Namen Giesbert Brönnemann und jede Menge glatter Banknoten, wahrscheinlich frisch aus dem Automaten. Ohne die Pistole loszulassen, fischte Volker mit zwei Fingern einige Scheine heraus; dann ließ er die Börse zu Boden fallen.

»Ich brauche nur das Geld. Alles andere können Sie behalten«, sagte er.

Brönnemanns Lippen verzogen sich zu einem breiten Grinsen. Offensichtlich war er hinlänglich überzeugt, einen harmlosen Anfänger vor sich zu haben.

»Du kommst nicht weit«, sagte er fast genüsslich. »Ich habe Verbindungen ... gute Verbindungen. Ich bin Geschäftsmann.«

»Ja, ich auch«, sagte Volker bitter. »Aber vielen Dank für die Warnung. Dann sollte ich Sie wohl besser erschießen.«

Brönnemanns Lächeln fror augenblicklich ein.

»Hör zu«, sagte er mit veränderter Stimme – offenbar verlor er plötzlich seine vorherige Sicherheit. »Selbst wenn du mich umbringst, bist du nirgends auf der Welt mehr sicher. Ich habe Kontakte ...«

»Schön«, sagte Volker und ließ die Pistole langsam an Brönnemanns Körper bis zu dessen Gesicht emporwandern. »Und ich habe nichts mehr zu verlieren ...«

Brönnemann lächelte nicht mehr. Seine Augen schielten auf den Lauf der Waffe, der jetzt gegen seine Schneidezähne stieß.

»Hör zu«, stieß er hervor. »Nimm die Brieftasche … ich habe auch noch ein Scheckheft …«

Volker starrte in das verzerrte, schweißbedeckte Gesicht. Eine Sekunde lang hatte er tatsächlich Lust verspürt abzudrücken. Dann roch er Urin und sah ein dünnes Rinnsal am linken Bein des Mannes hinunterlaufen. Offenbar hatte die nackte Panik ihn ergriffen und ihm die Kontrolle über seine Blase geraubt.

Volker lächelte böse. Das würde ihm einen Vorsprung verschaffen. Es war unwahrscheinlich, dass dieser arrogante Mensch mit nassen Hosen in die Halle hinausrennen und um Hilfe rufen würde.

»Vergessen Sie Ihre Börse nicht.«

Volker kickte die Brieftasche mit dem Fuß zur Seite – sie rutschte unter der Seitenwand hindurch in die Nachbarzelle. Dann steckte er die Pistole ein, schob den regungslos dastehenden Mann beiseite und machte sich rasch davon.

14:14

»Zum HSE Hermann Löns nach Hamburg bitte einsteigen«, dröhnte der Lautsprecher, als Volker die Treppe zum Bahnsteig hinaufhechtete. Die Türen des Zuges schlossen sich, und der Zugbegleiter schickte sich eben an, das Signal zur Abfahrt zu geben.

Zu spät … zu spät. Er stolperte fast über einen der Obdachlosen, die sich am Fuß der Treppe niedergelassen hatten, rappelte sich hoch und rannte auf den Schaffner zu.

»Nun aber los!«, schimpfte der Mann, der ihn kommen sah, und gestikulierte ungeduldig.

Volker überbrückte die letzten Meter, packte die Haltegriffe zu beiden Seiten der Tür, schwang sich an Bord und fiel dann keuchend zu Boden.

Aufschub ... Hamburg an: siebzehn Uhr neununddreißig ... noch neundreiviertel Stunden auf dieser Welt.

Hinter ihm schloss sich zischend die Tür.

»Sie müssen wohl nachlösen, was?«

Die Worte des Zugbegleiters drangen wie durch einen Nebel zu Volker durch. Er hob den Kopf und stellte fest, dass er mit dem Gesicht an der Wand lag. Der Schaffner stand über ihm und machte keinerlei Anstalten, ihm aufzuhelfen.

Volker stemmte sich stöhnend an der Wand hoch – und kam sogleich wieder zu Fall, als der Zug mit einem kräftigen Ruck anrollte. Diesmal hatte der stoische Zugbegleiter ein Einsehen und packte Volker am Arm, sodass er endlich auf die Füße kam. Schwer atmend lehnte er sich an die Wand des Gangs.

»Nach Hamburg«, keuchte er. »Einfache Fahrt.«

»Zweiter Klasse?« Der Zugbegleiter zückte mit grimmiger Miene seinen Fahrscheinautomaten. »Zweiundneunzig Euro – mit Nachlösezuschlag.«

Volker kramte in seiner Hosentasche: Da waren die Pistole, die er seinem Opfer abgenommen hatte, und ein dickes Bündel Banknoten. Er zog es hervor, zählte die Scheine ab und legte ein kräftiges Trinkgeld darauf.

»Stimmt so.«

»Bad und WC sind rechts hinter dem Bistrowagen«, sagte der Schaffner, auf einmal die Höflichkeit in Person. »Falls Sie sich erst mal frisch machen wollen.«

»Danke«, sagte Volker, steckte die Fahrkarte ein und machte sich auf den Weg. So einfach war das, wenn man Geld hatte.

Bis zur Diagnose seiner Krankheit war Volker Kühn stets gewohnt gewesen, dass Geld keine Rolle spielte. Sein Vater war noch ein kleiner Bankangestellter gewesen, doch nachdem er im Jahr 2007 einem Herzschlag erlegen war, hatte Volker beschlossen, ihm seinen letzten Wunsch zu erfüllen: Der einzige Sohn sollte es einmal besser haben, auf höherer Ebene einsteigen, schneller vorankommen. Aus diesem Grund hatte Volker Betriebswirtschaft studiert.

Gering Systems war ein reiner Glücksgriff gewesen: Ein Bekannter seines Vaters, der Beziehungen zu dieser Firma pflegte, hatte ihn zunächst als Praktikanten eingeführt und mit Büroaufgaben betrauen lassen. Die Firma stellte Software für Marktanalysen her. Und obwohl Volker still und nicht allzu kontaktfreudig war, wurde er fest angestellt und stieg bereits nach wenigen Jahren zum Kundenberater auf. Eigentlich wurden dafür Eigenschaften wie Umgänglichkeit, Flexibilität und gewinnendes Auftreten gefordert – Qualitäten, die Volker nicht besaß und die er sich nur unter Schwierigkeiten hätte aneignen können. Doch es schien, dass einige Kunden gerade seine zurückhaltende Art als Ausdruck seiner Seriosität werteten, und wann immer Probleme auftraten oder Beratung gewünscht wurde, verlangten Sie gern nach »Herrn Kühn«.

Die Jahreswende 2010 brachte den ersten großen Höhepunkt seiner Karriere: Gisela Gering, die Geschäftsführerin, hatte ihn in ihr Büro gerufen und ihm, quasi zwischen Tür und Angel, die Stellung des Vertriebsleiters angeboten. Volker konnte es kaum fassen, doch natürlich sagte er zu – und war plötzlich Chefrepräsentant eines aufstrebenden mittelständischen Unternehmens mit einem Monatsgehalt von zehntausend Euro.

Von da an hatte Volker sein Geld ausgegeben, meistenteils ohne zu begreifen, wohin es verschwand. Er mietete das Obergeschoss eines schönen Altbaus in der City, das

Platz für eine vierköpfige Familie geboten hätte. Die viel zu großen Räume blieben fast ungenutzt; Volker war selten zuhause, denn Frau Gering schickte ihn immer häufiger auf ausgedehnte Reisen. Wieder daheim, wanderte Volker durch seine Fürstensuite, ohne sich recht an ihr freuen zu können; sie wirkte stets auf merkwürdige Weise leer, ohne dass ihm bewusst war, was genau eigentlich fehlte.

Er begriff es erst, als er Gesine kennenlernte. Sie war Marketingreferentin bei einem Medienkonzern, zwei Jahre älter als er und mindestens um zehn Jahre erfahrener. Als Volker sie zufällig auf einer Geschäftsreise traf, hatte sie ihm zunächst fast Angst gemacht: eine resolute Frau, sprühend vor Elan und stets in völliger Klarheit über ihre Ziele und Bedürfnisse. So war es kein Wunder, dass sie die weitere Entwicklung in die Hand nahm.

Die Beziehung veränderte sein Leben. Zunächst sahen sie sich nur an Wochenenden, da Gesines Arbeitgeber in München firmierte; nach wenigen Monaten jedoch entschied Gesine, dass sie sich selbständig machen wolle – und dies könne sie ebenso gut auch anderswo tun. Also zogen sie zusammen. Gesine stampfte innerhalb weniger Wochen einen erfolgreichen CD-Verlag aus dem Boden und verfügte schon nach einem Jahr über mehrere Angestellte. Auch zuhause erwies sie sich als geborene Managerin: Als Erstes entrümpelte sie Volkers Wohnung und erzwang – kunstverständig, wie sie war – eine umfangreiche Renovierung zwecks geschmacklicher Anhebung des Niveaus. Sie bestimmte die Automarke, die Boutiquen, die Urlaubsorte; sie scheuchte ihn ins Fitness-Studio und auf die Sonnenbank; sie führte ihn in ihren äußerst kunstsinnigen und wohlhabenden Bekanntenkreis ein. Das Einzige, was sie ihm nicht abgewöhnen konnte, waren sein unerfüllter Wunsch nach Kindern – und das Rauchen.

Trennungen bei klarer Autoritätslage sind meistens unspektakulär: Sie gleichen einer Entlassung. Nach viereinhalb Jahren kam Gesine eines Abends nach Hause und teilte Volker mit, dass sie sich eine Veränderung wünsche. Nein, keine Ortsveränderung. Eine Umstrukturierung. Sie habe erkannt, dass sie noch Größeres leisten könne, wenn nur das Umfeld ein wenig anders aussehen würde. Sie plane den Zusammenschluss mit einem örtlichen Medienvertrieb und habe Chancen, die Führungsposition für beide Unternehmen an sich zu ziehen. Das Konzept sei schon ausgearbeitet. Das sei ein wichtiger Schritt in ihrem Leben, ein bedeutendes Stück Selbstverwirklichung. Allerdings könne sie diesen Weg nur allein gehen; das Zusammenleben mit ihm passe nicht mehr ins Bild. Volker sei eben mehr der konservative Typ, der dort bleibe, wo das Schicksal ihn hingestellt habe – zu genügsam für sie, zu grüblerisch, zu kontaktscheu. Ihre Entscheidung sei unwiderruflich.

Volker nahm ihre Erklärung fraglos an. Sie hatte ihn geschluckt, viereinhalb Jahre lang verdaut und endlich wieder ausgeschieden. Also packte sie ihre Sachen, schenkte ihm den größten Teil der gemeinsamen Wohnungseinrichtung, wünschte ihm alles Gute und ging.

Damit begann Volkers Talfahrt. Er brauchte lange, um zu begreifen, was geschehen war. Wochenlang trottete er stumpf und empfindungslos durch seine viel zu große Wohnung, die nun wieder leer war. Es wäre übertrieben gewesen zu sagen, dass er trauerte: Er nahm es einfach hin, so wie er stets hingenommen hatte, was Gesine entschied. Er weinte nicht einmal …

Stattdessen spürte er, wie sein Hals anschwoll und immer enger wurde. Sein Kehlkopf verkrampfte sich; er litt unter zunehmender Heiserkeit. Der Kloß im Hals wurde dicker und dicker; er bekam Atembeschwerden. *Vielleicht eine verschleppte Grippe*, dachte er vage.

Doch es war keine Grippe, wie Dr. Wedemann feststellte.

Und dann kam das Gespräch bei der Krankenkasse.

»Tja, Herr Kühn«, sagte Herr Scherchen, ein nickelbebrilltes Männchen mit dem stechenden Geruch einer wandelnden Parfumwerbung. »Also, wie lautet die Diagnose? Und bitte keine Verharmlosungen; wir prüfen alles nach.«

»Kehlkopf-Präkanzerose«, sagte Volker tonlos – er hatte keine Kraft mehr, sich über diesen missgünstigen Menschen aufzuregen; dazu war er zu sehr mit sich selber beschäftigt.

»Prä-kan-ze-rose«, buchstabierte Scherchen umständlich in seinen Laptop. »Na, da wird ja einiges an Behandlungen fällig.« Er drückte eine Taste, die offenbar mögliche medizinische Maßnahmen abrief.

»Oh!«, machte er plötzlich und starrte angestrengt auf den Bildschirm. »Sie haben *geraucht*?«

Volker nickte geistesabwesend.

Dann schreckte er hoch. »Woher wissen Sie das?«, fragte er misstrauisch.

»Routinetest«, erklärte Scherchen gelassen. »Ist Pflicht, seit der letzten Gesundheitsreform. Haben Sie das nicht gewusst? Ihr Arzt gibt an, dass der Cotinin-Gehalt im Blut auf zwanzig bis fünfundzwanzig Zigaretten täglich schließen lässt.«

Schuldbewusst senkte Volker den Kopf. Sinnlos, es zu leugnen.

»Tja« sagte Scherchen, drückte eine Taste und rief weitere Daten ab. »Tut mir leid, Herr Kühn. Sie sind gesundheitsrenitent. Ich ermittle hier einen SVK von 8,5.«

»Wovon reden Sie?«

Scherchen blickte ihn fast – aber auch nur *fast* – mitleidig an.

»Sie sollten öfter mal auf unsere Kundeninformationsseite im Internet schauen. Laut Vertrag sind wir berechtigt, durch geeignete Methoden das Selbstverschulden des Kranken festzustellen und leistungsmindernd zu berücksichtigen. Ihr *Selbstverantwortungskoeffizient* beträgt 8 Komma 5, was bedeutet, dass wir lediglich verpflichtet sind, zehn Prozent Ihrer Behandlungskosten zu tragen.«

Volker starrte ihn fassungslos an – die Worte drangen wie durch Watte zu ihm, doch als er ihren Sinn begriff, erwachte er endgültig aus seiner Teilnahmslosigkeit.

»Was soll ich jetzt tun?«, fragte er völlig entgeistert.

»Tut mir leid«, log Scherchen achselzuckend und klappte den Laptop zu.

»Tut mir leid«, sagte auch Gisela Gering.

»Bitte, Frau Gering!«, flehte Volker. »Ich brauche die Arbeit jetzt dringender als je zuvor! Allein die Operation kostet dreitausend Euro, zu schweigen von all den Nachbehandlungen, der Chemotherapie und so weiter ... und meine Krankenkasse lässt mich im Stich ...«

Die Chefin zog die Mundwinkel nach unten. »Wieso?«

»Selbstverschulden«, flüsterte Volker beschämt.

»Ach ...?«

Schweigen.

»Haben Sie etwa *geraucht*?«, fragte Frau Gering nüchtern, als verhöre sie einen Schuljungen.

Volker nickte mit Tränen in den Augen.

»Tja.« Die Chefin lehnte sich vor und verschränkte die Hände auf der Tischplatte – was sie stets tat, wenn sie beabsichtigte, vom Persönlichen zum Geschäftlichen zu wechseln. »Ein Grund mehr.«

»Wofür?«, stieß Volker gepresst hervor.

»Für Ihre Entlassung«, sagte Frau Gering, nunmehr ohne jedes Mitgefühl. »Warum haben Sie mir das verheimlicht?«

»Wieso *verheimlicht*?«

»Sie waren vertraglich verpflichtet, bei ihrer Beförderung gesundheitliche Risiken anzugeben.« Gisela Gering machte eine bedeutsame Pause. »Glauben Sie, wir befördern Drogenabhängige in Topmanager-Posten? Was sollen unsere Kunden denken?«

Volker sackte in sich zusammen; er war außerstande zu antworten.

»Das hätte ich nicht von Ihnen gedacht, Herr Kühn.« Frau Gering klang nun ernsthaft erbost. »Ihre häufigen Krankschreibungen musste ich durchgehen lassen, aber dass Sie mir Ihren haltlosen Lebenswandel verschwiegen haben, geht zu weit. Selbstverschuldete Krankheiten sind seit der Änderung des Arbeitsrechts vor zwei Jahren ein zureichender Entlassungsgrund, wie sie hoffentlich wissen.«

»Bitte, Frau Gering«, schluchzte Volker, der die Beherrschung verlor. »Wir haben doch alle unsere kleinen Laster …«

»*Ich* nicht!«, versetzte sie brüsk. »Ich rauche nicht; ich trinke nicht; ich trainiere viermal die Woche und halte mein Idealgewicht. Das ist das Mindeste, was ein Unternehmen von seinen Spitzenkräften verlangen muss: dass sie ihre Leistungskraft erhalten. Ein gesundheitlich unmoralischer Mitarbeiter bedeutet ein unzumutbares Risiko. Wie stehe ich denn jetzt da? Sie haben mich getäuscht und bewusst hintergangen; gnade Ihnen Gott, wenn uns auch nur ein einziger Vertragsabschluss durch die Lappen gegangen ist, weil der Kunde ihre gelben Fingernägel gesehen oder ihren Atem gerochen hat!«

Wieder Schweigen – das einzige Geräusch: Volkers unterdrücktes Schluchzen, in der Stille doppelt entwürdigend.

»Im Übrigen wäre es doch ohnehin nur eine Frage der Zeit«, sagte die Chefin schließlich. »Selbst wenn Ihre Operation zur Heilung führt, können Sie nicht mehr als Vertriebsangestellter arbeiten. Sie sind ständig heiser; sie husten; die Stimme bleibt Ihnen weg – und zusammenreißen konnten Sie sich auch schon mal besser«, setzte sie noch hinzu.

»Ich werde … ganz bestimmt mit dem Rauchen aufhören«, flüsterte Volker und bemühte sich, die Tränen wegzudrücken.

»Mein Gott, wie sieht denn das aus?«, fuhr Frau Gering hoch. »Sie sollen unsere Spitzenklasse-Software verkaufen und husten Rotz und Galle quer über den Tisch?« Sie schüttelte sich vor Ekel. »Da könnten wir ja auch gleich einen Übergewichtigen einstellen! Ich ruiniere doch nicht mein Unternehmen, indem ich die Präsentation unserer Produkte einem moralisch haltlosen Individuum anvertraue!«

»Bitte!«, flüsterte Volker zum dritten Mal. »Wahren Sie doch bitte zumindest die Kündigungsfrist.«

Frau Gering schüttelte den Kopf. »*Vertragsbruch*, Herr Kühn – da gibt's keine Fristen. Wenn ein Mitarbeiter dem Unternehmen absichtlich oder grob fahrlässig schadet, ist die Wahrung von Kündigungsfristen nicht zumutbar.«

»Dann geben Sie mir eine Abfindung! Bitte!«

»Bei selbstverschuldeter Krankheit?« Sie lachte trocken. »*Den* Anwalt möchte ich sehen, der das durchsetzt.«

Volker begriff, dass es vorbei war – alles war vorbei. Zittrig kam er auf die Füße, packte seinen Mantel und verließ fluchtartig das Büro.

Die ärztliche Behandlung kostete über neunzigtausend Euro: Tomographien, Kortikoide, Chemotherapie. Mit jeder Rechnung schwanden seine Ersparnisse. Es reichte für die angefallenen Kosten, nicht aber für Volkers laufende Ausgaben. Denn er war nun, von einem Tag auf den anderen, arbeitslos und ohne Einkommen. Anspruch auf Arbeitslosengeld hatte er nicht – eine selbstverschuldete Entlassung schloss jede Unterstützung aus. Selbst die noch immer »Hartz IV« genannte Ersatzleistung kam nicht in Frage, da er aufgrund seiner Krankheit langfristig erwerbsunfähig war.

Zum ersten Mal wurde ihm die horrende Höhe seiner laufenden Kosten bewusst, die bislang in seinem großzügig bemessenen Etat untergegangen waren: Kranken- und Rentenversicherung, die Leasingraten für den Wagen, die sündhaft teure Wohnung. Volker geriet in Panik. Innerhalb eines einzigen Monats waren seine Ersparnisse so weit aufgezehrt, dass er eben noch seine Miete bezahlen konnte. Zwischen einem Arzttermin und dem nächsten versuchte er, seinen Wagen, einen Teil seiner Möbel und sogar die Gemälde zu verkaufen, die Gesine bei ihm zurückgelassen hatte – zu Schleuderpreisen, denn die Zeit drängte, und er musste stets dem erstbesten Interessenten willfahren. Doch es half nichts: Am Ende war ihm nichts anderes übrig geblieben, als sich bei den Behörden zu melden, um das zu beantragen, was man seit der letzten Gesetzesänderung offiziell »Grundsicherung für Nichterwerbsfähige«, im Volksmund hingegen nach wie vor *Stütze* nannte.

15:00

Nachdem er den Zug erreicht hatte, ging alles merkwürdig glatt. Der freundliche Schaffner hatte ihm den Weg gewiesen, und Volker war sogleich in der nächsten Toilette verschwunden, um sich ein wenig frisch zu machen. Tatsächlich hätte er sich in seiner Verfassung kaum unter die Leute mischen können, die sich eine Fahrt mit diesem Edelzug leisten konnten, denn er sah inzwischen aus wie ein Landstreicher. Also belegte er – nachdem er sich überzeugt hatte, dass nirgends eine Überwachungskamera zu erkennen war – eine halbe Stunde das luxuriöse Bad, wusch sich Gesicht und Haare und rückte seine Garderobe zurecht.

Während er unter dem Haartrockner stand, sichtete er seine Beute: Da war zum einen die Automatikpistole, geladen mit einem vollen Magazin, außerdem eine stattliche Summe Bargeld. Addierte man den Preis der Fahrkarte, so war offensichtlich, dass er diesem Brönnemann rund 500 Euro in bar abgenommen hatte. Gewiß: Keine bedeutende Summe für einen Geschäftsmann, der sechs verschiedene Kreditkarten mit sich herumtrug. Dennoch war Volker sicher, dass Brönnemann ihn verfolgen lassen würde. Zur Polizei würde er wahrscheinlich nicht gehen. Unter Spitzenverdienern war es üblich geworden, privates Sicherheitspersonal zu rekrutieren, das viel weniger Rücksichten nehmen musste als die staatlichen Gesetzeshüter. Offiziell waren diese Leute »Leibwächter«, doch jeder wusste, dass sie noch ganz andere Aufgaben hatten: Oft genug wurden sie ausgeschickt, um Konkurrenten einzuschüchtern, Schuldner unter Druck zu setzen oder Rachefeldzüge zu führen.

Aber wen interessierte das noch … in neun Stunden war für ihn sowieso alles vorbei.

Und wenn nicht? Daran konnte und wollte Volker nicht denken. Stattdessen legte er mit erstaunlicher Sachlichkeit seine weitere Strategie fest und beschloss, so lange wie möglich an Bord des Zuges zu bleiben. Wenn er Glück hatte und die Verfolger seine Absichten nicht errieten, konnte er gegen halb sechs auf dem Hamburger Hauptbahnhof aussteigen. Allerdings schien es ihm zweckdienlich, den Mitreisenden nicht schon durch sein Äußeres aufzufallen.

Also verließ Volker den Waschraum und machte sich auf den Weg zum Servicewagen, der sich in der Mitte des Zuges befand. Wie in fast allen Luxuszügen gab es hier neben dem Restaurant auch eine Cafeteria, Konferenzräume, Telefonzellen und eine Ladengalerie. Als Erstes frischte Volker in der Bordapotheke seinen Vorrat an Aspirin auf: Zwei Packungen mit je zehn Tabletten – mehr würde er nicht mehr brauchen, bis seine Zeit abgelaufen war. Als Nächstes erstand er in einem Laden für Reisebedarf eine Schirmmütze und konnte damit endlich den verräterischen Ausschlag auf seiner Stirn vor neugierigen Blicken schützen. Sein dritter Weg führte ihn in eine der kleinen und sehr edlen Boutiquen. Gewiss wäre eine ordentliche Geschäftsgarderobe die ideale Tarnung gewesen; dafür aber fehlte Volker das Geld, denn allein eine Anzughose kostete hier fast vierhundert Euro. Stattdessen kaufte er ein paar Billigangebote: Ein leichtes Sakko, ein einfaches Sporthemd und eine Stoffhose.

Nachdem Volker rund zweihundert Euro ausgegeben hatte, zog er sich erneut in den Waschraum zurück und wechselte seine Garderobe. Seine ursprünglichen Kleidungsstücke – seine letzte, zehn Jahre alte Jeans und das verblichene Sweatshirt – stopfte er kurzerhand in den Behälter für die gebrauchten Papierhandtücher. Bis sie dort gefunden wurden, war er hoffentlich längst am Ziel.

Dann betrachtete sich Volker im Spiegel: Nun sah er tatsächlich wie ein Geschäftsmann aus. Gewiss, die rote Baseballkappe passte nicht recht, und er sah immer noch krank und unrasiert aus. Das musste eben als modischer Dreitagebart durchgehen. Wahrscheinlich hielten seine Mitreisenden ihn für einen Neureichen, einen allzu schnell Emporgekommenen, dessen Geschmack sich noch nicht gefestigt hatte. Dies würde vermutlich zur Folge haben, dass man ihn geflissentlich ignorierte. Umso besser.

Zufrieden verließ Volker den Waschraum, nachdem er die Gelegenheit genutzt hatte, um noch zwei weitere Aspirin nachzuwerfen.

Sein nächster Gedanke: ein Telefon. Er war fest entschlossen, die Verbindung zu dieser Frau – *wie hieß sie doch gleich?* – von der *ALZ* aufrechtzuerhalten. Gewiss, ursprünglich hatte er nur gehofft, auf diese Weise an Geld für das Ticket zu gelangen, aber das Interesse der Journalistin hatte ihn ermutigt. Möglicherweise bot die Presse ihm überhaupt den einzigen Schutz, auf den er noch rechnen konnte. Um Krankenhäuser und Behörden musste er einen Bogen machen, doch die Zeitungsleute würden für eine Sensation wahrscheinlich alles tun. Sie genossen Narrenfreiheit, waren von bestimmten Konventionen entbunden, durften unangenehme Fragen stellen und waren nicht auf die Erhaltung des Status quo vereidigt. Es war durchaus denkbar, dass die Zeitungsredaktion ihm half, ihn vielleicht sogar beschützte – schließlich war sein Leben Gold wert; er war der einzige Zeuge unglaublicher Vorgänge und kannte das womöglich dunkelste Geheimnis der Nation.

Vielleicht kann ich sie überzeugen, mich am Bahnhof in Hamburg abzuholen, dachte Volker. *Wir könnten den Hersteller unter Druck setzen, ihn womöglich zur Herausgabe des Gegenmittels zwingen. Vielleicht habe ich eine Chance, wenn wir diesen Professor Degus ausfindig machen.*

Volker machte sich auf den Weg zu den Telefonkabinen. Leider waren sie alle besetzt, und auf dem Gang warteten schon mehrere Passagiere. Einige Minuten stellte er sich geduldig dazu, aber dann fiel ihm ein, dass das Herumstehen gefährlich für seine Blutzirkulation war. *In den Beinen fängt es an*, erinnerte er sich an Andresens Worte. *Meistens in den Beinen, weil das Venenblut gegen die Schwerkraft ankämpfen muss, um zurück zum Herzen zu gelangen … bleib in Bewegung!*

So war Volker schließlich in den vorderen Teil des Zugs gegangen und hatte das Fitnessabteil betreten.

Und hier saß er nun schon seit einer halben Stunde und trat in die Pedale eines Ergometers, wie die aufgebockten Fahrräder hochtrabend hießen. Der Ort gab ihm Sicherheit: Hier hoffte er weitaus weniger aufzufallen als im Restaurant oder in einem der normalen Abteile, denn jeder der Anwesenden war mit sich selbst beschäftigt. Rund ein Dutzend Menschen drängten sich in dem Großraumabteil, das mit den verschiedensten Trainingsgeräten zugestellt war. Auf den Rädern links und rechts neben Volker strampelten ein halbes Dutzend Mitreisende, einige verbissen keuchend, die Mehrzahl jedoch langsam und mit starrem Blick auf die Landschaft, denn die linke Wandseite des Raums bestand aus einem riesigen Panoramafenster. Gleich neben den Stramplern mühten sich mehrere Fitnesswillige schnaufend auf Laufbändern, darunter eine besonders markante Person: Eine Frau um die vierzig, der das Fitness-Shirt haltlos vom ausgemergelten Körper herabhing. Ihre Beine, oberhalb der Knie ebenso schmal wie darunter, bewegten sich in rastlosem Rhythmus, und die vorstehenden Rippen ihres Brustkorbs hoben und senkten sich heftig, während ihr der Schweiß in den modischen Trainings-BH lief. Volker sah sie nur von hinten, und auch das nur, wenn er den Kopf wandte – was er sorgsam vermied, denn er fürchtete, es könnte dieselbe Person sein, die ihn auf dem Bahnsteig angeschrien hatte.

»Geh arbeiten, du Parasit!« Er erinnerte sich nur allzu genau.

Vielleicht irrte er sich; immerhin wandte sie ihm den Rücken zu, und in ihrer Trainingskleidung war die Ähnlichkeit nur vage. Volker bemühte sich trotzdem, nicht hinzusehen; stattdessen trat er in die Pedale. Sein Kopf fühlte sich merkwürdig leer an; er dachte weder an die unaufhaltsam verrinnende Zeit noch an seinen bevorstehenden Tod in neun Stunden. Die gegenwärtige Bedrohung verdrängte die zukünftige: Seine größte Sorge bestand darin, dass einer der Fahrgäste, die er auf dem Bahnsteig um Geld angebettelt hatte, ihn wiedererkennen könnte.

»In wenigen Minuten erreichen wir Mannheim«, verkündete der Lautsprecher.

Volker blickte nach draußen. Bei jedem Halt des Zuges musste er fürchten, dass sein Plan entdeckt worden war und unauffällig gekleidete Spürhunde mit Funkgeräten und Automatikpistolen an Bord kommen würden, um ihn zu ergreifen. Doch nichts geschah: Menschen stiegen ein und aus, zogen schwere Koffer über die Bahnsteige, fielen Verwandten oder Freunden in die Arme und verschwanden im Gedränge. Das Zugpersonal wirkte ruhig bis gelangweilt und gab sich ohne auffälligen Eifer seinen Pflichten hin.

Volker wartete den Halt in Mannheim ab, ohne von seinem Fahrrad herabzusteigen oder auch nur langsamer zu treten. Durch das Panoramafenster hatte er einen guten Überblick über den Bahnhof mit seinem Halbdutzend Gleisen und die Gebäude im Hintergrund. Obwohl sich nichts Besorgniserregendes ereignete, war er froh, als das Signal ertönte und der Zug sich wieder in Bewegung setzte.

Als die Uhr an der Wand

15:30

zeigte, entschied Volker, dass er nun lange genug gewartet hatte, und brachte das Tretlager mit einem Ruck zum Stehen. »250,4 Kalorien«, informierte ihn die Digitalanzeige über den Erfolg seiner Bemühungen.

Volker lüftete kurz seine Schirmmütze, strich sich über das schweißnasse Haar und stieg aus dem Sattel. Seine Waden schmerzten: Ein gutes Zeichen; offenbar war es ihm gelungen, die Muskeln gehörig zu aktivieren und den Blutfluss in seinen Beinen in Bewegung zu halten.

Erstaunlich, was ein vergifteter Krebskranker noch zuwege bringt, dachte er zynisch. Er drängte sich an seinem schnaufenden Nachbarn vorbei, der wild in die Pedale trat und ihm einen missgünstigen Blick zuwarf – *Schon aufgegeben, Schlappschwanz?* –, verließ den Fitnesswaggon und machte sich wieder auf den Weg zu den Telefonzellen.

Diesmal hatte er Glück: Niemand wartete mehr auf dem Gang, und der ältere Herr, der die Kabine gerade besetzt hielt, kam schon nach wenigen Minuten heraus. Volker betrat das Abteil, das mit seriösem Mahagoni getäfelt war, drehte den Türriegel und ließ sich auf einem der geschmackvoll bezogenen Polstersessel nieder. Vor ihm standen zwei Satellitentelefone, ein Telefonkartenautomat und ein Computer.

Volker kramte sein Geld hervor, löste eine Telefonkarte für zwanzig Euro – *das reicht mit Sicherheit für den Rest meines Lebens*, dachte er mit einem Anflug von Galgenhumor – und ließ vom Computer die Nummer der *ALZ* aufrufen.

Diesmal brauchte er kaum das zweite Klingelzeichen abzuwarten, bis der Hörer abgenommen wurde.

»ALZ Redaktion – Grauel«, meldete sich eine Männerstimme.

»Hier ist …« Volker riss sich zusammen. *Nein, nur kein Name!* »Äh … ich habe vor zwei Stunden mit einer Kollegin von Ihnen gesprochen, einer … Britta …«

»Reuschner?«

»Genau.«

»Sind Sie ›Kain‹?«

Volker stutzte – mein Gott, hoffentlich hatte die Frau seine Geschichte nicht schon verbreitet!

»Ich möchte nur mit Frau Reuschner persönlich sprechen«, wich Volker vorsichtig aus. »Ist sie da?«

»Sekunde.«

Es knackte; offenbar wurde durchgestellt.

»Britta Reuschner.«

»Ich bin's ... *Kain*«, sagte Volker.

Einige Sekunden Stille.

»Ach!«, sagte die sympathische Stimme. »Wir haben schon Wetten abgeschlossen, ob Sie sich noch einmal melden.«

»Was?« Volker erschrak. »Haben Sie etwa Ihren Kollegen von der Sache erzählt?«

»*Einem* Kollegen, ja. Er hielt Sie allerdings für einen Spinner, der bloß abzocken wollte. Tja, ich habe dagegengehalten – jetzt schuldet er mir wohl eine Flasche Sekt.«

Volker holte tief Luft.

»Haben Sie überprüft, ob es die Firma *Kunnart Pharma* in Hamburg noch gibt?«

»Ja.« Papiere raschelten am anderen Ende. »Der Betrieb sitzt nach wie vor im Hamburger Industriegebiet.«

»Und Hans Degus?«

»Ein Medizinprofessor; wohnt im Villenviertel Rotherbaum.«

»Arbeitet Degus noch immer bei Kunnart?«, hakte Volker nach.

»Keine Ahnung.«

»Haben Sie die genaue Adresse der Firma?«

»Sicher, steht im Internet.«

»Haben Sie irgendwas über das Medikament *Axxidizyn* herausgefunden?«

»Jetzt hören Sie mal zu«, sagte Frau Reuschner. »Vorläufig stelle *ich* hier die Fragen. Ich sage Ihnen nur so viel, dass wir zum gegenwärtigen Zeitpunkt nichts über dieses Medikament wissen. Im Internet steht es jedenfalls nicht. Ich habe mehrere Ärzte und die Universitätsklinik angerufen, aber niemand kennt den Namen. Beim Gesundheitsamt führt man ein Register aller Pharmazeutika, die noch in der Testphase sind, aber dort werde ich heute wohl niemanden mehr erreichen. Schließlich ist Freitagnachmittag.«

»Rufen Sie nicht die falschen Leute an!«, warnte Volker.

»Insbesondere nicht diesen Degus; er könnte gewarnt werden … und das wäre verheerend für mich.«

»Jetzt packen Sie erst mal aus. Wo sind Sie zurzeit, was haben Sie vor, und was genau ist eigentlich los?«

»Ich bin im HSE Hermann Löns nach Hamburg«, sagte Volker. »Ankunft 17 Uhr 39. Ich bin heute Mittag aus dem Krankenhaus geflohen, wo ich die letzten zwei Wochen war …«

»Geflohen?« Die Stimme der Reporterin klang fast belustigt. »Hat man Sie denn eingesperrt? Oder sollten Sie einen Einlauf bekommen?«

»Die Sache ist nicht zum Lachen«, stieß Volker hervor. »Ich habe Krebs – Kehlkopfkrebs – und sollte am kommenden Montag zum zweiten Mal operiert werden. Irgendjemand wollte das verhindern und hat mir heimlich ein Gift eingeflößt. Ein tödliches Gift.«

»Und warum laufen Sie dann immer noch putzmunter herum?«

»Es wirkt erst nach etwa zwölf Stunden«, erklärte Volker mit einer Sachlichkeit, die ihn selbst überraschte. »Es ist ein Medikament, das ursprünglich zur Behandlung der Bluterkrankheit entwickelt wurde, bei Nicht-Blutern aber tödlich wirkt.«

»Woher wissen Sie das alles?«

»Ich habe im Krankenhaus mit einem anderen Krebskranken das Zimmer geteilt. Sein Name war Joachim Andresen. Er war vor Jahren Mitarbeiter bei Kunnart Pharma und hat Verdacht geschöpft, dass das Medikament in Wahrheit entwickelt wurde, um Menschen zu töten.«

»Was für Menschen? Krebskranke?«

»Nein«, flüsterte Volker, und ein Schauder lief ihm über den Rücken. »Leute wie mich – und ihn. Ich erkläre es Ihnen später. Andresen selber hat das Gift verabreicht bekommen und ist heute Mittag daran gestorben … in meinem Beisein.

Er wusste es, denn er hat eine bestimmte Nebenwirkung wiedererkannt, einen Hautausschlag auf der Stirn. Als es ihm klar wurde, hat er mir die Geschichte erzählt.«

Stille am andern Ende.

»Und Sie haben diesen Ausschlag auch?«

»Ja … seit zwölf Uhr.« Volker schauderte abermals. »Spätestens um Mitternacht bin ich tot.«

Eine weitere Pause entstand. Volker hielt mit leicht bebenden Fingern den Hörer und starrte hinaus in die vorüberfliegende Landschaft. Draußen waren in der Ferne die lieblichen Hügel des Odenwalds zu erkennen.

»Helfen Sie mir!«, flüsterte er schließlich. »Helfen Sie mir, und Sie bekommen die unglaublichste Titelgeschichte, die Sie je hatten.«

»Warum gehen Sie nicht zu einem Arzt und lassen sich den Magen auspumpen?«

»Zu spät«, sagte Volker erschöpft. »Wenn der Hautausschlag erscheint, ist die Sache nicht mehr aufzuhalten. Außerdem kann ich mich bei keinem Arzt und in keinem Krankenhaus mehr blicken lassen. Man sucht mich bereits. Ich nehme an, ich bin eine Gefahr für die Drahtzieher dieser Sache geworden.«

»Wollen Sie damit andeuten, dass es sich um so etwas wie … eine Verschwörung handelt?«, fragte die Journalistin skeptisch.

»So ist es.« Volker gab sich Mühe, ruhig zu sprechen und nicht als durchgedrehter Paranoiker dazustehen. »Ich kann auch nicht zur Polizei gehen … man würde mir nicht glauben, sondern mich wahrscheinlich festhalten, und das wäre mein Todesurteil.«

»Angenommen … nur mal *angenommen*, wir würden Sie in eine Spezialklinik bringen lassen…«

»Das würde nichts nützen. Keine der bekannten Methoden kann etwas gegen dieses Gift ausrichten. Meine einzige Chance ist ein spezielles Gegenmittel, das von diesem Professor Degus entwickelt wurde und in den Labors von Kunnart Pharma vielleicht noch auf Lager ist. Irgendwie muss ich an dieses Mittel herankommen.«

Jetzt, wo er es aussprach, wurde Volker erst die ganze Absurdität seines Plans bewusst: Was sollte er tun? Mit vorgehaltener Waffe im Foyer der Firma Kunnart erscheinen? Ins Labor einbrechen? Nein, es war aussichtlos; er lief einer Schimäre hinterher, einer trügerischen Illusion. Andresen hatte recht gehabt: Selbst wenn das Gegenmittel wirklich noch existierte, würde man sich dumm stellen und jedes Wissen leugnen; man würde den firmeneigenen Sicherheitsdienst oder die Polizei rufen und ihn hinauswerfen lassen.

»Was genau erwarten Sie von mir?«, fragte Frau Reuschner – und ihre leise, langsam artikulierende Stimme ließ einen winzigen Hoffnungsschimmer in Volker aufglimmen.

»Holen Sie mich hier raus!«, stieß er hervor. »Schicken Sie mir jemanden, der mich aus dem Zug eskortiert ... es ist nur eine Frage der Zeit, bis meine Gegner kapieren, was ich vorhabe. Sie werden mich aufstöbern. Ich brauche Schutz. Am besten wäre jemand, der mich am Bahnhof mit dem Auto abholt. Vielleicht könnten wir zu Kunnart fahren und die Herausgabe des Gegenmittels erzwingen. Wie, weiß ich allerdings auch nicht. Jedenfalls dürfen die Leute dort auf keinen Fall gewarnt werden, dass ich komme.«

Wieder herrschte Stille am anderen Ende.

Dann sprach die Journalistin wieder – und Volker konnte kaum glauben, was er hörte.

»Gut. Ich komme selbst.«

»Wirklich?!«

»Wann ist der Zug in Hamburg?«

»Siebzehn Uhr neununddreißig.«

»Ich hole Sie ab.«

»Wie wollen Sie das schaffen?«

»Ich werde fliegen. Mit dem Flugzeug bin ich in anderthalb Stunden in Hamburg. Es wird knapp, aber ich werde mich beeilen. Wenn ich nicht rechtzeitig dort bin, schicke ich einen Freund von mir, unseren Hamburger Korrespondenten. Wie erkennen wir Sie?«

»Ich trage eine rote Baseballkappe«, sagte Volker. »Ich habe kein Gepäck, bin Mitte dreißig, eins zweiundachtzig groß, schlank ... Und ich habe, wie gesagt, diesen Ausschlag.«

»Das wird genügen.«

»Was tun wir dann?«

»Werden wir sehen. Wenn Ihre Geschichte stimmt, könnten wir die Leute von Kunnart Pharma in die Mangel nehmen. Wir erscheinen einfach an der Tür, überrumpeln sie und stellen sie vor laufenden Mikrofonen zur Rede.«

»Also glauben Sie mir?«

»Sagen wir mal so ...« Sie schien laut nachzudenken. »Wenn Sie einfach nur irgendein Verrückter sind, vergeude ich einen Nachmittag und kriege von meinem Chef eine gesalzene Strafpredigt. So weit, so gut. Wenn an Ihrer Geschichte aber was dran ist und Sie wirklich als Todkranker aus einem Krankenhaus geflüchtet sind, dann reicht das allein schon für eine Story. Was Ihre Vergiftungsgeschichte betrifft, habe ich meine Zweifel, aber darüber reden wir später.«

Volker atmete schwer. Der plötzliche Hoffnungsschimmer benebelte seinen Geist. »Also gut«, sagte er schließlich. »Aber bitte erzählen Sie niemandem etwas. Auch Ihren Kollegen nicht.«

»Wovor haben Sie Angst?«, fragte die Journalistin belustigt. »Verbindungsleute einer Euthanasie-Mafia bei unserer bescheidenen Zeitung?«

»Im Moment halte ich *alles* für möglich«, bestätigte Volker bitter. »Sagen Sie niemandem etwas, und forschen

Sie nur so weit nach, wie es möglich ist, ohne Verdacht zu erregen.«

»Na schön, einverstanden.«

»Noch etwas: Wie erkenne ich *Sie*? Auf dem Hamburger Bahnhof, meine ich.«

»Ich bin eins achtundsechzig groß, ein bisschen mollig und habe rote Haare. Keine Sorge; Sie werden mich schon nicht mit irgendeinem Killer verwechseln, der mit der Automatik in der Hand auf Sie wartet.«

»Okay.«

»Melden Sie sich, wenn irgendwas Unvorhergesehenes passiert. Haben Sie ein Handy?«

»Nein.«

»Schade. Aber ich gebe Ihnen die Nummer von meinem.«

Volker riss einen Zettel von dem bereitstehenden Notizblock ab und schrieb mit.

»So«, schloss die Journalistin. »Ich mache mich gleich auf den Weg zum Flieger. Wir sehen uns in Hamburg, Kain.«

»Danke«, brachte Volker tonlos hervor. Es knackte in der Leitung; seine Gesprächspartnerin hatte aufgelegt.

Volker konnte es noch immer kaum fassen: Er hatte eine Verbündete, eine echte Verbündete mitten in dieser feindlichen Welt! *Reiß dich zusammen*, sagte er sich. *Bloß jetzt keine Fehler. Bis halb sechs musst du alleine klarkommen.* Er zog die Telefonkarte aus dem Schlitz des Automaten und schickte sich an, das Abteil zu verlassen.

Er öffnete die Tür – und starrte direkt ins Gesicht einer Frau, die offenbar schon längere Zeit auf dem Gang gewartet hatte. Sie blickte ihn an, und ihre Augen weiteten sich.

Volker erschrak, so sehr, dass seine Beine sich plötzlich wie Gummi anfühlten und ihm das Blut ins Gesicht schoss. Rasch wandte er sich ab, zog unwillkürlich die Mütze tiefer in die Stirn und trabte den Gang hinunter. Sie sah ihm nach, das wusste er; er konnte förmlich ihre bohrenden Blicke in seinem Rücken spüren.

Mein Gott, es ist wirklich die Frau, die mich auf dem Bahnsteig angebrüllt hat.

Ob sie ihn erkannt hatte? Offensichtlich; sonst hätte sie ihn nicht derart angestarrt. Was musste sie denken, wenn der Bettler ihr plötzlich in Geschäftsgarderobe über den Weg lief, in einem Zug, wo selbst die billigsten Plätze fünfzig Euro kosteten?

Vielleicht hat sie sogar gesehen, wie ich mit diesem Brönnemann verschwunden bin. Womöglich denkt sie, ich hätte ihn ermordet und seine Sachen genommen ... sie wird mich beim Zugpersonal anzeigen ... mein Gott, was soll ich tun?

Er war völlig durcheinander und merkte kaum, dass seine zittrigen Beine ihn wie automatisch zurück in Richtung Fitnessabteil trugen. Erst vor der Tür blieb er stehen und sah sich um: Er hatte zwei Waggons durchquert, und der Gang hinter ihm war leer. Merkwürdig, welche Todesangst er plötzlich hatte! Zu Beginn seiner Odyssee hatte er wenig Angst empfunden – vielleicht, weil es so wenig zu hoffen gab. Jetzt hingegen war alles anders: Eine Rettungschance hatte sich aufgetan, und sein Überlebenswille war wiedererwacht, stärker als je zuvor. Er musste in Hamburg ankommen, und wenn er sich für den Rest der Fahrt in der Toilette verstecken musste!

Blödsinn. Das wäre das Dümmste, zwang er sich zur Ruhe. Nicht durchdrehen. Unauffällig bleiben; tun, als ob nichts wäre. Vielleicht vergisst die Frau mich gleich wieder, weil sie anderes im Kopf hat; schließlich wartet sie nicht umsonst vor dem Telefonabteil. Vielleicht ist sie nicht einmal sicher, dass sie mich erkannt hat.

Volker raffte sich zusammen und öffnete die Tür zum Fitnessabteil. Der Raum umfing ihn, wie vorhin, mit Schweiß- und Parfumgerüchen, mit Keuchen und Schnaufen, mit dem Rasseln und Quietschen der Trainingsgeräte.

Ruhig. Ganz ruhig.

Er schlenderte zurück zu seinem Fahrrad, das noch immer frei war, schwang sich auf den Sattel und trat in die Pedale. Sein Nachbar warf ihm einen kurzen Blick zu, wandte sich jedoch gleich wieder ab.

Draußen flogen Trabantenstädte vorbei. Düstere, schmucklose Neubauten ragten in den Himmel, Dutzende identischer Balkone übereinander, dazwischen verwahrloste, überfüllte Straßen. War das Darmstadt?

In Frankfurt gibt es einen Flughafen ... Der Zug hält direkt neben der Rollbahn ...

Doch er verwarf diesen Gedanken. Selbst wenn es ihm gelang, noch einen Flug zu bekommen, würde ihn die Fluggesellschaft gnadenlos schröpfen, weil er so spät kam, und dafür würde sein Geld nicht reichen. Außerdem wurde auf den großen Flughäfen jeder scharf kontrolliert; er würde seine Papiere vorzeigen müssen und nach Waffen durchsucht werden ... keine Chance. Er musste im Zug bleiben. Unbedingt.

Volker biss die Zähne zusammen und strampelte auf seinem Fahrrad. Die Tachonadel zitterte bei 30 Stundenkilometern. Er übertrug die ganze Energie seiner Hoffnungen und Ängste in die Bewegung seiner Beine, ohne dass ihm die Anstrengung bewusst wurde. Die Therapie schlug an: Langsam beruhigte er sich.

Seine Gedanken begannen zu schweifen. Er dachte an seine neue Verbündete, seinen Schutzengel: An eine Frau namens Britta Reuschner, die er nie gesehen hatte. Eins achtundsechzig groß, mollig, rotes Haar. Das klang gut. Vertrauenerweckend. Sie gab etwas von sich preis; sei es nun für ihre Story oder weil sie ihm tatsächlich glaubte.

Ich komme, Miss Mollig, dachte Volker. Verlassen Sie sich darauf. Ich werde es schaffen.

Doch sein Geist konnte diesen Gedanken nicht festhalten. Er versuchte, sich ihr Gesicht vorzustellen, doch wie sehr er sich auch bemühte; das Einzige, was ihm in den Sinn kam, war das Gesicht jener Frau, die ihn auf dem Bahnsteig beschimpft hatte.

Geh arbeiten, Parasit!

Welcher Hass in ihrer Stimme gebebt hatte ... Sie mochte um die vierzig sein, wahrscheinlich verheiratet, gutsituiert, allerdings nicht reich – Ehefrau mit eigenem Job, keine Kinder, höchstens ein Hund. Und natürlich ein Eigenheim und eine weißrussische Putzfrau. Ein Durchschnittsmensch. Diese Leute waren die schlimmsten. Schaudernd dachte Volker zurück an seinen ersten, erzwungenen Gang zu jener Behörde, die nach fünfmaliger Reform inzwischen »Kommunalstelle für Grundsicherung« hieß.

Die Kommunalstelle, im Volksmund noch immer »Sozialamt« genannt, war ein schmutzig weiß verklinkerter Neubau von der Größe einer mittleren Fabrik und lag am Rand des Industriegebietes. Das heruntergekommene Stadtviertel hatte einmal »Wiedenberg« geheißen; mittlerweile jedoch sparte sich der Volksmund jegliche Beschönigung und nannte ihn schlicht »das Ghetto«. Hierher hatte man auch die staatlich finanzierten Sozialwohnungsblocks ausgelagert, und zwar auf Druck einer Bürgerinitiative, die das adrette Stadtbild der anderen Bezirke nicht gestört sehen wollte. Die Folge war, dass jeder, der aus irgendwelchen Gründen Sozialleistungen empfing, zum Umzug in dieses Viertel gezwungen war. Die unmittelbare Nachbarschaft des Industriegebiets jedoch hatte sich als verhängnisvoll erwiesen: In vielen Straßen wohnten schlechtbezahlte Fabrikarbeiter und kleine Angestellte, was zu gefährlichen Spannungen führte, die sich immer wieder in offenen Feindseligkeiten entluden.

Volker fuhr mit dem Bus – seinen Wagen hatte er zu einem Spottpreis verkaufen müssen.

»KfGS … Endstation«, sagte der Busfahrer durch seine Sprechanlage und drehte einen Halbkreis auf dem Wendeplatz. Zischend schwangen die Türen auf.

Zunächst hatte Volker geglaubt, es sei vielleicht ein Unfall geschehen, doch schon nach wenigen Metern erkannte er, dass hier viel Schlimmeres geschah: Der gesamte Vorplatz des Amtes, der Rasen und sogar die Gehwege der gegenüberliegenden Straßenseiten waren von Menschen besetzt, die Plakate schwenkten, Parolen brüllten oder still wie bei einer Mahnwache dastanden. Überall herrschte Bewegung; Schreie ertönten; es wurde gedrängelt, gepöbelt und getreten.

»Also spricht der Apostel Paulus: *Wir gebieten euch, liebe Brüder, im Namen unseres Herrn Jesus Christus*«, übertönte eine krächzende Männerstimme den Tumult, »*dass ihr euch zurückzieht von jedem Bruder, der unordentlich lebt und nicht nach der Lehre, die ihr von uns empfangen habt.*«

Die Stimme gehörte einem Kahlkopf in unauffälligem Grau, der seitlich neben dem Wartehäuschen der Haltestelle stand, keine zehn Meter von Volker entfernt. Er hielt ein aufgeschlagenes Buch in der Hand, offensichtlich eine Bibel mit speckigem Ledereinband, und sah erhobenen Blickes über die Menge hinweg.

»*Denn ihr wisst, wie ihr uns nachfolgen sollt*«, rief der Prediger. »*Wir haben nicht unordentlich bei euch gelebt, haben auch nicht umsonst Brot von jemandem genommen, sondern mit Mühe und Plage haben wir Tag und Nacht gearbeitet, um keinem von euch zur Last zu fallen! Darum gebieten wir euch: Wer nicht arbeiten will, soll auch nicht essen!*«

Ein wütender Aufschrei ging durch die Menge. Volker blickte nach vorn und sah, dass zwei junge Männer soeben aus der Glastür des Amtes getreten waren und versuchten, die Bushaltestelle zu erreichen. Sie kamen nicht weit: Die Menge stieß augenblicklich auf sie zu, wobei der eine ins Gewühl zur Rechten gerissen wurde. Der andere versuchte, sich in geducktem Lauf seinen Weg zu bahnen, wobei er Haken schlug wie ein flüchtender Hase.

Der Busfahrer schien es mit der Angst zu bekommen – offenbar befürchtete er, dass die Verfolger den Bus stürmen könnten; jedenfalls schloss er augenblicklich die Türen und ließ den Motor an.

Volker gab sich einen Ruck: Er schloss die linke Hand fest um den Griff seiner Aktentasche, hielt die Rechte wie zur Abwehr halb erhoben und drängte sich auf den Plattenweg zum Eingang des Amtes. Vor ihm lagen zwanzig Meter, eine schier endlose Strecke, wie ihm schien, gesäumt von Dutzenden Menschen, die Parolen schrien und handgemalte Plakate schwenkten:

WER WIRKLICH ARBEIT WILL,
FINDET AUCH WELCHE.
FÜR € 10 KÖNNT IHR MEIN KLO PUTZEN!
IHR STEHLT MIR 30 % MEINES LOHNS!

»Schmarotzerschwein!«, keifte jemand zur Rechten. Etwas Weiches, Fauliges kam von hinten herangeflogen und klatschte mit erstaunlicher Wucht in Volkers Genick.

»Geh arbeiten, wenn du Geld willst!«, grölte eine deutlich alkoholisierte Stimme.

Es war ein Spießrutenlauf. Volker rannte los, stieß einen oder zwei aus dem Weg, duckte sich unter geballten Fäusten hindurch, empfing Stöße und Fußtritte … doch im letzten Moment kam die Rettung: Als er die Glastür erreichte, packte ihn ein uniformierter Sicherheitsbeamter am Arm und zog ihn herein.

»Draussen bleiben!«, schrie der Mann und wehrte einige der Verfolger ab, die ihre Wut nicht beherrschen konnten und in die Türschleuse drängten.

»Warum rufen Sie nicht die Polizei?«, stieß Volker hervor.

Der Wachmann drehte sich um und maß ihn mit einem bösen Blick. »Sehen Sie bloß zu, dass Sie weiterkommen«, knurrte er und wies den Gang hinab. »Wegen Leuten wie *Ihnen* ist doch hier ständig die Hölle los.«

Der Korridor vor den Amtszimmern sah aus wie ein Flüchtlingslager. Vor einigen Jahren hatte man sich noch Mühe gegeben, das Amt in der Art eines modernen Dienstleistungscenters mit geschmackvollem Interieur zu veredeln – mittlerweile jedoch war man zu nackter Zweckmäßigkeit übergegangen und hatte das Mobiliar größtenteils entfernt, bevor es gestohlen wurde oder Schaden litt. Die Menschen hockten auf wenigen harten Stühlen, auf Heizkörpern oder auf dem Boden; einige hatten Decken oder Isomatten dabei. Da saßen stoisch dreinblickende Jugendliche, teilnahmslos dösende Rentner, Frauen mit schreienden Kindern auf den Armen, Menschen aller Altersklassen und Hautfarben. Ein beißender Geruch lag in der Luft, eine Mischung aus Alkohol, exotischen Gewürzen und Schweiß.

Volker fand einen Sitzplatz auf dem Boden, zwischen einer Gruppe von Jugendlichen und einem finster dreinblickenden Kerl, der roch wie ein zehn Jahre alter, niemals gesäuberter Grillrost. Er wartete, und die stickige Luft ließ auch ihn eindösen. Die Gerüche und die Wärme der zahllosen Körper benebelten ihn; die Geräusche, das gelegentliche Wimmern und Husten, das Geschrei der Kinder und das Rascheln von Decken schienen sich zu entfernen. Er sank in einen Dämmerzustand, und die Zeit rann dahin … eine

Stunde, zwei Stunden, drei ... Nur gelegentlich schreckte er hoch, wenn eine Tür geöffnet wurde und irgendein verzweifelt dreinblickendes menschliches Wrack mit gesenktem Blick entlassen wurde, woraufhin ein anderer aufstand und zur Tür trottete, um ihn abzulösen.

Schlimmer kann es nicht mehr werden, wiederholte irgendeine Spukstimme in Volkers Geist.

Doch es *konnte* noch schlimmer werden.

»Wo wohnen Sie zur Zeit?«, fragte die Sachbearbeiterin, eine gelangweilt dreinblickende Blondine mit strengen Fältchen an den Rändern ihres schmalen Mundes.

»Miesbachstraße 16a ...«

Klackklackklack ... ihre Finger bearbeiteten mit sichtlicher Kraft die Tastatur, als sei sie es gewohnt, all ihre tägliche Frustration an diesem leidgeprüften Buchstabenbrett auszulassen.

»Mietwohnung oder Eigentum?«

»Mietwohnung«, flüsterte Volker.

»Wie groß?«

»Vier Zimmer ...«

»Was?«, fuhr die Blondine indigniert auf. »Bevor Sie da nicht ausgezogen sind, kriegen Sie keinen Cent.«

Mit mühsam beherrschter Wut hieb sie auf die Tastatur ein. »Wir setzen Sie auf die Liste für eine Sozialwohnung ...«

Volker wurde schwarz vor Augen. Seltsam, wie weit seine Vergangenheit schon hinter ihm lag – als hätte es den aufstrebenden Kundenberater nie gegeben, für den Geld keine Rolle spielte und »Grundsicherung« nur ein inhaltsleerer, abstrakter Begriff war. Langsam begann er zu begreifen, was ihm bevorstand: Er würde seine Wohnung aufgeben und in diesen Vorstadtslum ziehen müssen, in irgendeinen verkommenen Wohnblock voller gescheiterter Existenzen.

Sein kranker Kehlkopf krampfte sich schmerzlich zusammen.

»Was … ist mit den Kosten für meine Operation?«, brachte er hervor.

Die Sachbearbeiterin fixierte eine Stelle auf ihrem Bildschirm. »Sie wurden selbstverschuldet entlassen?«

Volker senkte beschämt den Kopf.

»Stellen Sie sich nicht so an! – *Ja oder nein*?«

Er nickte erschrocken.

»Geraucht, was?« Die Frau maß ihn mit einem abschätzigen Blick, nahm einen Schluck Kaffee aus einer Plastiktasse und hieb wieder auf die Tastatur ein. »Dann gewöhnen Sie sich schon einmal an den Gedanken, dass Sie ab sofort Mitglied der gesetzlichen Krankenversicherung sind.«

Volker wusste, was das bedeutete. Keine Fachärzte mehr, keine teuren Medikamente, keine schnellen Termine – und falls der Krebs erneut ausbrach, würde er lange auf einen Operationstermin warten müssen, womöglich Wochen oder Monate. Während dieser Zeit konnte sich der Tumor ungehindert weiter in seinem Körper ausbreiten. Die Zeiten, in denen Notfälle umgehend und ohne Ansehen ihrer Zahlungsfähigkeit behandelt wurden, waren schon lange vorbei.

ZWEITER TEIL

16.00 – 20.00 UHR

16:21

Die Schiebetür des Abteils wurde mit einem Ruck aufgerissen.

»Das ist der Mann!«, rief eine Frauenstimme.

Volker sah sie kommen, im Spiegel der Glasscheibe vor seiner Nase: Zwei Männer, der eine offenbar ein Zugbegleiter, der andere ein Bahnpolizist mit Waffengurt an der Seite. Hinter ihnen stand die magere Frau mit dem blassen Gesicht, die ihn an der Schwelle zum Telefonabteil wiedererkannt hatte.

»Das ist er!«, wiederholte sie schrill.

Volkers Herz machte einen schmerzhaften Satz. *Was jetzt, Kühn?*

Der verbissene Strampler neben ihm wurde langsamer und wandte ihm das schweißtriefende Gesicht zu – ein misstrauischer Blick aus dunklen Augen.

»Hallo, Sie!«, hörte Volker die Stimme des Bahnpolizisten in seinem Rücken.

Er sah nicht hin, sondern blickte weiter in die Glasscheibe, wo das Spiegelbild des Beamten auf ihn zukam. Der Mann hob die Hand, offenbar, um ihn an der Schulter zu packen.

Aus. Sie werden dich festnehmen ... sicher wurde vorhin in Fulda die Bahnpolizei an Bord geholt. Sie haben den ganzen Zug nach dir durchkämmt, wahrscheinlich von hinten nach vorn; deshalb sind sie erst jetzt hier angekommen. Keine Fahrt nach Hamburg, keine Miss Mollig, kein Rettungskommando. Wenn du jetzt nichts tust, ist es aus.

»Steigen Sie bitte vom Fahrrad.« Die Hand des Polizisten landete auf Volkers linker Schulter.

Mit einem Ruck brachte er die Pedale zum Stehen, noch immer ohne sich umzublicken. Ganz langsam stieg er vom Sattel herab. Seine Füße erreichten den Boden. Er stand einfach nur da, wandte dem Polizisten den Rücken zu und blickte auf sein eigenes Spiegelbild in der Glasscheibe.

»Können Sie sich ausweisen?«

Volker wirbelte herum und rannte los.

»Halt!«, schrie der Bahnpolizist, drehte sich um die eigene Achse und stolperte, als Volker an ihm vorbeifegte.

Im nächsten Sekundenbruchteil stellte sich ihm der Zugbegleiter in den Weg. Volker warf sich mit voller Wucht auf ihn, hörte einen dumpfen Aufschlag und ein ersticktes Keuchen. Die magere Frau schrie gellend, als Volker auf sie zukam, und flüchtete hastig zur Seite.

Volker stürmte durch die offene Abteiltür und rannte den Gang hinunter.

Wohin? Mein Gott, wohin? Wir fahren mit 250 km/h auf offener Strecke!

Für den Augenblick waren seine Häscher zu überrascht gewesen, um die Verfolgung aufzunehmen. Dann aber hörte er Schreie, Getrampel und das Knallen von Türen in seinem Rücken.

»Halten Sie den Mann auf!«

Volker rannte – gegen die Fahrtrichtung, immer weiter durch die schmalen Gänge. Rechts flogen die Außenfenster des Waggons vorbei, links die Abteile; der Boden vibrierte unter seinen Füßen.

»Den mit der roten Mütze!«

Er riss sich die Mütze herunter, schleuderte sie im Laufen von sich – erreichte das Ende des Waggons, warf sich gegen die Schwingtür – rannte weiter; stieß zwei oder drei erschrockene Fahrgäste beiseite, stolperte über eine Reisetasche, die mitten im Gang stand – rannte weiter.

»Halt!«, brüllte erneut die Stimme des Bahnpolizisten, vielleicht zehn Meter hinter ihm.

Wieder eine Schwingtür; dahinter der Bistrowagen. Volker rannte einen Kellner über den Haufen, dessen Serviertablett wie ein Diskus durch den Raum segelte und gegen die hintere Wand knallte, quetschte sich im Slalom an mehreren Tischen vorbei und flankte über leerstehende Stühle. Die Gäste des Bistros wichen aufschreiend vor ihm zurück.

Im nächsten Moment stürmten die beiden Uniformierten herein, doch Volker hatte eine Schneise der Verwüstung hinterlassen, an der sie scheiterten. Der Bahnpolizist stolperte über den Kellner, der sich eben vom Boden erheben wollte, während der Zugbegleiter mit mehreren umherrennenden Fahrgästen zusammenstieß.

Volker stieß die Tür zum nächsten Waggon auf und fand sich in der Einkaufsgalerie wieder. Verzweifelt klammerte er sich an einen einzigen Gedanken: Es musste ihm gelingen, so viel Verwirrung und Chaos zu hinterlassen, dass seine Häscher steckenblieben und er Zeit gewann.

Zeit wofür? Für ein Wunder?

Ein Schlag, ein Scheppern: Er hatte einen der drehbaren Kleiderständer umgerissen, die vor einer Boutique standen. Volker wirbelte um die eigene Achse, ergriff einen zweiten Ständer und zog ihn quer über den Gang – Kleiderbügel segelten durch die Luft, und ein halbes Dutzend edle Kunststoffjacketts landeten auf dem Boden.

Im selben Moment erreichte der Bahnpolizist die Ladengalerie. Er hatte seine Waffe gezogen, und sein Gesicht war hochrot vor Anstrengung.

Volker kannte keine Rücksicht mehr. Als der Polizist über die am Boden liegenden Kleiderständer sprang, packte er einen wohlbeleibten Herrn in weißem Leinenanzug am Revers und schleuderte ihn seinem Verfolger entgegen. Schreiend und fluchend gingen die beiden zu Boden.

Notfalls wäre ich bereit, jemanden zu verletzen, erkannte er staunend, als er die nächste Tür aufriss. *Ich wäre bereit, mich zu verteidigen. Ich habe sogar eine Waffe.*

Richtig; sie steckte noch immer in der Tasche der neuen Hose. Sollten die Kerle ihn einholen, würde er versuchen müssen, sie zumindest kampfunfähig zu machen.

Einstweilen jedoch rannte er, als sei rennen sein einziger Lebenszweck. Hätte er auch nur eine einzige Sekunde Zeit zum Nachdenken gehabt, so würde er sich sehr gewundert haben: Er war nie eine Sportskanone gewesen; jetzt aber – mit wachsendem Tumor und einem tödlichen Gift im Leib – bestritt er einen erstaunlichen Marathon.

»Achtung, Achtung!«, ertönte die Sprechanlage. »Im Zug befindet sich ein mutmaßlicher Straftäter. Er flüchtet gegenwärtig auf Höhe der Servicewagen zum Ende des Zuges. Bitte bleiben Sie in Ihren Abteilen und machen Sie Platz für die Polizei!«

Prima, dachte Volker. *Nett, dass ihr mir freie Bahn schafft.*

Er stieß eine weitere Schwingtür auf und erreichte die Großraumabteile: vollbelegte Bankreihen zu beiden Seiten, überquellende Gepäcknetze, Dutzende von Fahrgästen. Sofort ging ein kollektiver Aufschrei durch die Menge: Mütter packten ihre Kinder und duckten sich zwischen die Sitze; andere verschränkten die Hände über den Köpfen, als stünde eine Bombenexplosion bevor.

»Das ist er!«, schrie ein jugendlicher Hüne am anderen Ende des Wagens, dessen tätowierte Arme unter einer Jeansweste hervorragten, und sprang auf.

»Um Gottes willen, spielen Sie nicht den Helden!«, kreischte eine Frauenstimme. »Runter!«

Volker zog seine Waffe.

Der Tätowierte erbleichte und setzte sich rasch wieder hin.

So einfach geht das. Du brauchst nur eine Kanone, und jeder ist überzeugt, dass du sie auch benutzen wirst.

Dann ein letzter Gang, ein menschenleeres Großraumabteil ohne Sitze, dahinter eine Tür mit Sicherheitsschloss und der Aufschrift »Gepäck«.

Volker riss die Tür auf und stieß mit einem weiteren Zugbegleiter zusammen, der offenbar von all dem Trubel noch gar nichts mitbekommen hatte, sondern in aller Seelenruhe ein Butterbrot aß.

»He, was …?« Er starrte auf Volkers Pistole und wich erschrocken zurück. Die Stulle landete auf dem Boden.

»Bitte … bitte nicht … ich habe Frau und …«

»Den Schlüssel!«, schrie Volker ihm ins Gesicht. »Den Schlüssel für diese Tür!«

Der totenbleiche Kerl fischte einen einzelnen Schlüssel mit bedrucktem Anhänger aus seiner Tasche. Er entglitt seinen zittrigen Händen und fiel zu Boden.

Volker packte den Mann am Kragen der Uniformjacke, wirbelte ihn herum und beförderte ihn mit einem kräftigen Schubs in den vorderen Teil des Waggons. Dann schlug er die Tür hinter sich zu, haschte nach dem Schlüssel am Boden, brauchte einen entsetzlichen langen Moment, um ihn ins Schloss zu befördern – und drehte ihn um, gerade als seine Verfolger herangestürmt kamen und sich gegen die Tür warfen.

Volker trat von der Tür zurück, die im Rahmen zitterte, keuchend und außer Atem.

»Aufmachen! Polizei!«, klang es dumpf zu ihm herein.

Volker gönnte sich genau fünf Sekunden, um zu Atem zu kommen. Dann sah er sich um. Der Gepäckraum war mit unzähligen sperrigen Gegenständen zugestellt. Da waren nicht nur Koffer und Kisten, sondern auch Surfbretter, ein großes Schlauchboot und verschiedene andere Sportgeräte.

Wassersportler, dachte Volker unzusammenhängend. *Touristen auf dem Weg an die Nordsee …*

»Achtung, Achtung.« Er erschrak, denn die Stimme drang aus einem Lautsprecher, der sich direkt über ihm in der Decke befand. »Wir sprechen zu der Person, die sich im Gepäckabteil aufhält …«

Volker beachtete die Ansage nicht, sondern ging langsam quer durch den Raum. Am Ende befand sich die Tür zum hinteren Triebkopf, in dem sich allerdings niemand aufhielt. Die breite Ladeluke für den Gepäckraum war an der Seite.

»Geben Sie auf. Der Zug erreicht in zehn Minuten die nächste Station. Dort stehen Sicherheitskräfte bereit, um die Tür aufzubrechen. Sie haben keine Chance.«

Volker trat ans Fenster der Ladeluke und blickte hinaus.

»Sie befinden sich im letzten Wagen des Zuges und haben keine Fluchtmöglichkeit.«

Er sah direkt hinab auf die Landschaft, durch die der Zug mit schwindelerregendem Tempo dahinschoss. Zu beiden Seiten der Bahntrasse fielen steile Böschungen ab und verschwanden in dicht bewaldeten Hügeln.

Springen wäre Selbstmord, dachte er. *Selbst wenn ich die Notbremse ziehe, dauert es ewig, bis der Zug hält… und dann sind sie gleich wieder hinter mir her.*

Er drückte die Klinke nieder – die Luke war fest verschlossen.

»Wir sprechen zu der Person im Gepäckabteil«, wiederholte die Lautsprecherstimme.

Volker trat einige Schritte zurück. Sein Blick fiel auf die Gepäckstücke zu seiner Rechten und wanderte zurück zur

Ladeklappe. Eine aberwitzige Idee nahm in seinem Geist Gestalt an.

»Geben Sie auf.«

Er hob die Pistole und zielte auf das Schloss am unteren Ende der Ladeklappe.

Es war das erste Mal im Leben, dass er eine Waffe abfeuerte. Der Rückstoß riss ihn fast um. Und dann zerrten plötzlich ganz andere Kräfte an ihm, denn er hatte getroffen: Das zersplitterte Schloss war aus der Fassung gesprungen; die Klappe wurde nach oben aufgerissen, und der Fahrtwind wirbelte ohrenbetäubend herein. In Sekunden erfasste der Sog alle nicht fixierten Gegenstände und ließ sie auf die Luke zutrudeln: Kleidungsstücke, Zeltplanen, Seile und sogar eine Taucherausrüstung setzten sich in Bewegung, schlitterten kreiselnd über den Boden und wurden nach draußen gerissen. Wie bizarre Flugkörper schossen sie über den Bahndamm und waren schon nach wenigen Sekunden außer Sicht.

»Der Zug erreicht in wenigen Minuten Göttingen …«

Volker stolperte, fiel auf die Knie und packte geistesgegenwärtig ein langes, mit Karabinerhaken bewehrtes Stahlseil, wobei er seine Pistole verlor.

»… dort werden Sicherheitskräfte bereitstehen …«

Er haschte nach der Waffe, bekam sie zu fassen und steckte sie in den Gürtel. Dann kroch er zur Wand und versuchte das Schlauchboot festzuhalten, das sich eben in Bewegung setzte.

»Sie haben keine Chance …«

Doch das Boot, leichtgewichtig, wie es war, geriet in den Sog und wurde in Richtung der Luke gerissen. Volker stürzte hinterher, bekam einen Metallring zu fassen, der offenbar zum Vertäuen gedacht war, und zerrte das Boot in den Windschatten neben der offenen Luke.

Mein Gott, willst du das wirklich tun?

Es gelang ihm, das Boot senkrecht aufzurichten. Er steckte zuerst die Füße, dann die Hände durch die Halteseile, die in Schlaufen um den Bootskörper herumliefen. Dann zog er an dem roten Griff der Notbremse, der neben ihm hing.

Eine halbe Sekunde lang geschah gar nichts. Dann ertönte ein schreckliches Kreischen und die Fahrt verlangsamte sich.

»Sie haben keine Chance!«

Fest an den Rumpf des Bootes geschmiegt, schob sich Volker langsam zur Türöffnung, drehte den Kopf und spähte hinab. Direkt unter ihm flogen die Gleise vorbei; die Bäume verschwammen zu einem flimmernden Film.

Du willst dich also mit diesem Schlauchboot nach draußen auf den Bahndamm werfen? Bei diesem Tempo? Das sind doch immer noch hundert Sachen! Warum zum Teufel hat keiner der Fahrgäste einen Paraglider dabei?

»Zurücktreten!«, hörte er eine Stimme von hinten rufen. Die verschlossene Eingangstür zum Gepäckabteil knirschte im Rahmen; offenbar setzte jemand ein Brecheisen an.

Ein wahnwitziges Grinsen stahl sich auf Volkers Gesicht. Passt auf, Leute. Jetzt seht ihr den wahrscheinlich ersten und letzten Stunt meines Lebens. Kamera läuft …

»Zuuu-gleich!«, skandierten mehrere Männerstimmen hinter ihm an der Eingangstür. Metall schrappte auf Metall.

Klappe: Die größte Kühnheit des Volker Kühn, die Erste …

Die Tür hinter ihm knirschte erneut; dann brach das Schloß mit einem metallischen Krachen.

… und: Action!

Volker packte das Schlauchboot, stieß sich von der Türschwelle ab und warf sich ins Leere.

Eine halbe Sekunde Schwerelosigkeit … Er wusste nicht, wo oben und unten war, wo der Himmel und wo die Erde. Er hatte erwartet, dass das Schlauchboot auf dem Bahndamm landen würde; stattdessen jedoch wurde es vom Fahrtwind erfasst und hoch emporgerissen, wobei es sich mehrfach drehte. Mit schwindelerregendem Tempo jagte es über die Gleise. Volker krallte beide Hände in die Seile und fühlte das Zerren unglaublicher Kräfte an seinem Körper. Es war, als würde er in einer jener Zentrifugen herumgewirbelt, in denen man Astronauten trainierte. Plötzlich war das Schlauchboot über ihm, und er hing mit ausgestreckten Armen und Beinen daran wie an einem bizarren und äußerst notdürftigen Fallschirm.

Umdrehen!, schrie es in ihm. *Umdrehen! Sonst knallst du mit dem Rücken auf die Gleise ...*

Der Zug rauschte in einer Linkskurve davon, wobei eine mächtige Windbö das Schlauchboot nach rechts riss. Wieder drehte sich der bizarre Flugkörper und segelte langsam rotierend in hohem Bogen dahin wie eine Münze, die man aus der flachen Hand emporwirft. Volker sah das Schwarzgrau des Bahndamms und das Blau des Himmels abwechselnd um sich herumflimmern wie in einem Looping. Wenn er mit der falschen Seite auf den Boden traf, würde er sich das Rückgrat brechen.

Kopf oder Zahl, dachte Volker. *Kopf oder Zahl ...*

Er sah die Erde auf sich zukommen, drehte sich ein letztes Mal, spürte einen markerschütternden Aufprall – und im nächsten Moment setzte das Boot am Rand der abgeschrägten Böschung auf und glitt wie ein Schlitten hinuter.

Zahl.

Volker schloss die Augen und krallte sich fest. Sekundenlang rodelte er dahin, hörte das Knirschen des Gummibodens auf dem sandigen Untergrund, fühlte Stöße von allen Seiten. Dann plötzlich verlangsamte sich seine Fahrt.

Er öffnete die Augen – und konnte kaum glauben, was er sah. Sein Schlitten glitt gerade die letzten Meter hinab; das Gefälle verringerte sich, und die Rodelpartie endete mit einem dumpfen Stoß, als das Boot mit mäßiger Geschwindigkeit gegen einen Baumstamm prallte. Dann blieb es liegen. Ein schwaches Zischen zeigte an, dass die Hülle verletzt worden war und die Luft allmählich entwich.

Volker lag wie tot in seinem seltsamen Fahrzeug, fühlte, wie das Luftkissen unter ihm schrumpfte und sich der harte Waldboden darunter bemerkbar machte. Er löste seinen Klammergriff, schloss die Augen und holte tief Luft. Sehr tief.

Und – Schnitt. Der Stuntman hat die Prüfung bestanden.

Minutenlang lag er nur da und fühlte, wie das Adrenalin langsam aus seinen Adern wich. Dann erinnerte er sich, dass seine Zeit knapp und er keineswegs in Sicherheit war. »Hermann Löns« hielt jetzt irgendwo kurz vor Göttingen; das Zugpersonal würde den Vorfall melden, und man würde die Polizei losschicken, um nach ihm zu suchen. Gut möglich, dass sich bereits Streifenwagen auf dem Weg hierher befanden – nebst einer Ambulanz, vermutete Volker, denn gewiss konnte sich kaum jemand vorstellen, dass er sein waghalsiges Kunststück überlebt hatte.

Ich glaube es ja selbst kaum …

Das Schlauchboot war mittlerweile zu einer unförmigen Plastikmatratze zusammengesunken; das Pfeifen hatte aufgehört.

Volker erhob sich vorsichtig, um sich zu vergewissern, dass er tatsächlich unverletzt war. Er schwankte; ihm war schwindlig. Doch er hatte nicht einmal einen Kratzer davongetragen. Rasch untersuchte er seine Taschen: Alles war noch an seinem Platz, das Geld, das Aspirin, die Automatikpistole im Gürtel. Außer seiner Schirmmütze hatte er nichts verloren.

Er ließ die kurzläufige Waffe in der Hosentasche verschwinden, dann sah er sich um. Zu seiner Linken erhob sich die Bahntrasse, ein fast fünf Meter hoher Wall mit grasbewachsener Böschung. Zur Rechten lag ein Buchenwäldchen. Heidekraut schimmerte im Unterholz.

Volker ließ das Schlauchboot liegen und setzte sich in Bewegung, im rechten Winkel zum Bahndamm. Zuerst ging er langsam und bahnte sich vorsichtig seinen Weg zwischen den Stämmen; nach einigen Sekunden jedoch verfiel er in Trab.

Laufen … das hält das Blut in Bewegung.

Seine Beine taten ihren Dienst; nicht einmal die Waden schmerzten mehr. Von der Wirkung des Giftes, die sich zuerst durch ein Schweregefühl in den Beinen bemerkbar machen sollte, spürte er nichts. Fast schien es ihm, als sei er noch nie in derartiger Höchstform gewesen. Das Merkwürdigste war, dass selbst sein Hals sich frei anfühlte: Keine Verschleimung, kein Schmerz, kein Kratzen. *Wahrscheinlich achte ich einfach nicht mehr darauf*, dachte er. *Hab weiß Gott andere Probleme. Der Krebs hätte mich frühestens in sechs Monaten getötet … und das ist eine vergleichsweise endlose Zeit.*

Die Bäume lichteten sich. Volker gelangte an den Rand eines Kornfeldes, hielt inne und sah sich um. So weit seine Augen reichten, erblickte er nur brachliegende Äcker, dahinter eine kleine Baumzeile. Er musste sich noch etliche Kilometer vor der Stadt befinden, vielleicht in einer landwirtschaftlich genutzten Randzone.

Die Baumzeile … wahrscheinlich ein Feldweg.

Er lief quer über das Feld auf die schmale Allee paariger Birken zu, die, wie sich herausstellte, tatsächlich einen Wirtschaftsweg säumten.

Links. Die Richtung, in die der Zug verschwunden ist. Richtung Stadt.

Er hatte Glück: Der Weg mündete nach einigen hundert Metern auf eine asphaltierte Landstraße, und schon nach kurzer Zeit näherte sich das erste Fahrzeug, ein kleiner, japanischer PKW.

»Hallo!«, schrie Volker und stellte sich, mit beiden Armen rudernd, mitten auf die Straße. »Ich hatte einen Unfall! Bitte …«

Er sprang zur Seite, geriet in den Fahrtwind des vorbeibrausenden Wagens, drehte sich um sich selbst und stolperte ins Gebüsch am Rand der Straße.

Verflucht!

Was hatte er auch erwartet? Nach seiner Bruchlandung mit dem Schlauchboot und der Pirschtour quer durch Wald und Flur sah er wahrscheinlich nicht sehr vertrauenerweckend aus.

Er lief an der Straße entlang, ständig nach weiteren Fahrzeugen spähend. Tatsächlich kamen mehrere Autos vorbei, doch keines hielt an. Der letzte Fahrer trat sogar aufs Gas, als Volker sich winkend und rufend am Straßenrand aufbaute.

Keiner traut keinem, dachte er. *Heutzutage rechnet jeder mit einer Finte, einem Trick, einem Raubüberfall … selbst hier in der Walachei. Schlechte Zeiten für Anhalter.*

Volker beschloss, seine Strategie zu ändern. Er klopfte sorgfältig den Schmutz von seiner Kleidung, rückte das nassgeschwitzte Hemd ordentlich zurecht und glättete seine zerzauste Frisur. Dann stellte er sich selbstbewusst aufrecht an den Straßenrand, zog einen seiner Geldscheine aus der Tasche – eine Hundert-Euro-Note – und hielt ihn mit der dezenten Geste eines Clubbesuchers hoch, der den Ober an seinen Tisch zitiert.

Dies brachte den gewünschten Erfolg. Prompt hielt der nächste Wagen, ein elegantes, flaches Fahrzeug, auberginemetallic mit Heckspoilern.

Volker machte eine gemessene Dankesgeste mit der freien Hand und ging zur Beifahrertür.

Der Fahrer des Sportwagens, ein Mann in seinem Alter mit

modischer Sonnenbrille und Goldkettchen unter dem Hemdkragen, kurbelte die Scheibe einige Zentimeter herunter.

»Was ’n los?«, fragte er.

»Schönen Tag auch«, bemühte sich Volker um weltmännische Gelassenheit. »Vielleicht können Sie mir helfen. Ich hab eine Panne.«

»Wo steht denn Ihr Wagen?«, fragte der Unbekannte misstrauisch und blickte an ihm vorbei die Straße hinunter.

»Auf dem Feldweg da drüben.« Volker wies unbestimmt über die Äcker. »Zuerst habe ich selbst versucht, ihn wieder flottzukriegen … Sie sehen ja.« Er wies auf seine beschmutzte Kleidung und lachte verlegen.

Der Unbekannte sah ihn noch immer skeptisch an. »Haben Sie kein Handy?«, fragte er.

»Akku ist leer.« Volker zuckte die Achseln. »Zu dumm. Und ich kann auch nicht warten, bis der Abschleppdienst da ist. Ich muss dringend weiter, sonst verpasse ich einen Geschäftstermin.«

Der Fahrer des Sportwagens schien zu überlegen und schob seine Sonnenbrille ein Stückchen herunter, sodass kühle blaue Augen darunter sichtbar wurden.

»Wo soll’s denn hingehen?«

»Erst mal in die Göttinger City. Von dort aus kann ich immer noch einen Mietwagen nehmen.«

»Tja … also, ich fahre nach Hannover. Da kann ich Sie irgendwo absetzen.«

»Prima«, sagte Volker und hob seine Banknote. »Ich wäre Ihnen dankbar, wenn Sie mich ein Stück mitnehmen.«

»Oh, keine Bezahlung!«, wehrte der Mann ab. »Man hilft sich doch – unter Geschäftsleuten.«

Aha, dachte Volker. Offenbar hatte er erfolgreich den Eindruck erweckt, zur Upper Class zu gehören.

»Steigen Sie ein.« Der Fahrer langte hinüber und öffnete den Riegel der Beifahrertür.

16:52

zeigte die Digitaluhr neben dem Tachometer.

Während der Fahrer mit erstaunlichem Tempo über die Landstraße jagte, bestaunte Volker die teure Innenausstattung des Wagens: ein Armaturenbrett wie in einem Raumschiff mit mehreren Bildschirmen, neuester Satellitennavigation, Internet, Fernseher und DVD-Player. Aus der Nähe hatte er den Eindruck, dass sein anonymer Helfer nicht nur zur Gattung der Geschäftsleute, sondern womöglich zum wirtschaftlichen Nachwuchsadel gehörte: Er sah aus wie jemand, der kürzlich ein florierendes Unternehmen geerbt hatte und noch nicht recht wusste, was er mit seinem Geld anfangen sollte. Allein seine Kleidung schien einige tausend Euro wert zu sein, zu schweigen von der Sonnenbrille, die sich als Designermodell mit dem eingravierten Schriftzug eines führenden Modemachers erwies. Er war hochgewachsen und schlank, hatte ein Gesicht mit markantem Profil und eine lässige, fast gelangweilte Gestik, die auszudrücken schien, dass es nichts gab, was ihn aus der Ruhe bringen konnte.

»Hallo übrigens«, sagte er gerade und streckte Volker, ohne den Blick von der Straße abzuwenden, die rechte Hand hin. »Ich bin Gernot.«

»Volker«, sagte dieser lächelnd und ergriff die ausgestreckte Hand.

»Sie können gern mein Handy benutzen, wenn Sie jemanden anrufen möchten. Sie wollen ja sicher nicht, dass Ihr Wagen dahinten auf diesem Feldweg verschimmelt.«

»Oh, vielen Dank«, stimmte Volker zu. »Vielleicht kann ich ja eben schnell ... meine Sekretärin anrufen.«

Gernot nickte – ein einverständiges Nicken, das Solidarität unter Führungskräften bezeugte. »Nur zu.«

Volker ergriff das angebotene Mobiltelefon, kramte in seiner Tasche und fischte den Zettel mit der Rufnummer der Journalistin hervor, wobei er so tat, als blicke er kurz in sein Adressbuch. Dann tippte er die Nummer ein und wartete.

Draußen flogen Felder vorbei; erste Häusergruppen tauchten auf, und der Verkehr belebte sich. Offenbar näherten sie sich der Stadtgrenze. Volker zuckte zusammen, als ein Streifenwagen der Polizei ihren Weg kreuzte. Dann zwang er sich zur Ruhe und überlegte, was er sagen sollte, falls Miss Mollig sich meldete.

»Britta Reuschner.« Rauschen im Hintergrund.

»Äh, hallo, hier Kühn. Frau Reuschner?«

Eine kurze Pause entstand.

»Kühn? ... Sind Sie das, *Kain*?«

»Ja, natürlich«, zwang sich Volker zu einem auffallend laxen Ton, als spreche er mit einer langgedienten Angestellten. »Äh, hören Sie, Frau Reuschner, in bin hier leider ein wenig in Schwierigkeiten.«

Er legte so viel Nachdruck wie möglich in dieses Wort.

»Sie klingen so anders«, sondierte seine Gesprächspartnerin misstrauisch. »Was ist los? Wo sind Sie?«

»Ach, in der Nähe von Göttingen. Mein Wagen ist liegengeblieben ... ja, ich bin selbst schuld, die Inspektion war längst überfällig. Ich hab ihn auf einem Feldweg stehen lassen. Im Moment nimmt mich ein netter Herr bis Göttingen mit ...«

»Sind Sie etwa aus dem Zug ausgestiegen?«

»Ach Gott, ja«, sagte Volker mit gezwungenem Lachen. »Das erkläre ich Ihnen später. Im Moment hab ich keine Zeit; ich muss ja so schnell wie möglich nach Hamburg.«

Wieder eine Pause. Dann schien die Journalistin zu begreifen.

»Sie können nicht frei sprechen?«

»Nein, nein, *wirklich* nicht«, betonte Volker. »Können Sie

mir am Göttinger Bahnhof vielleicht einen Firmenwagen bereitstellen? Ich muss so schnell wie möglich weiter; Sie wissen ja, wie wichtig der Termin in Hamburg ist.«

Eine weitere Bedenkpause am anderen Ende.

»Hören Sie, Kain. Ich sitze im Moment im Flugzeug und lande in zwanzig Minuten in Hamburg. Ich kann Ihnen leider nicht helfen. Ich habe inzwischen telefonisch einen Freund verständigt, unseren Hamburger Korrespondenten – aber der würde Stunden brauchen, um Sie abzuholen. Dafür sieht er sich gerade ein wenig bei Kunnart Pharma um. Meinen Sie, dass Sie sich alleine durchschlagen können?«

»Ja, wenn im Moment kein Wagen mehr frei ist …«, sagte Volker laut.

»Ich kann Sie gerne bis Hannover mitnehmen«, mischte sich Gernot generös ein.

»Sehr schön«, sagte Volker. »Mein großzügiger Retter würde mich bis Hannover mitnehmen. Von dort aus ist ja nicht mehr so weit. Vielleicht miete ich da einen Wagen.«

»Haben Sie denn das Geld dafür?«, fragte Britta Reuschner erstaunt.

»Ja, ja. Kein Problem. Bloß den Termin müssen wir verlegen.«

»Das glaube ich auch. Mit dem Wagen sind Sie auf keinen Fall vor neunzehn Uhr hier…«

»Ja, dann versuchen Sie doch bitte, Herrn Meier zu erreichen, und erklären Sie ihm die Sache. Ich bin gegen neunzehn Uhr da, hoffe ich.«

»Wo?«

»Am Hauptbahnhof – wie geplant.«

»Okay. Kann ich in der Zwischenzeit irgendwas für Sie tun?«

»Nein, unternehmen Sie nichts weiter, bis ich da bin«, sagte Volker. »Vielen Dank, Frau Reuschner.«

Mit routiniertem Griff klickte er aus. Seltsam, wie schwer

es ihm fiel, den weltgewandten Geschäftsmann zu spielen – war es denn wirklich schon so lange her, dass er Repräsentant einer namhaften Software-Firma gewesen war?

»Na, alles klar?«, erkundigte sich sein Chauffeur jovial.

»Ja«, bestätigte Volker. »Alles bestens. Und Sie wären wirklich so nett, mich bis Hannover mitzunehmen?«

»Sicher, sicher, kein Problem. Da vorne ist schon die Autobahn.«

»Oh … das ist ja hervorragend.«

Volker spähte nervös umher, denn er erwartete jeden Augenblick, eine Straßensperre zu sehen. *Vielleicht haben sie eine Fahndung ausgegeben. Nach meiner Stunt-Nummer im Zug dürfte der Polizei klar sein, dass ich auf der Flucht bin. Die Frau, die mich beim Zugpersonal angezeigt hat, kann mich sicher beschreiben. Und wer weiß, vielleicht sitzen sogar ein paar Eingeweihte bei den Behörden, die wissen, dass ein Axxidizyn-Opfer aus einem Krankenhaus abgehauen ist. Gut möglich, dass sie einen Zusammenhang herstellen. Womöglich haben sie längst erraten, dass ich zu Kunnart Pharma nach Hamburg will, und fangen mich ab …*

Er hatte keine Zeit, seine Gedanken weiterzufolgen, denn Gernot, der eben Richtung Autobahn abbog, wollte offenbar ein Gespräch anfangen.

»Ist Ihr Termin in Hamburg so wichtig?«

»Äh – ja, ein wichtiger Abschluss«, improvisierte Volker. »Macht bestimmt keinen guten Eindruck, wenn ich da zu spät komme.«

»Welche Branche?«

»Software«, sagte Volker unbehaglich … hoffentlich geriet er nichts aufs Glatteis. »*Kain Systems* … Schon von uns gehört?«

Gernot schüttelte den Kopf. »Ich fürchte, nein. Sind Sie neu auf dem Markt?«

»Brandneu«, bestätigte Volker. »In Freiburg.«

»Ah ... Schöne Stadt.«

Verflixt ... Hoffentlich dehnte Gernot dieses Gespräch nicht aus; Volker kannte Freiburg nur von einem flüchtigen Besuch.

»Sie haben Glück, sag ich Ihnen!«, fuhr Gernot fort. »Da unten im Süden lässt sich's gut leben. Mein Unternehmen sitzt in Köln; das geht gerade noch. Aber Norddeutschland ist die Hölle. Sind Sie öfter in Hamburg?«

»Nein. Ehrlich gesagt habe ich zum ersten Mal dort zu tun; wir bauen unseren Kundenkreis gerade erst auf.«

»Ich bin oft in Hamburg«, kam Gernot vertraulich ins Plaudern. »Scheußliche Stadt. Der Himmel ist immer bleigrau – egal, zu welcher Tages- oder Jahreszeit. Ständig Regen. Und alle Straßen voller Gesindel ...«

Er machte eine kurze Pause, um von der Beschleunigungsspur auf die Autobahn zu wechseln – der Sportwagen heulte auf; offenbar brachte er es ohne Umstände auf 200 km/h.

»... in Hamburg können Sie ohne Leibwache kaum noch herumlaufen. Ich rate Ihnen eins: Lassen Sie sich beim Taxifahren immer direkt vor der Haustür absetzen, und benutzen Sie keine öffentlichen Verkehrsmittel.«

»Wieso?«, fragte Volker pflichtschuldig, um seinen redseligen Gönner nicht zu langweilen.

»Alles voller Gesocks.« Gernot machte eine wegwerfende Handbewegung. »Obdachlose, Bettler, Rentner, Asylanten, Asoziale ... der reinste Hexenkessel. Man kann kaum drei Schritte machen, ohne angebettelt zu werden oder über irgendeinen Penner zu stolpern, der mitten auf dem Gehsteig liegt. Ein Stadtbild zum Weglaufen; der reinste Slum, vom einen Ende bis zum anderen. Mich wundert's, dass die Stadtväter da nicht mal kräftig aufräumen. Schließlich verliert Hamburg als Wirtschaftsstandort auf Dauer jegliche Attraktivität, wenn die Straßen aussehen wie in Bangladesh.«

»Naja«, meinte Volker verlegen. »Was soll man da schon machen …«

Damit gab er seinem Fahrer ein Stichwort.

»Das kann ich Ihnen *genau* sagen!«, kündigte Gernot an, offenbar zur Predigt über ein Lieblingsthema ermutigt. »*Zero tolerance* nach New Yorker Vorbild! Penner in die Ausnüchterungszelle, Junkies in den Knast, und Asoziale in die Putzkolonnen für öffentliche Gebäude. Ganz einfach.« Er redete sich sichtlich in Rage. »Wenn es nach mir ginge, würde man mit den parasitären Elementen kurzen Prozess machen.«

Volker schwieg betreten; er wusste nicht, was er antworten sollte. Doch Gernot schien gar keine Antwort zu brauchen. Stattdessen setzte er zu einer flammenden Rede an, wobei er unwillkürlich aufs Gas trat und mit Höchsttempo auf der linken Spur voranbrauste.

»Jeder faule Penner kriegt hierzulande das Geld in den Arsch geschoben. Du brauchst bloß zu sagen: Hey, Leute, ich komme aus einfachen Verhältnissen, ich hatte keine Chance; mein Vater hat mich geschlagen, meine Mutter hat gesoffen, ich bin psychisch gestört und zu schwach zum Arbeiten und überhaupt ein armes Schwein – und schon kriegst du eine Wohnung auf Staatskosten und kannst dich von der arbeitenden Bevölkerung aushalten lassen. So ist das.«

Volker schwieg.

»Aber unsereiner, der vierzehn Stunden am Tag auf Trab ist, Unternehmen gründet und die Volkswirtschaft ankurbelt – unsereiner wird drangsaliert! Da kommen sie dann mit ihren tausend Vorschriften und Normen und Kontrollen, brummen dir Riesensteuern auf und zwingen dich, das ganze arbeitsscheue Gesindel auf der Straße zu füttern.

Leistung wird *bestraft ... so* ist das. Kein Wunder, dass dieses Land vor die Hunde geht.«

Volker wand sich unbehaglich auf seinem Sitz.

»Wenn Sie mich fragen: Ich bin für das amerikanische System!«, fuhr Gernot hitzig fort. »Sozialhilfe nur noch maximal zwölf Monate pro Kopf! Dann könnten die Asozialen sehen, wo sie bleiben ... ich sage Ihnen, die werden noch selbst nach Arbeitslagern schreien, nur um wieder ein Dach über dem Kopf zu haben. Wenn es nach mir ginge, würden wir in diesem Land mal so richtig auskehren. Schaufelbagger holen, die Straße runterfahren und das ganze Kroppzeug in den nächsten Graben schieben. Grundreinigung der Gesellschaft!«

Volker schluckte hart. Mehr noch als der Inhalt dieser Worte schockierte ihn der einvernehmliche Gestus: Offenbar setzte sein Begleiter mit der größten Selbstverständlichkeit voraus, dass er ihm beipflichtete.

»Ich habe gehört, dass die Grundreinigung schon begonnen hat«, sagte er im Plauderton. »Gerüchteweise heißt es, dass Asoziale unauffällig beseitigt werden, wenn sie zufällig mal ins Krankenhaus kommen.«

Gernot, aus dem Konzept gebracht, warf ihm einen kurzen Blick zu. »*Hä*?«

»Naja ... Man spart auf diese Weise eine Menge Geld«, fuhr Volker fort. »Sozialhilfe, medizinische Leistungen, Renten ...«

Gernot schwieg einen Moment, während er eine Kolonne LKWs überholte.

»So'n Quatsch«, sagte er schließlich. »Zu schön, um wahr zu sein. Das sind bestimmt bloß Horrormeldungen, die von den linken Medien verbreitet werden. Du darfst nicht alles glauben, was so geredet wird.«

Offenbar hatte er in der Hitze des Gefechts beschlossen, seinen Beifahrer zu duzen.

»Und wo wir schon bei den Medien sind …«

Und er setzte zu einer weiteren Predigt an, diesmal auf die kommunistisch unterwanderte deutsche Medienlandschaft gemünzt.

Volker schaltete ab – Gernots Stimme entfernte sich, wurde zu einem eintönigen Summen, verschmolz mit dem Motorengeräusch. Er legte den Kopf zurück, blickte ins Leere …

… und dachte zurück an seine Zeit im Ghetto. Er dachte an all die gescheiterten Existenzen, denen er begegnet war. Und er fragte sich, was sie so Entsetzliches verbrochen hatten, dass Menschen wie Gernot sie beschimpften und hassten.

Vor vier Monaten hatte er seine Sozialwohnung bezogen, in der Erwartung, dort den Rest seines Lebens verbringen zu müssen. Sie befand sich mitten in einem Wohnviertel, das Volker früher nur auf Durchgangsstraßen und mit dem leichten Schauder des Milieutouristen durchquert hatte: Ein Slum, ausgelagert in die südliche Vorstadtzone, bestehend aus endlosen Reihen fünfstöckiger Häuser mit identischen Balkonen und schmutziggrauen Fassaden.

Tatsächlich war es längst so weit, dass in den meisten Städten die Bezirke nach Einkommensschichten aufgeteilt waren. Volkers Altbauwohnung in der City zum Beispiel hatte zu einer sogenannten »verteidigten Mietergemeinschaft« gehört, die nur Menschen mit einem festen Monatseinkommen von mindestens fünftausend Euro aufnahm und durch Mietaufschlag einen privaten Sicherheitsdienst finanzierte, der auf den umliegenden Straßen patrouillierte. Volker hatte kaum etwas davon mitbekommen, denn das Sicherheitspersonal war in Zivil und verhielt sich unauffällig; der angenehme Effekt jedoch bestand darin, dass Bettler ferngehalten und Straßenkrawalle verhindert wurden. Die städtischen Behörden tolerierten diese Form der

Bürgerwehr, weil sie ihnen Kosten sparte und überdies für Arbeitsplätze sorgte.

Fast alle Wohngebiete hatten sich inzwischen auf diese Weise organisiert, um die Scharen der Obdachlosen und Straßenbanden fernzuhalten. In den besten Wohngegenden, im Volksmund »Festungen« genannt, verschanzten sich die Spitzenverdiener. Volker hatte diese Wohnviertel nur von fern gesehen, wusste jedoch, dass ihre Einwohner ganze Straßenzüge aufkauften, die fortan als Privatgrund galten und mit bewachten Gittertoren, Bewegungsmeldern und Videokameras gesichert waren. Innerhalb der »Festungen« wurden gezielt Supermärkte und Fachgeschäfte angesiedelt, sodass die Bewohner ihre Inseln der Abgeschiedenheit praktisch nicht mehr zu verlassen brauchten. Sie waren gleichsam unabhängige Kleinstaaten mit eigenen Armeen aus Sicherheitspersonal, und die Stadtväter gewährten ihnen diese Souveränität bereitwillig, zumal nicht wenige führende Verwaltungsbeamte selbst dort wohnten.

Die südliche Vorstadt lag am entgegengesetzten Ende der Skala: Hier lebten die Sozialleistungsempfänger, in unmittelbarer Nachbarschaft der Industriearbeiter und kleinen Angestellten. Und hier sollte nun auch Volker zukünftig leben. Alles, was er erlaubtermaßen mitnehmen durfte, führte er in einem Koffer bei sich: Ein paar persönliche Dinge, Toilettensachen, Fotos – all das, was unverkäuflich und im materiellen Sinne wertlos war. Fast die gesamte Einrichtung seiner früheren Wohnung war auf Betreiben der Behörde zu Geld gemacht worden, um die Kosten zu verringern, die seine bloße Existenz von nun an allmonatlich verursachen würde. Er hatte nicht einmal Zeit gefunden, sich zu verabschieden: Die fristlose Räumungsanweisung war gleich am Morgen nach seinem Amtsbesuch zugestellt worden.

Er näherte sich dem fünfstöckigen Hauswrack mit der

Nummer 17, dessen schmutzige Fenster ihn wie tote Augenhöhlen anstarrten, und klingelte bei »Marwitz« im Erdgeschoss. Erst nach Minuten öffnete ein übernächtigt aussehender Herr mittleren Alters, schäbig gekleidet und mit fahrigen Bewegungen, offensichtlich der Sozialarbeiter. Man konnte ihn ohne weiteres mit einem jener Gefängnisinsassen verwechseln, deren Kerkermeister er spielte. Erst später erfuhr Volker, dass diese Familienähnlichkeit kein Zufall war: Die sogenannten »Sozialarbeiter« waren in Wahrheit lediglich Hausmeister. Man zahlte Ihnen einen Hungerlohn dafür, dass sie in ihrem Wohnblock auf Ordnung und Hygiene achteten, die Insassen oberflächlich disziplinierten, Drogenkonsum anzeigten und Ausschreitungen verhinderten.

Marwitz nahm Volkers Papiere in Empfang, zeichnete sie ab und führte ihn zwei Treppen hinauf zu seiner künftigen Wohnung. Vor einer Tür im dritten Stock blieb er stehen, händigte Volker einen abgenutzten Schlüsselbund aus und verabschiedete sich.

Volker schloss auf. Er fand sich in einem engen Flur wieder, der mit einem schmutzigen Teppichboden ausgelegt war und einen muffigen Geruch verströmte. Gleich zur rechten lag eine winzige Küche, daneben eine Toilette, wie das antike »00«-Schildchen an der geschlossenen Tür vermuten ließ. Zwei weitere Türen führten in einen Raum zur rechten und einen weiteren am Ende des Ganges. Volker, der nicht wusste, welches Zimmer ihm gehörte, tat unschlüssig ein paar Schritte über den Flur.

Die Tür zur rechten öffnete sich, und ein älterer Mann streckte den Kopf heraus. Er sah aus wie der wandelnde Tod: tief eingefallenes Gesicht, dunkel geränderte Augen, fast kahler Schädel. Seine Kleidung wirkte, als sei sie wochenlang nicht gewaschen worden. Der Unbekannte blinzelte, als habe er Schwierigkeiten, Volker zu sehen.

»Hallo«, sagte der Mann mit einer dunklen, müden Stimme, die ebenso trostlos war wie seine gesamte Erscheinung. »Bist du der Neue?«

Volker nickte.

Der Mann lächelte schwach, als errate er seine Gedanken – ein welker Widerschein vergangener besserer Tage, der sich auf seinem verhärmten Gesicht merkwürdig fremd ausnahm. Volker bemerkte schaudernd, dass ihm mehrere Zähne fehlten. Zahnersatz war ein Luxus, der für die hier Gestrandeten nicht mehr in Frage kam.

»Ich weiß, wie ich aussehe«, sagte der Mann. »Wirst dich dran gewöhnen. Wir sehen hier irgendwann alle so aus ... Dieter Mertens.«

Volker ergriff die ausgestreckte Hand. »Volker Kühn.«

»Ich würde gern sagen: Freut mich«, erwiderte Mertens. »Aber eigentlich wäre es nicht besonders nett, mich zu freuen, dass du hier bist. Bestimmt wärst du lieber woanders.«

Volker schwieg; er wusste nichts zu sagen.

»Dein Zimmer ist da drüben.« Mertens deutete auf die Tür am Ende des Gangs. »Wir sehen uns ja sicher öfters.«

Mit einem schwachen Lächeln und ohne weitere Erklärungen zog er sich in sein Zimmer zurück und schloß die Tür.

Rentner, dachte Volker entsetzt. *Er ist Rentner, ohne Zweifel. Mein Gott! Er sieht aus wie jemand, der sein Leben lang gearbeitet hat – und verbringt jetzt seine letzten Tage in dieser Kaserne. Wenn so unser aller Lebensabend in dieser Welt aussieht, dann sind die eitlen Höhenflüge eines dreißigjährigen Software-Verkäufers eigentlich nichts als ein Selbstbetrug.*

Dieser Gedanke bestätigte sich, als er sein Zimmer betrat. Er blieb in der Tür stehen, starrte auf sein eigenes, verfrühtes Altenteil, und die Tränen stiegen ihm in die Augen.

Der Raum maß etwa dreieinhalb Meter im Quadrat. Ein

einziges Fenster öffnete sich nach Westen und gab den Blick auf den Hinterhof und die Fassade des benachbarten Blocks frei. Die Möblierung war noch das Annehmbarste an diesem Raum, auch das Neueste: eine sterile Einheitsgarnitur, die wahrscheinlich irgendwelchen amtlichen Richtlinien entsprach. Gerade diese normierte Korrektheit hatte etwas unendlich Trostloses. Volkers Blick fiel der Reihe nach auf ein schmuckloses Bettgestell, einen Schreibtisch, eine schlichte Kommode und einen wackligen Kleiderschrank; alles aus demselben hellen Furnier, das nach Sonderangeboten aus dem Baumarkt aussah.

Das also war fortan sein neues Zuhause.

Es gab mehrere Zimmernachbarn auf der Etage. Zwar sprach man nicht miteinander, ja, grüßte sich kaum, doch allein durch die erzwungene Nähe erfuhr man auf Dauer eine Menge über seine Leidensgenossen. Gleich neben Volker und Mertens hauste ein ehemaliger Bauarbeiter, den eine astronomische Geldstrafe für Schwarzarbeit seine gesamte Existenz gekostet hatte. Auf der anderen Seite des Flurs wohnte eine Frau Ende vierzig, von der es hieß, sie sei Akademikerin, jedoch psychisch gestört. Dass sie so ängstlich zurückgezogen lebte, war freilich nicht das Resultat einer neurotischen Gemütsverwirrung: Studierte Arbeitslose galten als die allerletzten Schlusslichter unter den Asozialen, und sie taten gut daran, ihre Doktortitel zu verschweigen und sich als Handwerker oder Hilfsarbeiter auszugeben, wenn sie nicht riskieren wollten, dass einige der rüderen Hausgenossen über sie herfielen. Die Insassen der unteren Stockwerke waren eine Handvoll arbeitsloser Jugendlicher, die sich zu einer Gang zusammengeschlossen hatten, ein Alkoholiker (wie Volker »selbstverschuldet entlassen«) und ein Ehepaar um die siebzig, dessen gesetzliche Rente nicht einmal für das Frühstücksbrot reichte.

Nicht, dass Mertens übermäßig redselig gewesen wäre.

Doch oft, wenn er und Volker sich zufällig in der Küche trafen, nutzte der alte Mann die Gelegenheit, mit ihm zu plaudern oder ihm in seiner lapidar wohlwollenden Art warnende Ratschläge zu geben: »Pass auf, draußen ist dicke Luft, da prügeln sich irgendwelche Banden« – »Marwitz hat einen Anschiss bekommen, er soll die Wohnungen nach Alkohol filzen« – »Sieh dich vor, auf der Straße ist ein Fernsehteam unterwegs, die klingeln jeden raus und fragen ihn vor laufender Kamera, warum er nicht arbeitet.«

Eigentümlich berührt von Mertens' gutem Willen, ermutigte ihn Volker nach und nach, mit seiner eigenen Lebensgeschichte herauszurücken. Der Mann war gelernter Tischler, jedoch musisch begabt, und hatte vor vielen Jahren beschlossen, Handwerk und Neigung zu verbinden und Instrumentenbauer zu werden. Doch sein Traum war gescheitert: Die Herstellung von Violinen in Handarbeit dauerte lange; die Konkurrenz war groß, und der Verkauf brachte weniger ein, als er gehofft hatte. Sein kleiner Betrieb war in Konkurs gegangen, und danach war er für den regulären Arbeitsmarkt zu alt gewesen. Eine Zeit lang hatte er an Straßenecken Geige gespielt und seine magere Rente durch Betteln aufgebessert; letztlich jedoch hatte er den Weg zu den Sozialbehörden antreten müssen.

Ein einziges Mal, aus Anlass dieser Erzählung, zeigte er Volker sein Zimmer. An den Wänden hingen Bilder: Gerahmte Erinnerungen an seine verstorbene Frau und seine Kinder, aus allen Epochen seines Lebens; ein historischer Bilderbogen von den sechziger Jahren des vergangenen Jahrhunderts bis zur Gegenwart. Die Stirnwand des Raums zierte eine Geige – senkrecht nebst Bogen an einem Nagel aufgehängt.

»Das war meine eigene«, sagte Mertens, und zum ersten Mal war seiner Stimme eine Gemütsbewegung anzumerken. »Auf der habe ich spielen gelernt, vor dreißig Jahren.«

Er trat zur Wand und fuhr mit der Hand über den dunkelbraun glänzenden Instrumentenkörper.

»Das Loch habe ich selbst hineingeschlagen«, sagte Mertens und wies auf eine Bruchstelle an einer der geschwungenen Zargen, » … damit sie mich nicht zwingen können, sie zu verkaufen.«

Bei diesen Worten zitterte seine Stimme, und die dunkel geränderten Augen röteten sich.

17:29

zeigte die Digitaluhr auf dem futuristischen Armaturenbrett des Sportwagens.

»So. Nächste Abfahrt ist Hannover«, sagte Gernot und schaltete den Blinker ein, um auf die rechte Spur zu wechseln.

Die Uhr sprang auf 17:30 Uhr um, und der automatische Tuner schaltete den lokalen Radiosender ein.

»Und hier die Verkehrsmeldungen. Stau oder stockender Verkehr: Auf der A 7 Richtung Hamburg zwischen Harburg und dem Elbtunnel acht Kilometer …«

»Ach du Elend!« Gernot drehte das Radio lauter.

»… auf der A 1 Richtung Hamburg ab dem Maschener Kreuz zehn Kilometer …«

»Armer Kerl!«, sagte Gernot, zu Volker gewandt. »Jetzt kommst du auf jeden Fall zu spät.«

Volker zuckte die Achseln. »Schicksal.«

»… und nun eine Sondermeldung der Polizei. Im Raum Göttingen befindet sich ein Straftäter auf der Flucht. Er wurde zuletzt in einem Schnellzug auf Höhe von Rosdorf gesehen, von dem er offensichtlich unverletzt absprang.

Nach Einschätzung der Polizei könnte sich der Mann noch im Raum Göttingen aufhalten. Der Flüchtige ist 30-35 Jahre alt, einen Meter fünfundachtzig groß und schlank, hat dunkles, leicht gelichtetes Haar und blaue Augen. Er trägt ein weißes Sporthemd und eine beigefarbene Hose. Der Unbekannte ist bewaffnet und gefährlich. Hinweise bitte an die Polizei Göttingen oder jede andere …«

Gernots Kopf ruckte herum; er starrte Volker an und erbleichte.

»Nicht abbiegen!«, sagte Volker scharf und zog seine Waffe hervor. »Bleib auf der Autobahn.«

Gernot starrte ungläubig auf die Pistole, dann wieder in sein Gesicht. »Das glaub ich einfach nicht …«

»Pass auf!«, zischte Volker.

Gernot trat auf die Bremse, als ein Lastwagen vor ihnen überraschend die Spur wechselte.

»Weiterfahren.«

Das Abfahrtsschild von Hannover-Langenhagen rauschte an ihnen vorbei.

Volker wandte sich dem Armaturenbrett zu und schaltete mit der freien Hand alle Geräte aus, die einen Notruf senden konnten: die Sicherheitskonsole, den Satellitennavigator, selbst das Internet. Gernot heftete den Blick auf die Fahrbahn, wobei er mit der rechten Hand nervös auf das Lenkrad einhieb.

»Ich glaub's einfach nicht«, wiederholte er, und seine Stimme klang eher genervt als erschrocken. »Und das *mir*. Keinem kann man trauen heutzutage. Keinem.«

»Halt still.« Volker tastete seinen unfreiwilligen Chauffeur ab – keine Waffe? Er öffnete das Handschuhfach: Da lag, unvermeidlich, ein kurzläufiger Trommelrevolver.

»Scheiße«, fluchte Gernot.

Volker steckte den Revolver ein und hielt seine eigene Waffe auf den Fahrer gerichtet.

»Hör zu«, sagte er. »Ich will dir nichts tun. Dir wird nicht das Geringste passieren, wenn du mitspielst. Fahr mich einfach nach Hamburg, okay?«

Er zog mit der freien Hand sein verbliebenes Bargeld aus der Tasche und legte es auf das Armaturenbrett. Gernot starrte verdutzt auf die dreihundert Euro.

»Das Geld gehört dir«, sagte Volker. »Wenn du mich hinfährst. Damit will ich dir beweisen, dass ich kein Gangster bin, sondern ein anständiger Mensch. Ich habe noch nie jemanden getötet, und dabei soll es auch bleiben.«

Gernot lachte trocken auf. »Und wieso bist du dann auf der Flucht vor der Polizei?«

»Ich muss so schnell wie möglich nach Hamburg«, versuchte Volker wahrheitsgemäß zu erklären. »Es geht um Leben oder Tod. Wenn die Polizei mich festhält, habe ich keine Chance mehr. Ich trage ein langsam wirkendes Gift im Körper, das mir in einem Krankenhaus verabreicht wurde. Ich konnte fliehen und bin mit dem Zug bis zu der Stelle gefahren, wo du mich aufgelesen hast. Man verfolgt mich, weil ich alles ausplaudern könnte. Ich bin unschuldig.«

Gernot schnaufte. »Tolle Geschichte, wirklich. Also, fassen wir zusammen: Du bist Mister Saubermann, und die ganze Welt hat sich gegen dich verschworen, richtig? Was war denn das für ein Krankenhaus, aus dem du ausgebüchst bist – nicht zufällig eine Station für Geisteskranke?«

»Das ist nicht zum Lachen«, fuhr Volker auf und hielt die Waffe etwas höher, sodass der Lauf auf Gernots Gesicht zeigte. »Ich bin nicht verrückt, und ich leide auch nicht unter Verfolgungswahn. Ich bin eins von vielen Opfers einer inoffiziellen Säuberungsstrategie, die wahrscheinlich ganz nach deinem Geschmack ist: Man gibt den Patienten heimlich ein Gift, das nach etwa zwölf Stunden zu einem Herz- oder Schlaganfall führt. Ich bin Sozialhilfeempfänger, seit vier Monaten. Und ich bin schwerkrank. Da hat man sich eben gesagt: Kürzen wir die Sache doch einfach ab; auf diese Weise sparen wir eine Menge Geld.«

Gernot schüttelte den Kopf, wobei er unverwandt auf die Stoßstange des russischen LKWs starrte, der vor ihnen fuhr.

»Du glaubst das *wirklich*, nicht wahr?«, sagte er fassungslos. »Du bist wirklich überzeugt davon ...«

Als Volker nicht antwortete, schien er zu begreifen, dass sein Entführer es ernst meinte.

»Hör zu«, sagte er mit veränderter Stimme, in der nun hörbar Angst mitschwang. »Du kannst nicht auf mich schießen, klar? Ich würde das Steuer verreißen, und bei Tempo zweihundert bringt uns das unweigerlich aus der Spur. Wir würden uns überschlagen, auf die Gegenfahrbahn geraten und beide sterben ... also sei vernünftig und steck die Knarre weg.«

Volker schüttelte müde den Kopf. »Ich trage das Gift seit mehr als fünf Stunden in mir. Heute Nacht, spätestens um null Uhr, bin ich sowieso tot.« Er lächelte – ein kaltblütiges Lächeln; es hätte ihn schaudern lassen, wenn er selbst es hätte sehen können. »Ich habe nichts zu verlieren.«

Gernot krampfte die Hände ums Lenkrad. »*Scheiße*«, fluchte er leise, und auf seiner Stirn brach der Schweiß aus. »Pass auf, Mann ... ich hab das nicht so gemeint, was ich vorhin über die Asozialen gesagt hab ... ich meine: Man soll ja auch nicht verallgemeinern ...« Er atmete keuchend. »Ich hab 'ne Freundin und ein Kind ... ich muss sie anrufen ... ich muss meinen Geschäftspartner in Hannover anrufen; der wartet auf mich ... wenn ich bis Viertel vor sechs nicht dort bin, wird er misstrauisch werden ...«

»Schon klar«, sagte Volker und griff nach dem Handy. »Wir schicken ihm eine SMS.«

»Darf ich ihn anrufen ... bitte?«, flehte Gernot.

Volker schüttelte den Kopf. »Du diktierst mir, was ich

ihm sagen soll, und ich tippe es ein. Nur eine schriftliche Kurzmitteilung … gesprochen wird nicht.«

»Scheiße«, flüsterte Gernot zum dritten Mal.

Volker staunte über sich selbst. Innerhalb kürzester Zeit war er nun tatsächlich zum Verbrecher geworden: Er entführte einen Mann, bedrohte ihn mit einer entsicherten Pistole und zwang ihn zu gehorchen. *So einfach geht das*, staunte er. *Man muss nur verzweifelt genug sein.*

Er erlaubte seinem Fahrer, zwei Kurzmitteilungen zu diktieren, eine an seine Freundin und die zweite an seinen Geschäftspartner. Nur wenige Worte: *Habe eine Panne, komme später*. Schwierig würde es freilich werden, wenn einer der Adressaten zurückrief.

Vorläufig schob Volker dieses Problem beiseite und konzentrierte sich auf seine weitere Strategie. Eins stand fest: Umsteigen kam nicht mehr in Frage. Er durfte seinen unfreiwilligen Fahrer keine Sekunde mehr aus den Augen lassen, bis sie in Hamburg waren, denn er würde sofort zur Polizei gehen, wenn Volker ihn entließ. Sie mussten also zusammen im Wagen bleiben.

Hundertfünfzig Kilometer bis Hamburg … Beim gegenwärtigen Tempo war zu erwarten, dass sie die Strecke in anderhalb Stunden bewältigen würden. Nur der Stau konnte ihm einen Strich durch die Rechnung machen …

»… fünfzehn Kilometer stockender Verkehr ab Bispingen …«

»Wo ist das?«, fragte er seinen schwitzenden Chauffeur, der auf der Überholspur fuhr und das Gaspedal durchtrat, als wolle er das Ganze möglichst schnell hinter sich bringen.

»Übernächste Abfahrt«, sagte Gernot. »Wir sollten das Navigationssystem wieder anschalten.«

»Das Navi bleibt aus«, entschied Volker, der wusste, dass

das System eine Notruffunktion besaß, die Gernot mit einer einzigen Handbewegung aktivieren konnte. »Hast du eine Straßenkarte?«

»Im Handschuhfach.«

Volker kramte die Karte hervor. Den Stau musste er unbedingt vermeiden – und das nicht nur, weil er gefährlichen Zeitverlust bedeuten konnte. Wenn der Wagen stand, war es möglich, dass sein Fahrer sich davonmachte. Solange sie fuhren, war Gernot damit beschäftigt, auf den Verkehr zu achten, und würde keinen Fluchtversuch wagen.

Volker überflog die Alternativrouten.

»Bei Soltau raus«, sagte er schließlich. »Verstanden?«

Gernot nickte schwach.

Sie verließen die Autobahn bei der nächsten Abfahrt.

»Welche Richtung?«, fragte Gernot, als sie auf eine Landstraße stießen. Dann ruckte sein Kopf plötzlich herum; er starrte nach links und begann, rascher zu atmen.

Volker folgte seinem Blick – und erschrak seinerseits. Die Straße verlief durch eine Unterführung unter der Autobahn. Dort standen zwei Fahrzeuge ineinandergekeilt auf dem Randstreifen und daneben ein Polizeiwagen mit blitzendem Blaulicht. Einer der Beamten kam die Straße herunter auf sie zu und hob warnend die Hand.

»Rechtsrum!«, zischte Volker.

Gernot starrte nach draußen, hob unschlüssig eine Hand – womöglich, um den Polizisten heranzuwinken. Er schien von der Möglichkeit einer Rettung so überwältigt zu sein, dass er den Befehl völlig ignorierte. Volker packte die Hand seines Fahrers und zwang sie auf den Schalthebel zurück. Gleichzeitig drückte er Gernot den Pistolenlauf fest in die Seite.

Mein Gott, hoffentlich geht das Ding nicht los! Ich will nicht auf meine letzten sechs Stunden noch zum Mörder werden.

»Schau geradeaus!«, flüsterte er scharf. »Und bieg rechts ab.«

Gernot verharrte wie paralysiert.

»*Los!*«, schrie Volker ungeduldig. Die Kraft seiner Stimme überraschte ihn – und sie brachte auch Gernot zur Räson. Schwer atmend wandte er sich ab und legte den Gang ein.

»Ich mach dich kalt«, versicherte Volker flüsternd. »Glaub es mir.«

Gernot nickte zittrig, trat aufs Gas und bog ab.

Volker blickte über die Schulter zurück – der Polizist hatte sich bereits abgewandt und war damit beschäftigt, ein Warndreieck auf die Straße zu stellen.

Alles klar. Noch mal gutgegangen.

»Geradeaus weiter«, sagte er.

Gernot erwiderte nichts mehr; die verpasste Chance und Volkers plötzliche Kaltblütigkeit hatten ihn zum Schweigen gebracht. Sie fuhren jetzt auf einer fast leeren Landstraße quer durch eine malerische Gegend: Wiesen in der ersten Frühjahrsblüte, dichte Mischwälder zu beiden Seiten der Straße.

Das Gezwitscher des Mobiltelefons ließ beide hochschrecken. Volker packte das Handy, bevor der Fahrer es zu fassen bekam.

»Lass mich rangehen!«, zeterte Gernot. »Bitte! Das wird Sabine sein … sie macht sich bestimmt Sorgen … sie wird misstrauisch werden, wenn ich mich nicht melde.«

Volker griff nach dem Straßenatlas, riss ein Blatt heraus und zerknüllte es in der Faust. Dann schaltete er das Handy ein und ließ das Papier direkt vor dem Mikrofon knistern.

»Gernot?«, drang eine Frauenstimme aus dem Hörer. »Gernot! Ich höre nichts; was ist denn los?«

»Sag ihr nur, dass du bei Göttingen eine Panne hattest und auf den Abschleppdienst wartest!«, flüsterte Volker seinem Nebenmann zu. Dann hielt er ihm das Handy hin, und zwar so, dass sich seine Hand mit dem knisternden Papier zwischen dem Mikrofon und Gernots Mund befand.

»Äh, Sabine?« Gernot warf Volker einen forschenden Blick zu; offenbar überlegte er bereits, wie er eine Geheimbotschaft übermitteln könnte, ohne dass sein Entführer es merkte.

»Gernot, was ist denn los? Ich hör dich so schlecht!«

Volker knisterte so laut wie möglich mit dem Papier. »Sag ihr, dass du sie nicht verstehen kannst.«

»Äh, die Verbindung ist schlecht«, sagte Gernot gehorsam. »Ich kann dich kaum verstehen, Honey …«

»Wo bist du?«

»Ich, äh, bin kurz vor Göttingen; mein Wagen ist liegengeblieben.«

»Soll ich dich abholen?«, erbot die Freundin sich augenblicklich.

»Nein nein; ein netter Mann fährt mich gerade in die Stadt … aber ruf doch bitte Arnie an und sag ihm …«

»Das reicht«, zischte Volker, der eine Finte fürchtete, und riss ihm das Telefon weg.

»Verdammt!«, schrie Gernot, alle Vorsicht fahren lassend. »Sabine! Ruf sofort Arnie an! Sabine!«

Volker schaltete aus und hob seine Waffe.

»Du Idiot«, sagte er kalt.

»Na los!«, keifte Gernot, der jetzt völlig die Fassung verlor. »Knall mich doch ab, du Scheiß-Aso! Los, schieß doch!«

»Halt's Maul!«, brüllte Volker, der seinerseits in Rage geriet. »Was hast du ihr gesagt? Wer ist Arnie?«

Gernot antwortete nicht, sondern kniff die Lippen zusammen und starrte auf die Fahrbahn. Volker rief das elektronische Adressbuch des Handys ab. Wie sich herausstellte, war es passwortgesichert.

»Das Passwort!«, fuhr er Gernot barsch an.

Dieser warf ihm einen hasserfüllten Blick zu. »Lamborghini.«

Volker rief die Adressdatei ab: Es gab nur einen Arno darin; verzeichnet war eine Privatnummer und ein zweiter Anschluss mit dem Zusatz »Firma«. Er tippte die Dienstnummer ein. Es tutete eine Weile, dann schaltete sich ein Anrufbeantworter an. »AV Security. Personen- und Objektschutz. Arno Vollmer. Leider bin ich im Moment …«

Volker schaltete ab.

Gernot zitterte, sei es vor Angst oder aus unbeherrschter Wut.

»Du Idiot«, wiederholte Volker. »Du hast deiner Freundin gesagt, dass sie deinen Leibwächter anrufen soll …«

Gernot schwieg verbissen und krallte die Finger um das Lenkrad.

Volker öffnete das Handy und nahm den Akku heraus. Das Telefon durfte auf keinen Fall im Wagen bleiben. Handys waren anpeilbar, und wenn Gernots Lebensgefährtin begriffen hatte, dass er entführt worden war, würde sie entweder den obskuren Sicherheitsmann oder gleich die Polizei alarmieren. Volker kurbelte das Seitenfenster herunter, um das Telefon in den Straßengraben zu werfen. Gernot fluchte leise.

»Moment mal …« Volkers Blick fiel auf einen goldgeprägten Schriftzug an der Unterseite des Geräts.

Gernot Hagemann
HAGEMANN POLYMERE
Köln

»Du bist Gernot Hagemann?«, fragte Volker ungläubig, während er das Telefon in hohem Bogen aus dem Fenster warf. »Juniorchef von Hagemann Polymere?«

Sein Fahrer schnaubte. »Kennen wir uns etwa?«

»Ich bin Volker Kühn. Gering Systems.«

»Gering?« Nun war es Gernot, der ihn verdutzt anstarrte. »Ich denk, du bist 'n Asozialer?«

»Auch Asoziale haben eine Vergangenheit«, sagte Volker trocken. »Bis zu meiner Entlassung letztes Jahr war ich Kundenberater bei Gering. Ich war oft bei deinem Vater – hat er sich zur Ruhe gesetzt?«

Gernot schüttelte ungläubig den Kopf, ohne ihn anzusehen. »Das kann doch alles nicht wahr sein«, keuchte er. »Das ist doch ein schlechter Witz.«

»Keineswegs«, sagte Volker. Und es war tatsächlich kein Witz; die Firma Hagemann gehörte seit Jahren zu Gisela Gerings festem Kundenkreis. Volker war mehrfach nach Köln geschickt worden, um für den damaligen Leiter des Unternehmens, den sechzigjährigen Gerhard Hagemann, Computerprogramme zu installieren.

»Du siehst also«, fügte Volker hinzu, »dass Asoziale nicht asozial geboren werden.«

Gernot lachte höhnisch. »Ach ja? Dann erzähl mir mal, warum Gering dich entlassen hat. Irgendwas wirst du ja ausgefressen haben ...«

»Oh ja«, sagte Volker bitter und packte unwillkürlich seine Pistole fester. »Ich wurde krank – und das kann man seinem Chef natürlich nicht zumuten.«

»Wieso? Was hast du?«

»Kehlkopfkrebs. Deswegen war ich auch im Krankenhaus.«

»Ach, das spinnst du dir doch zusammen!«, schimpfte Gernot. »Kehlkopfkrebs! Du hustest nicht, du sprichst ganz normal; deine Stimme ist nicht mal belegt ...«

Stimmt, stellte Volker erstaunt fest. Schon seit mehreren Stunden konnte er ohne Schmerzen und Heiserkeit sprechen. Es war, als ob der Krebs plötzlich aufgehört hätte zu arbeiten – vielleicht, weil er die Sinnlosigkeit seines Zerstörungswerks eingesehen hatte: Wenn kein Wunder geschah, würde Volker in Kürze ohnehin tot sein.

»Es ist, wie ich dir gesagt habe«, wiederholte er. »Ich habe Krebs; ich kam ins Krankenhaus, und dort hat man mir ein Gift verabreicht, um mich zu töten.«

»Ich glaube dir kein Wort«, schnaubte Gernot. »Wer sollte so was tun?«

»Ich weiß es nicht«, sagte Volker mehr zu sich selbst. »Es kann keine offizielle Strategie sein, keine Organisation, eher ein Netzwerk von Einzelpersonen, glaube ich. Ein paar Leute in den Behörden, ein paar in den Krankenhäusern …«

Gernot schüttelte stumm den Kopf wie über das Gerede eines Irren.

»Ich kann mir nicht vorstellen, dass die Führungsspitzen eingeweiht sind«, sinnierte Volker, ohne auf ihn zu achten. »So etwas ist nicht auf dem Dienstweg organisierbar. Es sind die mittleren Ränge, nehme ich an: Sachbearbeiter bei den Ämtern, Stationsärzte, Schwestern – und wahrscheinlich ein paar Unternehmer, die das Ganze aus dem Hintergrund finanzieren …«

Er blickte Gernot von der Seite an.

»Du bist nicht zufällig Mitglied in irgendeinem Verein, dessen Ziel die Senkung der Unternehmenssteuern durch Entlastung des Sozialetats ist?«

»Leck mich«, knirschte Gernot.

18:42

Sie passierten eben das Ortsschild einer Kleinstadt, als der Tuner sich mit einer Durchsage meldete.

»Und hier eine Suchmeldung: Gesucht wird Herr Gernot

Hagemann aus Köln, zuletzt unterwegs mit einem aubergine-metallicfarbenen Devon Roadster mit dem amtlichen Kennzeichen K-GH 2327 im Raum Göttingen. Die Polizei schließt eine Straftat als Ursache seines Verschwindens nicht aus. Gernot Hagemann ist einsachtundachtzig groß und schlank …«

Gernot warf Volker einen düsteren Blick zu, als wollte er sagen: *Siehst du; so schnell geht das.*

»Tja«, sagte Volker ungerührt. »Jetzt werden wir beide gesucht.«

Und das gerade mal eine Stunde, nachdem ich ihn entführt habe, setzte er in Gedanken hinzu. *Wahrscheinlich hat seine Freundin Lunte gerochen. Erstaunlich, wie schnell die Behörden schalten. Vielleicht haben Sie ja inzwischen sogar einen Zusammenhang mit dem Verschwinden eines gewissen Volker K. aus einem achthundert Kilometer entfernten Krankenhaus festgestellt.*

»Ich muss tanken«, riss ihn Gernot aus seinen Gedanken. Volker schrak hoch: Tatsächlich, die Nadel des Treibstoffanzeigers schwebte längst im Reservebereich.

»Außerdem muss ich aufs Klo«, setzte Gernot ungeduldig hinzu. »Da vorne ist 'ne Tankstelle.«

Sie fuhren auf einer Durchgangsstraße. Der Verkehr war um diese Tageszeit sehr dicht, und die Gehwege wimmelten von Menschen. *Hunderte von Augen*, dachte Volker. *Mein Gott, wir müssen den Wagen loswerden … aber wie?*

»Träumst du, Mann?«, herrschte Gernot ihn an, der offenbar jeglichen Respekt vor seinem Entführer verloren hatte. »Wir laufen auf dem letzten Tropfen!«

»Jaja, schon gut«, sagte Volker. »Fahr rauf.«

Gernot bremste und bog in die Auffahrt zur Tankstelle. Neben der Zapfsäule hielt er an und hatte bereits den Türgriff in der Hand, als Volker ihn am Arm packte und in den Sitz zurückzwang.

»*Ich* mache das. Du wartest hier.«

»Aber ich muss aufs Klo!«, wiederholte Gernot wie ein störrisches Kind.

»Reiß dich zusammen.«

Volker langte hinüber und zog den Zündschlüssel ab. Dann steckte er seine Pistole ein, stieg aus und drückte auf der Fernbedienung den Knopf für die Kindersicherung, um alle Türen des Wagens zu verriegeln. Schließlich sah er sich um. Die Tankstelle war groß und gut besucht; mehrere Wagen standen auf der anderen Seite der Zapfsäulenreihe, und der Kassierer in seinem Glaskasten fertigte eine ganze Schlange von Kunden ab.

Gernot starrte böse zu ihm herüber, während Volker den Tankdeckel abschraubte, den Benzinhahn einführte und volltankte. Bei dieser Gelegenheit bemerkte er, dass seine Beine sich seltsam anfühlten: Ein merkwürdiges Ziehen und Kribbeln lief von den Waden bis zur Oberseite der Knie hinauf.

Es geht los. Ich habe mich eine Stunde lang nicht bewegt, nur im Wagen gesessen. Das Gift ist jetzt seit fast sieben Stunden gleichmäßig in meinem Blut verteilt ... bei Andresen hat es gerade neun Stunden gedauert.

Er schauderte. Seine ganze Hilflosigkeit, die er in den letzten Stunden verdrängt hatte, wurde ihm auf einen Schlag bewusst: Er war vollkommen unfähig, den schleichenden Prozess aufzuhalten, der sein Blut langsam dicker werden und gerinnen ließ.

Ich muss sofort Aspirin nachwerfen – falls das jetzt überhaupt noch hilft.

Ein dumpfes Pochen ließ ihn aufschrecken. Gernot sah zu ihm nach draußen und klopfte hektisch gegen die Scheibe.

Volker bemerkte, dass er schon sekundenlang regungslos dastand, die Düse in der Hand, obwohl der Tank längst voll war und der Benzinstrahl sich abgeschaltet hatte. Er hängte die Düse ein und schloss den Tankdeckel.

Bezahlen – wo ist mein Geld?

Er hatte es im Wagen auf dem Armaturenbrett liegen lassen.

Volker näherte sich der Beifahrertür, kramte die Fernbedienung heraus und entriegelte die Tür.

Im nächsten Moment geschahen mehrere Dinge gleichzeitig. Volker bemerkte, dass Gernot aufblickte: Er sah schräg an ihm vorbei, und sein Gesichtsausdruck ließ plötzliche Erregung erkennen. Volker fuhr herum und folgte seinem Blick.

Der Tankwart!

Der Mann in seinem Glashäuschen beobachtete sie. Vielleicht war er zunächst nur misstrauisch gewesen, dass Volker nicht zum Bezahlen hereinkam, sondern Anstalten machte, wieder in den Wagen zu steigen. Nun aber sah der Mann deutlich interessiert zu ihnen herüber. Selbst seine Kunden, die vor dem Tresen anstanden, wandten die Köpfe und folgten seinem Blick. Der Tankwart streckte den Kopf seitlich vor; offenbar warf er einen Blick auf das Nummernschild des Sportwagens. Dann griff er zum Telefon.

»Fahr los!«, Volker zog seine Waffe, riss die Beifahrertür auf und drückte den Schlüssel ins Zündschloss.

Gernot sah ihn mit einem abschätzigen Blick an, in dem kaum noch Angst lag.

»Und wenn ich mich weigere?«, fragte er.

Volker verlor die Beherrschung – zum ersten Mal an diesem Tag. Er drückte ab. Ein ohrenbetäubender Knall ließ das Fahrzeug erzittern; das Projektil durchschlug die Windschutzscheibe und hinterließ ein winziges, sternförmig gezacktes Loch, von dem aus Hunderte von Bruchlinien wie die Fäden eines Spinnennetzes nach allen Seiten liefen.

»Fahr!«, wiederholte Volker laut und stieß Gernot an, der wie in einem Reflex die Knie angezogen und den Kopf auf das Lenkrad fallengelassen hatte, sodass er wie ein Embryo in seinem Sitz hing. Erst nach weiteren drei Sekunden schien er Volkers Befehl überhaupt wahrzunehmen. Vielleicht war sein Gehör von dem Getöse des Schusses betäubt, oder er brauchte einen Moment, um zu begreifen, dass er nicht tot war. Ungläubig hob er den Kopf und starrte durch das Loch in der Frontscheibe.

Volker drehte den Zündschlüssel.

»Los jetzt.«

Gernot sah ihn nicht an, sondern versuchte offensichtlich mühsam, die Kontrolle über seinen Körper wiederzugewinnen. Er krampfte die Hände um das Lenkrad, versuchte die Kupplung kommen zu lassen und rutschte ab; seine Beine versagten ihm den Dienst.

Volker fuhr herum und starrte nach draußen. Niemand versuchte sie aufzuhalten. Der Tankwart hatte sich offenbar hinter seinen Tresen geduckt, und auch die anderen Besucher der Tankstelle waren nach dem Schuss in Deckung gegangen.

Das gibt uns ein paar Sekunden Zeit – bis sie sich von dem Schreck erholt haben.

Endlich heulte der Motor auf. Gernot straffte sich hinter dem Steuer, stieß pfeifend die Luft aus und bemühte sich erkennbar, die Hände ruhig zu halten.

»Fahr«, wiederholte Volker, die Waffe in der Hand.

Gernot ließ die Kupplung kommen; der Wagen setzte sich in Bewegung. Unglücklicherweise jedoch war der Verkehr auf der Durchgangsstraße gerade besonders dicht, und sie mussten an der Ausfahrt halten, um auf eine Lücke zu warten. Die Fahrer der passierenden Fahrzeuge starrten sie erstaunt an; schließlich sah man nicht alle Tage einen Sportwagen mit zersplitterter Windschutzscheibe.

»Da rein!« Volker knuffte seinen Chauffeur erneut, und dieser gab gehorsam Gas, um sich in eine kaum zehn Meter lange Verkehrslücke einzufädeln. Er zog den Wagen in die Gerade. Die Reifen quietschten; gleichzeitig ertönte das wütende Signalhorn des Hintermannes, den sie zu einer Bremsung gezwungen hatten.

»Scheiß-Aso!«, fluchte Gernot und beschleunigte, so schnell es eben ging. »Verdammter Scheiß-Aso! Du hast meinen Wagen ruiniert.«

Volker nahm es gelassen zur Kenntnis. Offenbar hatte sein Fahrer sich jetzt wieder in der Gewalt. Schimpfen war bei ihm ein Zeichen normaler geistiger Verfassung.

»Geradeaus, auf schnellstem Weg Richtung Hamburg.«

»*Jajaja!*«, stieß Gernot zwischen zusammengebissenen Zähnen hervor. »Hoffentlich verreckst du vorher, du Penner.«

»Da besteht eine reelle Chance«, beruhigte ihn Volker und kramte sein Aspirin hervor, um zwei Tabletten nachzuwerfen. Er hatte kein Wasser; es blieb ihm nichts anderes übrig, als die bittere Substanz durch Kauen zu zerkleinern und trocken runterzuwürgen. Währenddessen spähte er angespannt in den Rückspiegel, um etwaige Verfolger auszumachen.

Und die ließen nicht lange auf sich warten.

Gerade, als sie ein Industrieviertel hinter sich gelassen hatten und sich anschickten, auf die Autobahn Richtung Maschener Kreuz zu wechseln, heulten Sirenen. Volker blickte in den Rückspiegel und sah, dass zwei Polizeiwagen mit blitzenden Blaulichtern heranfegten.

»Gib Gas.«

Gernot knirschte mit den Zähnen. »Du bist wahnsinnig, Mann. Du bist total verrückt. Die werden uns …«

»Werden sie nicht. Die wissen, dass ich dich entführt habe

und bewaffnet bin. Deshalb werden sie bestimmt sehr vorsichtig sein.«

Die Tachonadel kletterte auf hundert. Durch das Loch in dem zerstörten Frontfenster heulte der Fahrtwind herein und ließ Gernots Haare flattern. Er nahm mit Mühe die Auffahrt zur Autobahn und legte den Wagen in eine halsbrecherische Linkskurve, wobei er bedenklich schlingerte und die Reifen sich wimmernd über die Misshandlung beschwerten. Die beiden Streifenwagen taten es ihnen gleich und glitten mit vollem Tempo in die Kurve.

»Mehr Gas«, befahl Volker.

Gernot duckte sich mit verkrampften Händen über das Lenkrad.

»Fick dich doch selber«, zischte er, kam aber der Anweisung nach und jagte mit vollem Tempo über die Beschleunigungsspur. Glücklicherweise erregte dieses Manöver die Aufmerksamkeit der passierenden Fahrzeuge, und sie wichen nach und nach auf die linke Spur aus. Die Sirenen wurden lauter – Volker blickte in den Rückspiegel, eben, als die beiden Streifenwagen darin auftauchten.

»Rein da! Rein!«

Gernot riss das Steuer nach links und fädelte sich ein.

»Und auf die Überholspur!«

»Ja doch!«, schrie Gernot.

Nun rasten sie auf der linken Spur dahin. Die beiden Streifenwagen kamen ihnen mit heulenden Sirenen nach, was zur Folge hatten, dass die übrigen Fahrzeuge auf der Autobahn sich in die trägen Kolonnen auf der rechten Spur flüchteten.

Die Tachonadel kletterte auf hundertachtzig – der Wagen hielt, was sein aufgemotztes Äußeres versprach. Dafür heulte der Fahrtwind nun ohrenbetäubend durch das Loch in der Frontscheibe, und die netzförmig geborstenen Glasfragmente bebten unter dem Druck. Wenn die Scheibe zerbrach, würde dies wahrscheinlich das Ende der Fahrt bedeuten, erkannte Volker: Die Scherben würden ihm und seiner Geisel ins Gesicht spritzen wie Schrapnellgeschosse.

»*Achtung, K-GH-2327*!«, dröhnte eine Megafonstimme undeutlich zu ihnen herüber. »*Halten Sie an und fahren Sie auf den Seitenstreifen*!«

Gernot sah eine Sekunde lang zur Seite, offenbar, um Volkers Reaktion zu sondieren – doch dieser starrte stur geradeaus, ohne seinen Blick zu erwidern.

»*Ich wiederhole … Halten Sie an und …*«

»Mehr Gas.«

Gernot rebellierte nicht mehr; entweder hatte Volkers Einsilbigkeit ihn angesteckt oder er hatte resigniert. Gehorsam trat er aufs Pedal, und die Nadel stieg auf zweihundert. Die Megafonstimme wurde leiser und ging im Getöse unter. Offenbar blieben die Streifenwagen zurück.

Volkers Gedanken waren eigenartig kühl und klar.

Theoretisch können wir dieses Spiel weiterspielen, bis wir in Hamburg sind. Aber was dann? Im Stadtverkehr bleiben wir unweigerlich stecken. Außerdem werden sie weitere Wagen schicken. Wahrscheinlich wartet schon eine Straßensperre auf uns. Eine Scheinbaustelle oder ein künstlicher Stau …

Er blickte nach hinten und schätzte den Abstand zu den Streifenwagen.

Drei Leitpfosten: hundertfünfzig Meter. Jetzt vier … Offenbar bringen sie es nicht auf mehr als 220 km/h.

Dann blickte er auf den Tacho des Sportwagens.

Fährt 260 Spitze. Das macht in fünf Minuten einen Abstand von mindestens zwei Kilometern.

»Vollgas«, sagte Volker. »Ich drück auf die Hupe, damit die Spur frei bleibt.«

»Bist du irre?«, brüllte Gernot. »Du hast doch sowieso

keine Chance … die werden jede Sekunde mit einem Hubschrauber da sein!«

»Zweihundertsechzig«, wiederholte Volker ruhig. »Und keinen Strich drunter.«

Gernot gehorchte.

Volker griff zwischen seine um das Lenkrad gekrallten Hände und drückte die Hupe. Sie heulte ohrenbetäubend, selbst in dem Brausen des Windes und dem Röhren des Motors. Das markerschütternde Jaulen gellte über die Fahrbahn, wahrscheinlich noch in Kilometern Entfernung zu hören, wie ein niemals abbrechender Schrei. Doch es zeigte seine Wirkung: Auf Hunderte von Metern voraus wichen alle Fahrzeuge aus und wechselten hastig die Spur.

Die Tachonadel stieg und stieg. Volker beobachtete im Rückspiegel die Verfolger – tatsächlich fielen sie weiter und weiter zurück.

»Was zum Henker hast du vor?«, keuchte Gernot. »Glaubst du, der Schlitten hebt ab und wir können einfach davonfliegen?«

»So was Ähnliches«, erwiderte Volker ruhig. »Halt drauf.«

Er ließ die Nadel nicht aus den Augen… *Zweihundertsechzig*. Er ließ die Hupe los. *Ab jetzt fünf Minuten*.

Sein Blick wechselte zum Sekundenzeiger der Uhr.

»Und das mir.« Gernot begann mit sich selbst zu reden, während er sich mit eingezogenem Kopf weit über das Lenkrad beugte. »Und das *mir*. Ich war zu ’ner Cocktailparty eingeladen … Die sitzen heute Abend alle gemütlich in Hannover im Garten von Ina und Ortwin, trinken Caipirinhas und schieben sich Tapas zwischen die Kiemen. Und ich? Ich pese mit durchlöcherter Windschutzscheibe, zwei Bullenstreifen am Hintern und einem total durchgeknallten Amokläufer auf dem Beifahrersitz Richtung Hamburg – Richtung *Hamburg*, Herrgott!«, schrie er und warf einen

Blick in den dunkler werdenden Himmel. »Ich *hasse* diese Stadt! Gottverdammter Slum, gottverdammter grauer Himmel … Glaubst du, ich will hier sterben und in diesen Himmel aus Blei kommen, Mann?«

»Keine Sorge«, sagte Volker ruhig. »Ich bin sicher, dass es auch im Himmel Villenviertel gibt.«

Gernot schnaufte. »Was meinst du damit?«

»Ganz einfach. Wenn du oben bist, sagst du einfach: Hallo, mein Name ist Gernot Hagemann, ich war Geschäftsführer von Hagemann Polymere, und ich hätte gerne ein Häuschen mit Garten, Garage und Swimmingpool.«

Gernot lachte freudlos. »Und du?«

»Ich komme natürlich in die Hölle«, sagte Volker. »Alle Asozialen kommen in die Hölle. Ich weiß es; ich habe die Hölle gesehen.«

»Was du nicht sagst. Und? Wird man da wirklich gegrillt oder so was?«

»Nein, das mit den glühenden Öfen ist reine Beschäftigungstherapie«, fantasierte Volker zynisch. »Die Strafe für die Asozialen besteht darin, dass sie bis in alle Ewigkeit arbeiten müssen. Die Arbeitslosen müssen das Brennholz herbeischleppen, die Rentner treten die Blasebälge und die Obdachlosen kehren die Asche. Der Teufel ist ein perfekter Unternehmer …«

»Mann, das ist nicht witzig! Ich bin Katholik, klar?«, fauchte Gernot.

»Natürlich ist Gott nicht ganz glücklich mit dieser Regelung«, fuhr Volker fort. »Am liebsten würde er auch die Asozialen im Himmel haben … er hat es auch schon mal versucht; aber das Experiment ist gescheitert.«

»Ach ja?«

Volker lächelte ein bitteres Lächeln. »Im Himmel herrscht nämlich Überfluss; jeder hat einen Wolkenplatz, und die gebratenen Tauben fliegen nur so herum. Aber die Leute im

Himmel wollten das nicht mit den Arbeitslosen teilen. Sie haben sich bei Gott beschwert, dass es ungerecht sei, wenn die Bettler und Schmarotzer so viel Luxus umsonst kriegen. Der Überfluss ist nur für die, die ihn verdient haben. Sie haben gesagt: Das mit der grenzenlosen Barmherzigkeit ist ja schön und gut – aber ein Sünder, der eine Sozialwolke im Himmel bezieht, ist doch eigentlich ein Gnadenschmarotzer. Und da hat Gott es sich eben anders überlegt; schließlich wollte er keine Straßenschlachten im Paradies.«

Gernot schwieg.

19:08

Siebenundfünfzig … achtundfünfzig … neunundfünzig … Aus. Die fünf Minuten sind um.

Volker drehte den Kopf und spähte über die Schulter nach seinen Verfolgern – sie waren nicht mehr zu sehen.

Zwei Kilometer Vorsprung … vielleicht eine halbe Minute.

»Runter vom Gas! Nächste Ausfahrt rechts raus!«

Ergeben bremste Gernot und versuchte, auf die rechte Spur zu kommen. Dies erwies sich jedoch als schwierig, denn inzwischen waren fast alle Fahrzeuge auf der Autobahn nach rechts ausgewichen und fuhren dort dicht an dicht. Endlich erwischte Gernot eine schmale Lücke, fädelte sich ein und versuchte auf die Ausfahrt zu kommen. Nach Minuten des Rasens jedoch hatte er offenbar kein Geschwindigkeitsgefühl mehr und fuhr viel zu schnell. Die Reifen quietschten erbärmlich, als er ausscherte und einen schweren Tanklaster um wenige Meter verfehlte. Der Wagen schlingerte, und sie wurden ordentlich durchgeschüttelt, während der Trucker das wütende Schnauben seines Signalhorns ertönen ließ.

»Langsam, langsam«, mahnte Volker. »Runter vom Gas.«

»Was immer du sagst, Herr und Meister«, zischte Gernot entnervt und trat vorsichtig auf die Bremse.

Sie gelangten auf eine Abfahrt, die in einem großen Halbkreis auf eine Landstraße führte.

Noch zehn Sekunden vielleicht …

Das Heulen der Sirenen näherte sich; die Polizeifahrzeuge mussten jeden Moment in Sichtweite sein. Doch die dichte Wagenkolonne auf der rechten Spur lag jetzt zwischen ihnen und den Flüchtlingen. Vielleicht würden sie es gar nicht merken, dass der auberginefarbene Roadster gar nicht mehr auf der Autobahn war.

Selbst wenn sie es nur zwei Sekunden zu spät merken, passieren sie die Ausfahrt und haben verloren … wenden können sie frühestens am Maschener Kreuz, dachte Volker.

»Bist 'n gerissener Hund«, gab Gernot zu, der offenbar denselben Gedanken hatte.

Sie wechselten auf die Landstraße über, die um diese Zeit vollkommen leer war. Volker genoss die Verschnaufpause: keine Verfolger mehr, kein ohrenbetäubender Fahrtwind – stattdessen ein angenehm leises, gleichmäßiges Motorengeräusch.

»Nicht schlecht, der Schlitten«, sagte er und schenkte seiner tapferen Geisel ein anerkennendes Lächeln. »Um die Polizei abzuhängen, reicht es also.«

Gernot schnaufte unwirsch. »Die werden jeden Moment merken, dass wir sie gelinkt haben. Spätestens …«

Ein neues Geräusch ließ beide Männer aufblicken. Vielleicht war es auch gar nicht neu, sondern erst jetzt in der Stille zu hören. Volker konnte es zuerst nicht einordnen; es klang wie leiser Donner, aber rhythmischer, fast wie ein Paukenwirbel.

»Da!«, schrie Gernot und wies nach rechts oben. »Hab ich's doch gewusst!«

Ein kurzer, gedrungener Schatten huschte vor ihnen über die Straße. Volker blickte nach oben – und sah den Helikopter, der sich bisher offensichtlich in einiger Entfernung gehalten hatte und nun näher kam, um die Flüchtlinge im Auge zu behalten. Es war eindeutig ein Polizeihubschrauber; die blauen Streifen an seinem weißen Rumpf verrieten es.

»Tja, das war's dann wohl«, sagte Gernot und trat auf die Bremse. »Am besten, du stellst dich. Das gibt manchmal Strafminderung, weißt du?«

»Für mich gibt es keine Strafminderung«, sagte Volker. »Ich bin nämlich zum Tode verurteilt, und das Urteil wird heute Nacht noch vollstreckt. Kein Richter oder Anwalt kann etwas daran ändern.«

Er beobachtete, wie der Helikopter eine weite Schleife über dem kleinen Dorf zog, das vor ihnen an der Landstraße lag. Wahrscheinlich funkte der Pilot gerade Bodenverstärkung heran.

»Fahr weiter«, sagte Volker. »Es ist das letzte Mal, das verspreche ich dir.«

»Mann, die machen uns platt!«, schrie Gernot außer sich. »Die pusten uns von der Straße! Die haben bestimmt Scharfschützen oder so was an Bord …«

»Haben sie nicht. Es ist ein ganz normaler Hubschrauber, wie er zur Verkehrsüberwachung eingesetzt wird. Fahr weiter.«

»Nein!«, keifte Gernot, wobei er mit den Fäusten auf den Lenker schlug. »Schluss jetzt! Aus! Ende der Vorstellung! Bring dich doch um, wenn du unbedingt willst, aber ich …«

»Du fährst jetzt los«, sagte Volker zum dritten Mal und hob seine Pistole.

Gernots Fäuste erstarrten in der Luft. Er blickte in Volkers Gesicht, und der Ausdruck, den er dort sah, brachte ihn offensichtlich zur Räson.

»Das letzte Mal, ja?«, fragte er. »Großes Penner-Ehrenwort?«

»Großes Penner-Ehrenwort«, bestätigte Volker. »Ich werde dich lebend und unverletzt gehen lassen, und zwar schon bald … wenn du jetzt losfährst.«

Gernot schien eine Sekunde zu zögern. Dann griff er nach dem Schalthebel und stieg aufs Gas. Sie passierten ein Ortsschild und fuhren mit mäßigem Tempo durch ein kleines Dorf mit malerischen Bauernhäusern. Der Hubschrauber wendete und zog eine weitere Schleife; dann kam er von hinten auf sie zugeflogen, wobei er seine Höhe deutlich verminderte.

»Nach Hamburg links«, sagte Volker, als sie im rechten Winkel auf eine Durchgangsstraße stießen.

»Keine Chance«, sagte Gernot und wies in die angegebene Richtung: Ein Polizeiwagen kam mit blitzendem Blaulicht die Straße herauf, um ihnen den Weg abzuschneiden.

»Dann geradeaus!«, sagte Volker, riss das Steuer herum, packte Gernots Knie und drückte es hinab, um ihn zum Gasgeben zu zwingen.

Der Wagen schoss über die Kreuzung und geradeaus auf eine schmale Straße, die aus dem Ort herausführte. Die Häuser wichen zurück; stattdessen dehnten sich Wiesen zu beiden Seiten. Sofort ertönte das Martinshorn des Polizeiwagens, der die Verfolgung aufnahm.

»Das ist 'ne Sackgasse!«, begriff Gernot, als die Straße anzusteigen begann. »Wir fahren direkt auf den Elbdeich zu!«

»Keine Sackgasse«, korrigierte Volker.

Er hatte recht: Die Straße führte in einer längeren Steigung zum Deich hinauf, stieß jedoch im rechten Winkel auf einen schmaleren Weg, der mitten auf der Deichkrone verlief. Dahinter musste sich der Fluss befinden.

»*Doch* 'ne Sackgasse«, widersprach Gernot und wies nach rechts: Auf der Deichtrasse näherte sich ein zweiter Polizeiwagen von Norden der T-Kreuzung. Ein dritter, noch weiter entfernt, brauste aus südlicher Richtung heran. Offenbar wollten sie die Einmündung blockieren, bevor Gernots Roadster die Deichkrone erreichte.

Volker warf einen Blick nach hinten – der Polizeiwagen in ihrem Rücken hatte aufgeholt; dann nach oben – direkt über ihnen schwebte der Hubschrauber.

Er griff ins Steuer, stieg mit dem linken Bein über die Gangschaltung und drängte Gernots Fuß vom Gaspedal, um selbst die Kontrolle zu übernehmen. Mit Vollgas preschte der Roadster den Deich hinauf.

»Wir fliegen gleich in die Elbe!«, schrie Gernot direkt neben seinem Ohr. »Willst du uns ersäufen?«

Volker antwortete nicht, sondern trat das Gaspedal bis zum Anschlag durch. Der Wagen heulte auf und jagte der Kuppe entgegen. Die beiden Polizeiwagen, die sich von rechts und links der Kreuzung näherten, waren noch einige hundert Meter entfernt.

»O Gott!«, schrie Gernot, als sie die Deichkrone erreichten und Volker das Steuer mit einem Ruck nach links herumriss, während er gleichzeitig auf die Bremse trat. »Heilige Maria voll der Gnaden …«

Der Sportwagen legte sich mit quietschenden Reifen in die Neunzig-Grad-Kurve. Die Räder auf der rechten Seite hoben für einen Sekundenbruchteil vom Boden ab. Gernot wurde gegen die Fahrertür gedrückt, und Volker fiel praktisch auf seinen Schoß.

»… der Herr ist mit dir …«

Der Wagen schoss im Bogen über die Fahrbahn, riss einen Leitpfosten um und näherte sich dem Rand der Böschung, die zum Flussufer hinabführte.

»… du bist gebenedeit unter den Frauen …«

Volker biss die Zähne zusammen und zog das Steuer nach rechts – der Wagen fing sich, holperte einige Meter über die Grassoden und schließlich zurück auf die Straße.

Gernot atmete hechelnd und schien sich gerade entspannen zu wollen, als er erneut die Augen aufriss: Der Polizeiwagen, der aus nördlicher Richtung über den Deich heranpreschte, kam nun direkt auf sie zu.

»… gebenedeit ist die Frucht deines Leibes!«, schrie er.

Volker gab gnadenlos Gas. Der Polizeiwagen bremste abrupt; das entsetzte Gesicht des Beamten hinter der Windschutzscheibe wurde erkennbar. Ausweichen war unmöglich – der Deich fiel zu beiden Seiten schräg ab.

»Jesus!« Gernot schlug die Hände vors Gesicht.

Volker riss das Steuer herum, und sie schossen knapp an dem Polizeiwagen vorbei. Blech schrappte auf Blech; der blauweiße Cruiser erhielt einen Stoß und stellte sich quer, während Gernots Sportwagen ein zweites Mal nur knapp den Rand der Böschung verfehlte.

»Bitte für uns jetzt und in der Stunde unseres Todes …«, kreischte Gernot, dem jede Selbstbeherrschung abhandengekommen war.

»Nur eine Schramme am Kotflügel«, sagte Volker grimmig und kämpfte einige Sekunden mit der Lenkung. Doch der Servo reagierte tadellos: Schon befanden sie sich wieder auf der Straße und rasten in Richtung Norden.

Der Polizeiwagen, der hinter ihnen von Süden herankam, hatte weniger Glück: Als der Fahrer begriff, dass die Flüchtlinge sich in nördlicher Richtung davonmachen wollten, beschleunigte er und versuchte, ebenfalls einen Haken um seinen angefahrenen Kollegen zu schlagen. Wagen Eins jedoch stand nun quer auf der Deichkrone, und Wagen Zwei streifte sein Heck – woraufhin der Gerammte endgültig das Gleichgewicht verlor und über die Böschung kippte. Er kam ins Trudeln, überschlug sich und polterte den Deich hinab in das Marschland zur Linken. Wagen Zwei drehte sich beim Aufprall und schlitterte über die Grassoden zur anderen Seite des Deichs, wo er mit frei hängenden Vorderrädern quer über der Böschung liegenblieb. Nur der dritte Streifenwagen brachte in letzter Sekunde eine Vollbremsung zustande.

Volker drosselte das Tempo und zwang Gernots Hände ans Steuer zurück, um sich umdrehen zu können. Er sah, wie der Sturzflieger, der zu seinem Glück weich in einer sumpfigen Wieser gelandet war, sich benommen aus seinem zerbeulten Fahrzeug herausschälte. Der quer stehende Wagen auf der Deichkrone kam bereits außer Sicht, denn die Straße machte einen Bogen nach Westen. Der Hubschrauber knatterte direkt über dem Schauplatz des Unfalls; offenbar wollte der Pilot sehen, ob es Verletzte gab.

Aber sie werden uns gleich nachkommen ... vielleicht zwei Minuten Vorsprung, nicht mehr, dachte Volker.

Er überließ Gernot das Steuer, rutschte wieder zurück auf den Beifahrersitz und spähte nach rechts: Dort, am Fuß der Böschung, strömte die Elbe, ein dunkles, graublaues Band von erstaunlicher Breite. Die Sonne ging eben unter, und das jenseitige Ufer war in der Dämmerung nur undeutlich auszumachen.

»Gut«, sagte Volker und legte Gernot eine Hand auf die Schulter. »Das war's.«

Der Unternehmenserbe sah ihn mit einer Mischung aus Unglauben und Unverständnis an. Volker hatte plötzlich Mitleid mit ihm: Die Todesangst stand dem jungen Mann ins Gesicht geschrieben; die Sonnenbrille war ihm von der Nase gerutscht, und seine Augen schwammen in Tränen.

»Ich steige jetzt aus«, sagte Volker. »Fahr noch ein paar Kilometer weiter, bis sie dich einholen. Dann kannst du ihnen die ganze Geschichte erzählen, wenn du willst.«

Gernot starrte ihn mit offenem Mund an, wobei er automatisch vom Gas ging, bis der Wagen zum Stehen kam.

Volker steckte seine Pistole ein, raffte die dreihundert Euro zusammen, die bei ihren waghalsigen Manövern auf die Fußmatte hinuntergeflattert waren, und drückte Gernot das Geld in die Hand. »Reicht wohl nicht ganz«, gab er zu. »Jedenfalls nicht für die Scheibe und den eingedellten Kotflügel zusammen. Bist du versichert?«

»…?!«

»Ob du *versichert* bist?«

»Ja … ja …«, nickte Gernot fassungslos.

»Falls ich durchkomme, kann ich den Schaden begleichen, hoffe ich«, sagte Volker und packte den Griff der Beifahrertür. »Leider ist das nicht sehr wahrscheinlich. Grüß meinen Nachfolger bei Gering, wenn du ihn das nächste Mal siehst. Ach ja, und falls du mir noch einen Gefallen tun willst, dann sag der Polizei nicht, an welcher Stelle ich abgesprungen bin. Alles klar?«

Gernot sah ihn immer noch an – und auf einmal grinste er, ein halb lässiges, halb irres Grinsen. »Du meinst es wirklich ernst, du Satansknabe, nicht?«

Volker nickte und öffnete die Tür.

Die beiden Männer tauschten einen letzten Blick – seltsam, es fühlte sich plötzlich an, als seien sie nicht mehr Geisel und Entführer, sondern zwei Verschworene, die nach Stunden gemeinsamer Flucht durch eine seltsame Hassliebe aneinandergekettet waren.

»Wir sehen uns dann spätestens im Himmel, schätze ich«, sagte Gernot.

»Ja … falls ich eine Sozialwolke abbekomme«, sagte Volker.

Er wartete, bis der Wagen fast zum Stehen gekommen war, dann sprang er ab und rannte die Böschung hinunter zum Fluss.

Glücklicherweise fiel der Deich zur Wasserseite hin nur sanft ab: Eine sinnvolle Einrichtung, die in Sturmflutzeiten die Kraft der Wellen auffangen sollte. Trotzdem geriet Volker ins Stolpern, fiel hin und kugelte schließlich wie ein Baumstamm haltlos über die flachen Grassoden hinab. Nach zehn Metern Strecke verlangsamten sich seine Drehungen, und er blieb mit dem Gesicht im Gras liegen.

Mühsam kam er auf die Füße. Alles drehte sich vor seinen Augen.

Wohin?

Er stand am Rand eines Feldes aus meterhohem Schilf. Oben auf dem Deich fuhr Gernots lädierter Sportwagen schon in einiger Entfernung gemächlich weiter nach Norden. Von Westen her, aus dem allmählich dunkler werdenden Himmel, näherte sich das Rotorengeräusch des Hubschraubers.

Volker warf sich ins Schilf. Die biegsamen Halme schlugen über ihm zusammen, und er fühlte sich einigermaßen vor Blicken geschützt. Dafür allerdings wurde seine gesamte Bauchseite, vom Kinn bis zu den Oberschenkeln, innerhalb von Sekunden klitschnass, denn der Boden war schlammig und von kleinen Pfützen bedeckt. Das rhythmische Knattern des Hubschraubers wurde für einen Augenblick ohrenbetäubend laut; dann entfernte es sich Richtung Norden.

Sie werden Gernot einholen und in wenigen Minuten wissen, dass ich mich aus dem Staub gemacht habe. Ihm war klar, dass er keine Chance hatte, in dem kahlen Marschland zu Fuß zu entkommen. Einer der Streifenwagen war noch unbeschädigt, und der Helikopter würde bald zurückkehren. Also entschied sich Volker für das Einzige, was noch in Frage kam, auch wenn ihm davor graute.

Er warf die Pistole ins Schilf – sie würde nach diesem Teil seines Wegs ohnehin unbrauchbar sein – und stieg die Bruchsteinkante zum Ufer hinab.

Das Wasser war kalt. Sehr kalt. Volker kannte nur die lauwarmen Korallenbuchten des Mittelmeers, an denen er früher manchmal seinen Urlaub verbracht hatte; dieser Fluss jedoch war eisig wie der Tod. Das Wasser war schwarz in der Dämmerung und seltsam schwer, als zöge es jeden Gegenstand mit unwiderstehlicher Kraft in die Tiefe. Volker spürte, dass ihm die Luft wegblieb. Er bemühte sich, lange Schwimmstöße zu machen und sich gar nicht erst zu fragen, was geschehen würde, wenn er das Bewusstsein verlor. Das Wasser drang in jede Pore seines Körpers und bedeckte seine Haut mit einem knisternden Teppich von schmerzhaften Nadelstichen. Jede Bewegung der Beine war eine ungeheure Anstrengung, jeder Atemzug ein Kampf.

Das gegenüberliegende Ufer lag jetzt nur noch etwa zweihundert Meter entfernt – im Grunde keine allzu lange Strecke. Er hatte vorgehabt, sich auf der anderen Seite davonzumachen, denn seine Verfolger würden gewiss nicht erwarten, dass er den Fluss durchquerte. Doch hatte er nicht mit der Strömung gerechnet, die ihn plötzlich erfasste. Einen Moment lang drehte er sich um sich selbst, strampelte auf der Stelle und konzentrierte sich nur noch darauf, über Wasser zu bleiben; an das Einhalten einer Richtung war nicht mehr zu denken. Der Strom packte seinen Körper mit unwiderstehlicher Gewalt, zog ihn in die Mitte des Flussbetts und trieb ihn nordwärts davon.

Toller Plan. Was jetzt? Ich werde quer durch den Hamburger Hafen in die Nordsee gespült, falls ich bis dahin nicht erfroren bin.

Ein Licht flammte hinter ihm in der Dämmerung auf.

Volker erschrak und blickte über die Schulter: Etwa zweihundert Meter hinter ihm strich ein gleißender Lichtkegel über den dunklen Strand; Schilfrohr, Büsche und Grassoden blitzten kurz auf und verschwanden wieder in der Dämmerung.

Der Hubschrauber!

Der Lichtkegel wanderte südwärts und entfernte sich; gleichzeitig jedoch glitt er von der Böschung herab und näherte sich dem Wasser. Jetzt hörte Volker die Maschine auch wieder: Sie flog niedrig, sodass ihr spindelförmiger Rumpf kaum zehn Meter über den Fluten schwebte. Das Rattern der Rotorblätter wurde lauter, und der Lichtkegel begann, stromabwärts zu wandern – geradewegs auf Volker zu.

Also gut…

Volker wartete, bis der Suchscheinwerfer auf fünfzig Meter herangekommen war, dann holte er so tief wie möglich Luft und tauchte.

Er hatte instinktiv die Augen geschlossen, doch auch wenn er sie geöffnet hätte, wäre er von Schwärze umgeben gewesen. Der Fluss schien ein dunkler, grundloser Rachen zu sein. Volker versuchte, ein oder zwei Schwimmstöße zu machen, um unten zu bleiben; doch Arme und Beine versagten ihm den Dienst, und er trieb wie ein nasser Sack knapp unter der Oberfläche dahin. Er hatte keine Ahnung, wie lange er in Deckung bleiben musste – vielleicht zehn Sekunden oder auch mehr. Doch sein Zeitgefühl war völlig durcheinander, denn er war nur noch damit beschäftigt, die Luft in seinen Lungen zu halten.

Instinkt rettete ihm das Leben: Unfähig, den Atem länger anzuhalten, stieß er die Luft aus und kämpfte sich mit der letzten Kraft einer fahrigen Armbewegung in die Höhe. Die Strömung gab ihm Auftrieb; sein Kopf schnellte wie ein Korken empor und durchbrach die Oberfläche.

Volker versuchte zu atmen – doch es ging nicht, obwohl er deutlich den Luftzug in seinen Haaren fühlte und wusste, dass er über Wasser sein musste. Panik ergriff ihn; seine Lungen waren wie gelähmt, als klemmten sie in einem Schraubstock. *Ich erfriere*, dachte er, und dieser Gedanke war so klar und kalt wie das schwarze Wasser ringsum.

Doch er erfror nicht. Sogar sein Atem setzte wieder ein – ohne sein Zutun, als habe irgendeine Kraft unterhalb der Bewusstseinsschwelle die Kontrolle übernommen. Der Rest seines Körpers war gefühllos und taub; er konnte keinen Finger bewegen. Eine Zeit lang trieb er hilflos dahin, den geöffneten Mund kaum eine Handbreit über der Oberfläche.

Dann erfasste ihn eine Bugwelle.

»Hey, Atze! Komm schnell!«

Leere – Dunkelheit – eine halbe Drehung – spritzendes Wasser – eine Berührung unter den Schultern, die er kaum spürte.

»Hilf mir mal! Mach hin, Alter!«

»Nimm du die Beine ... und *zuuuuugleich*!«

Jetzt ein Gefühl, aber nur ein diffuses: Als ob er plötzlich durch Zauberhand aus dem Wasser gehoben würde. Es wurde ihm keineswegs sofort bewusst, denn die schneidende Kälte auf seiner Haut blieb, obwohl sie nun nicht mehr flüssig und schwer war, sondern sich wie pfeifender Wind anfühlte. Dann aber gab es einen harten Stoß, und er spürte, dass er mit dem Rücken auf festem Untergrund lag. Da waren mehrere Hände, die ihn berührten, und auch Stimmen – oder war es nur das Murmeln des Flusses?

»'ne Decke, schnell, Mann! – Und den Whiskey!«

»Er atmet nicht ...«

»Und wie der atmet, guck doch!«

Volker fühlte, wie sein Oberkörper aufgerichtet wurde. Plötzlich war sein Bewusstsein wieder da und sprengte den eisernen Ring, der sich um seine Brust gelegt hatte. Krampfhaft atmete er ein, hustete und spuckte Wasser.

»Der hat noch mal Dusel gehabt.«

Volkers Augen öffneten sich. Er begriff nicht gleich, was er sah, denn nichts schien sich verändert zu haben: Alles war dunkel, bis auf einen winzigen, fahlen Lichtfleck in der

Ferne. Dann aber schälten sich Konturen aus der Finsternis. Die untere Hälfte seines Blickfelds zeigte ihm die innere Bordwand eines kleinen Schiffs, ein waagerechter Strich am Horizont war die Wasseroberfläche, und die grauschwarze Glocke darüber der Himmel.

»Boah, voll blau die Haut«, sagte eine Stimme dicht an seinem Ohr; gleichzeitig fühlte er stoßweise Bewegungen im Nacken, die seinen Oberkörper wehrlos auf- und abwippen ließen.

»Keine Sorge, er reibt dich nur mit Alk ein«, sagte eine zweite Stimme, jetzt unzweifelhaft an Volker gewandt. »Guter Kentucky Bourbon, Kollege! Dafür bist du uns was schuldig!«

Ein Gesicht erschien in seinem Blickfeld: Das Gesicht eines jungen Mannes von vielleicht zwanzig Jahren mit hellen Augen und schulterlangem Haar. »Alles klar, Mann?«

Volker antwortete nicht, sondern starrte auf den fahlen Lichtpunkt in der Ferne, der nun kleiner wurde und endlich verlosch. *Der Hubschrauber*, begriff er, und der Gedanke formte sich mühsam in seinem benebelten Gehirn. *Er ist weitergeflogen … hat mich nicht gesehen.*

»Haben die *dich* gesucht?«, fragte der Junge und nickte zum Horizont hinüber.

Volker versuchte, den Kopf nach rechts zu drehen und in das Gesicht des Sprechers zu schauen.

»Warme Decke«, flüsterte er mühsam. »Bitte.«

Er bekam sie, und vorläufig stellte ihm niemand weitere Fragen.

19:40

zeigte die altmodische Uhr an der Wand, als Volker Minuten später unter Deck auf einer schmalen Pritsche saß, seiner Kleider entledigt und in eine warme Wolldecke gehüllt, während seine Retter sich um sein Wohlergehen bemühten. Sie waren zu dritt an Bord des Bootes, das mit viel Liebe und handwerklichem Talent zu einem schwimmenden Wohnmobil umgerüstet worden war: zwei junge Männer und ein Mädchen. Die beiden Männer sahen sich auffallend ähnlich; beide waren kräftig gebaut und hatten runde, fast kindlich wirkende Gesichter, umrahmt von schulterlangem Haar.

»Also, ich bin Atze«, stellte der Größere der beiden sich vor. Dann deutete er auf sein Pendant, von dem er sich nur durch wenige Zentimeter Länge, jedoch etliche Handspannen an Leibesumfang unterschied. »Und das ist mein kleiner Bruder Ben.«

Volker nickte schwach, während das Mädchen ihm fürsorglich die Haare trocken rubbelte und ihm einen Schnaps vor die Nase hielt. Sie war vielleicht achtzehn Jahre alt, hatte knallrot gefärbte Haare und trug ein kurzes Top, das den gepiercten Bauchnabel freigab.

»Trink schon«, sagte sie.

Volker trank so vorsichtig wie möglich, in winzigen Schlucken.

»Und das ist Fiesi«, informierte ihn ›Atze‹. »Meine Alte.«

»Ich bin nicht deine *Alte*«, zischte das Mädchen in seine Richtung und fuhr fort, mit einem ausgeblichenen Handtuch Volkers Haare zu bearbeiten.

»Klar bist du das«, bekräftigte Atze, der hinter ihr stand, und klatschte ihr mit der flachen Hand auf den Jeanspo. Sie fuhr herum und vergalt es ihm mit einem kräftigen Stoß in den Bauch. »Manno!«

»Und wer bist du?«, unterbrach Ben, der kleine Bruder.

Volker antwortete nicht sofort; er war noch zu sehr mit sich selbst beschäftigt. Das Atmen bereitete ihm ziehende Schmerzen, und seine Haut fühlte sich wie verbrannt an. Das Kribbeln in seinen Fingern und Zehen jedoch begann abzuflauen. Offensichtlich hatte er keine ernsthaften Erfrierungen davongetragen.

»Ich bin Volker«, sagte er. »Ich ... hatte einen Unfall.«

Unsicher sah er auf und blickte in die forschenden Gesichter seiner Retter.

»Ich bin mit meinem Wagen von der Deichstraße abgekommen und ins Wasser gekippt.«

»Das war kein Rettungshubschrauber da hinten«, sagte Atze. »Das waren Kachelköpfe, da verwett' ich den Arsch meiner Alten.« Erneut zischte das Mädchen indigniert, was Atze mit einem Grinsen zur Kenntnis nahm.

Volker starrte den Sprecher verständnislos an. »Kachelköpfe?«

»Schnauzträger«, dolmetschte Ben. »Stiernacken. Bullen.«

Volker sah keinen Sinn mehr darin, es zu leugnen – zumal die Sprechweise dieser bizarren Bootsmannschaft vermuten ließ, dass sie nicht gerade ein besonders intimes Verhältnis zur Polizei hatte. Er nickte.

Atze drehte sich um, griff sich ein Bier aus einer der Kisten in der Ecke, trat zu Volker herüber und setzte sich ihm gegenüber auf einen Klappstuhl.

»Okay, Alter.« Mit geübtem Griff knallte er den Flaschenhals auf die Kante eines kleinen Holztischchens, das von Pappbechern, Essensresten und überquellenden Aschenbechern bedeckt war. Der Deckel flog in hohem Bogen davon und klingelte über den Boden. Atze nahm einen Schluck Bier, dann lehnte er sich vor, verschränkte die Hände mit der Flasche zwischen den Knien und musterte Volker mit seinen großen, hellen Augen.

»Mir ist egal, wer du bist und was die von dir wollen … das gilt auch für meinen kleinen Bruder und Fiesi.« Er machte eine bedeutende Pause. »Wir haben nichts gesehen, kein' Hubschrauber und gar nichts. Und du hast uns auch nichts gesagt. Wir haben dich einfach bloß aus'm Wasser gezogen, weil wir nun mal anständige Menschen sind und keinen absaufen lassen – stimmt's, Bennie?«

Sein Bruder, der sich ebenfalls ein Bier genommen hatte, nickte eifrig.

»Und was soll'n wir nun mit dir machen?«, fragte Atze. »Anrufen kannst du jedenfalls keinen – Handy haben wir nicht dabei, und der Bordfunk ist schon seit Ewigkeiten kaputt. Wir können dich also bloß irgendwo absetzen.«

Volker sah einen Hoffnungsschimmer. Wenn er richtig vermutete und es sich bei diesem kuriosen Gespann wirklich nur um ein paar große Kinder handelte, die einen Trip auf heimischen Gewässern unternahmen, dann war möglicherweise mit ihnen zu reden.

»Ich muss nach Hamburg«, sagte Volker. »Ich kann euch leider nicht mit wenigen Worten erklären, worum es geht. Jedenfalls hängt mein Leben davon ab, und möglicherweise auch das Leben vieler anderer Menschen. Die Polizei weiß das nicht; sie verfolgt mich aus anderen Gründen … aber ich schwöre euch, dass ich niemanden umgebracht habe oder so etwas. Ich habe nur …«

»Will ich gar nicht wissen«, unterbrach Atze und nahm einen weiteren Schluck aus der Bierflasche. »Je weniger du ablaberst, desto besser.«

Volker verstummte betreten.

»Fahrt ihr … bis zur Mündung?«, fragte er schließlich.

Atze nickte. »Von Geesthacht bis nach Brunsbüttel; da wohnt 'n Freund von mir.«

»Könntet ihr mich im Hamburger Hafen absetzen?«

»Klar. Wir legen eh im Sportboothafen beim Baumwall

an; wir wollen nämlich noch 'ne Runde auf die Reeperbahn. Wo willst'n du hin?«

»Hauptbahnhof«, sagte Volker.

»Denn setzen wir dich im Oberhafen bei der Eisenbahnbrücke ab«, bot Atze an. »Da kommst du in zehn Minuten zu Fuß zum Bahnhof.«

Der Hubschrauber kam nicht wieder. Was auch immer die Polizei vermutete – ob sie glaubte, Volker sei zur anderen Deichseite in die Marschen geflüchtet, im Schilf versteckt oder ertrunken – jedenfalls kam niemand auf die Idee, die kleine Yacht anzuhalten, die in der hereinbrechenden Dunkelheit gemütlich Richtung Nordwesten schipperte. Außerdem war sie nicht das einzige Wasserfahrzeug, das sich zu später Stunde auf dem Strom bewegte. Je näher die Stadt rückte, desto dichter wurde der Verkehr: Kanus und Paddelboote fuhren in den ruhigeren Gewässern in Strandnähe, und in der Mitte des Flusses tauchte sogar ein kleines Passagierschiff auf, erleuchtet wie ein Weihnachtsbaum, das an ihnen vorbei stromaufwärts fuhr.

Volker kauerte im Schutz der Bordwand und genoss die Ruhe. Seine nasse Kleidung trocknete unten in der Kajüte; stattdessen trug er eine ölverschmierte Hose und ein ausgeblichenes Sweatshirt, das ihm seine Retter großmütig überlassen hatten. Immer noch fror er, doch hatte er die Decke mitnehmen dürfen und wickelte sich so fest wie möglich darin ein. Für seine nassen Haare hatte Fiesi, die Freundin des Kapitäns, ihm eine Mütze angeboten, die er umso dankbarer annahm, als sie den verräterischen Ausschlag auf seiner Stirn bedeckte. Der Rest der Mitgift bestand in einer halbvollen Whiskeyflasche, die Ben mit auf Deck geschleppt hatte.

Während Volker mit kleinen Schlucken den Whiskey leerte, der auf seinen leeren Magen eine sofortige Wirkung hatte und seine Nerven nachhaltig beruhigte, stand Ben neben ihm am Steuer und redete unbefangen auf ihn ein. Obwohl er sich hauptsächlich auf die jeweilige Situation bezog (»Boah, was für'n Riesenbrummer, der Kutter da, ich weich lieber mal aus«), erfuhr Volker nach und nach eine Menge über seine freundlichen Retter. Die beiden Brüder wohnten einige Kilometer stromaufwärts bei ihrer alleinstehenden Mutter und unternahmen schon seit Jahren gewohnheitsmäßig Ausflüge auf der Elbe. Das Boot, erzählte Ben, hatten sie von ihrem Vater geerbt; in ihrer Freizeit hatten sie es ausgebaut und mit allen möglichen Extras versehen. Und Freizeit hatten sie viel, denn Atze war nach dem Abschluss seiner Ausbildung zum Heizungsmonteur arbeitlos geworden, und Ben, der vor kurzem mit Mühe seinen Hauptschulabschluss geschafft hatte, ließ sich einstweilen von seiner Mutter päppeln.

»Die Alte!«, grinste Ben zu Volker hinunter. »Die macht jedesmal 'nen Affen, wenn wir auf Tour gehen. *Lass Bennie bloß nicht in der Elbe absaufen*, sagt sie zu Atze, *sonst klopp ich dich windelweich. Und dass ihr jaaaa kein Gras raucht*!«

Er lachte lauthals und öffnete eine weitere Flasche Bier. »Willste?«

Volker lehnte dankend ab.

»In 'ner halben Stunde sind wir da«, sagte Ben. »Keine fünf Kilometer mehr. Da vorne ist schon Moorwerder, da teilt sich die Elbe.«

Er drehte das Steuer nach rechts.

Volker spähte über die Bordwand. Tatsächlich war vor ihnen, mitten im Fluss, eine Landzunge aufgetaucht. Die Yacht steuerte die rechte Abzweigung an, die Norderelbe, die in den berühmten Hamburger Hafen führte. An den Ufern zu beiden Seiten tauchten Lichter auf; über den Deichen erschienen Häuserzeilen, und zur Linken erhoben sich in einiger Entfernung die Schornsteine von Industrieanlagen.

»Das is' Hamburg!«, verkündete Ben mit dem Stolz eines Touristenführers.

Volker hing seinen Gedanken nach. Die drei Ausflügler erinnerten ihn lebhaft an einen seiner ehemaligen Wohngenossen im Sozialwohnungsblock. Er war der Einzige aus jener Clique Jugendlicher im Erdgeschoss, der ihn gelegentlich im Treppenhaus gegrüßt hatte und sogar ein paarmal zu ihm und Mertens heraufgekommen war, um zu plaudern. Dabei hatte er stets irgendwelche Schätze mitgebracht, die er bereitwillig teilte: mal eine Flasche billigen Wein, mal eine Handvoll Zigaretten. Niemand wusste, woher er diese Dinge bezog, und er sprach auch nicht darüber. Vermutlich war er ein begnadeter Schnorrer und Schwarzhändler mit vielfältigen Kontakten auf der Straße.

Sein Name war Giselher, doch er selbst nannte sich »Kiesel«. Offenbar hatte er diesen Spitznamen schon in Kindertagen erhalten und sich dermaßen daran gewöhnt, dass er scharf nachdenken musste, bevor er seinen Sozialhilfeantrag korrekt unterzeichnen konnte. Er war jung – zu jung zum Resignieren; zu jung, um sich das vernichtende Urteil zu eigen zu machen, das die Gesellschaft über ihn fällte. Ihm fehlte vollkommen jene stumpfsinnige Bitterkeit und Verzweiflung, die das Lebensgefühl seiner Nachbarn bestimmte. Kiesel war mit Leib und Seele asozial, aus freier Entscheidung, nicht aus Not; er war sogar stolz darauf und erfüllte insofern – als einziger Schicksalsgenosse, den Volker kannte – die bürgerliche Definition des Sozialschmarotzers in beispielhafter Weise. Schon sein Äußeres zeugte davon: Er trug stets die gleiche ausgeblichene Stoffhose und eines von drei pastellfarbenen Sweatshirts, dazu eine Art Pudelmütze mit herabhängendem Pompom und ausgetretene

Mokassins. Nicht, dass er es auf absichtliche Provokation angelegt hätte; die Reaktionen seiner Umwelt auf seinen eigentümlichen Lebensstil waren ihm schlicht gleichgültig. Er lebte vom Betteln und von gelegentlicher Schwarzarbeit, betrachtete das Ghetto als sein Zuhause und besaß zudem eine außergewöhnliche Begabung, sich niemals die Laune verderben zu lassen.

An einem Samstagabend Ende Februar hatte Kiesel einen besonderen Leckerbissen mitgebracht: Zwei halbe Hähnchen von einer Imbissbude zwei Straßen weiter. Wie ihm das gelungen war, blieb Volker schleierhaft. Das Geld mochte er erbettelt haben; der Mut jedoch, sich quer durch das Viertel an den Tresen der Bude zu wagen, wo sich nach Feierabend die Industriearbeiter und andere erbitterte Feinde der Asozialen zum Trinken und Sprücheklopfen trafen, war schlichtweg bewundernswert. Kiesel seinerseits war mächtig stolz und lud Volker und Mertens großzügig zu einem Festessen ein. So saßen sie den Rest des Abends in der Küche und vertilgten mit Wonne ihre Hähnchen, während der Schnee vor den Fenstern in dichten Kaskaden herabfiel.

Irgendwann war Mertens schlafen gegangen; Volker hingegen war geblieben, seltsam angezogen von dem jungen Mann, der ihm zum Nachtisch eine geschnorrte Zigarette anbot und unbefangen plauderte.

»Armut – das hat nichts mit Geld zu tun«, erläuterte Kiesel, während er sein Hähnchen bis auf die blanken Knochen abputzte. »Armut – das ist ein Prinzip, eine Lebensweise. Alle großen Weisen haben gesagt, dass materieller Besitz die Herzen verdirbt. Guck dir die Mönche in Indien an: Die leben nur von Almosen; jeder gibt ihnen gerne etwas zu essen, wenn sie in ein Dorf kommen. Sie brauchen nicht einmal darum zu bitten; man hilft ihnen jederzeit und bewundert sie dafür, dass sie einfach leben, ohne an morgen zu denken. Jesus hat gesagt: *Sorgt euch nicht um euer Leben, was ihr essen und trinken werdet, auch nicht um euren Leib, was ihr anziehen werdet.* Die Franziskaner haben das genau befolgt; sie waren arm und hatten nichts außer ihrer Kutte, und sie lebten vom Betteln. Gerade deshalb hat das Volk sie als Heilige angesehen, weil sie ganz auf Gott vertrauten und es ihnen gleich war, ob sie morgen oder übermorgen oder in drei Wochen noch etwas zu essen hatten. Die Spießer schimpfen natürlich über solche Menschen, denn die sind so krank und kaputt von ihrer Arbeit und ihrem Stress und ihrem ewigen Besitz-Anhäufen, dass sie es den Mönchen nicht gönnen.«

Volker schwieg, nicht wenig erstaunt, zu welch philosophischen Gedankengängen dieser Junge fähig war, der wahrscheinlich keine sechs Jahre zur Schule gegangen sein mochte.

»Oder nimm Diogenes von Sinope«, fuhr Kiesel fort. »Das war ein griechischer Weiser, der hat in einer Tonne gelebt und Wasser aus den Pfützen getrunken und auf dem Marktplatz gebettelt. Die braven Bürger verachteten ihn, weil er mit so wenig zufrieden war und nicht wie sie ständig hinter dem Geld herrannte. Aber bestimmt haben sie ihn auch beneidet. Denn einer, der nichts hat und doch zufrieden ist, den hassen die anderen, die reicher und immer reicher werden und trotzdem unzufrieden sind.«

So fremd diese Ausführungen für Volker auch waren; er konnte nicht umhin, über sie nachzudenken. Bislang war es für ihn eine Selbstverständlichkeit gewesen, dass der Mensch danach trachtete, seine materielle Existenz möglichst umfassend und weit im Voraus zu sichern. Er hatte stets geglaubt, dies sei gewissermaßen das natürliche Grundgesetz des menschlichen Lebens, und von dieser Warte aus konnte Kiesels eigenwillige Philosophie nur als faule Ausrede erscheinen, als Apologie eines Gescheiterten, der aus der Not eine Tugend zu machen versuchte. Seit Volker jedoch seinen gesamten Besitz verloren hatte und sich notgedrungen selbst zu den Ausgemusterten der Gesellschaft zählen musste, geriet sein früher so festgefügtes Weltbild zunehmend durcheinander. Bisher war es ihm erschienen, als gebe es nur ein einziges Prinzip der gesellschaftlichen Organisation: Die Arbeit, den Erfolg, den sie erbrachte, und das Geld, das sie wert war. Demgemäß konnte es nur zwei Klassen von Menschen geben: auf der einen Seite diejenigen, denen es gelang, durch Fleiß, Ausdauer oder Glück in diesem System zu reüssieren, und auf der anderen Seite die Gescheiterten, die entweder träge oder – wie er selbst – vom Schicksal kampfunfähig gemacht worden waren. Kiesel jedoch schien eine dritte Möglichkeit zu eröffnen: Die bewusste Verweigerung der Teilnahme am allgemeinen Konkurrenzkampf. Sie bedeutete keinen schmerzhaften Verzicht für ihn: Er lebte in den Tag hinein und pfiff auf die Privilegien, für die andere sich abrackerten. Infolgedessen empfand er sein Leben auch nicht als gescheitert. Er entzog sich einfach dem kategorischen ›Friss oder stirb‹, indem er freiwillig hungerte.

Freilich: Ein Verlierer konnte von seiner Umwelt toleriert werden, wenn er sich angemessen schämte; der selbstbewusste Aussteiger hingegen bekam über kurz oder lang die Rechnung präsentiert. Dies wurde Volker klar, als Kiesel einige Wochen später in der Nähe der Hähnchenbude tot aufgefunden wurde. Offensichtlich hatte er dort um Geld gebettelt und war mit Unbekannten aneinandergeraten, die weniger Verständnis für seine Lebensweise aufbringen konnten. Volker sah seine Leiche, als er von einem Arztbesuch nach Hause kam und, durch den Menschenauflauf neugierig geworden, aus sicherer Entfernung einen Blick riskierte.

Kiesel lag mit gebrochenem Schädel an der Straße, die

Glieder grotesk verrenkt, und starrte mit offenen Augen in den grauen Winterhimmel. Die Pudelmütze war ihm vom Kopf gerutscht, sodass man mehrere blutige Platzwunden sah. Vielleicht war er nur herumgestoßen worden und unglücklich gefallen, aber es schien eher wahrscheinlich, dass man ihm den Schädel vorsätzlich zertrümmert hatte. Volker dachte an die Stammtischbrüder, die sich gewöhnlich nach Feierabend an dieser Bude versammelten. Es mochte sein, dass sie nichts mit Kiesels Tod zu tun hatten; er konnte sich jedoch durchaus vorstellten, dass sie dabei gewesen waren und applaudiert hatten.

20:08

»Endstation.« Ben drehte bei.

Sie waren jetzt fast eine Stunde lang auf der Norderelbe gefahren und befanden sich im Herzen der Stadt. Der Fluss, der sich in einer Biegung unter mächtigen Brücken hindurchwand, teilte sich hier in mehrere künstlich angelegte Hafenbuchten. Auf der rechten Seite des schmalen Kanals, den sie gerade entlangfuhren, ragten riesige Bauten in den Himmel: Lagerhallen und Silos, meterhohe Container und Ladekräne. Auf der linken Seite erhob sich die Skyline der Stadt, ein Meer aus flammenden Lichtern. Volker erschrak fast, als der hell erleuchtete Pfeil eines Schnellzuges über die Brücke donnerte, unter der sie gerade hindurchgefahren waren.

Das Hafenbecken, in dem sie sich befanden, war zu beiden Seiten mit hohen Mauern befestigt. Am rechten Ufer lag ein schmaler Sims knapp über Wasserhöhe, von dem schlüpfrige Treppenstufen zum Kai hinaufführten.

Die Luke zur Kajüte wurde aufgestoßen, und Atze kam auf Deck geklettert, gefolgt von seiner Freundin Fiesi.

»Na, Benni?«, sagte er gönnerhaft und klopfte seinem kleinen Bruder auf die Schulter. »Gut gemacht, Kleiner! Komm, ich lös dich ab.«

Er übernahm das Steuer und dirigierte die kleine Yacht auf Sprungweite an die Treppe heran. Dann wandte er sich Volker zu.

»Hey, Alter – alles klar?«

Volker, der noch immer im Windschatten der Bordwand hockte, kam auf die Füße und ließ seine Wolldecke fallen. »Alles klar.«

Nun standen sie vor ihm und sahen ihn erwartungsvoll an: Atze lehnte an der Steuerkonsole, eine fast abgebrannte Zigarette im Mundwinkel; Ben leerte seine Bierflasche und setzte sich auf die Reling daneben. Das Mädchen, schweigsam wie immer, stand mit einer Plastiktüte in der Hand zwischen ihnen.

»Tja …« Volker war auf einmal gar nicht wohl zumute. Er fühlte das dringende Bedürfnis, den dreien seine Dankbarkeit auszudrücken, doch alle Worte, die ihm in den Sinn kamen, schienen ihm nichtssagend. Das Wichtigste, was seine Retter ihm gegeben hatten, ließ sich ohnehin nicht in Worte fassen: das Gefühl, eine Stunde lang ein ganz normaler Mensch unter anderen Menschen gewesen zu sein.

Im Grunde ein gutes Ende, dachte er.

Schließlich erlöste Atze ihn aus der Verlegenheit und brach das Schweigen.

»Willste die Klamotten behalten?«

Volker sah an sich herab auf seine nackten Füße, die ölverschmierte Hose und das fleckige Sweatshirt.

»Deine Sachen sind noch ganz nass«, sagte Fiesi und hielt ihm die Plastiktüte hin. »Die kannst du nicht so schnell wieder anziehen. Aber deine Schuhe wirst du brauchen.«

Volker nickte und klaubte seine nassen Schuhe aus dem Beutel, um sie vor den Augen der drei umständlich überzustreifen. Es dauerte eine ganze Weile, denn das aufgequollene Leder war pappig und eng.

Herrgott ... wenn ich nicht ohnehin in zwei Stunden sterbe, werde ich mir bestimmt eine Lungenentzündung einfangen, schoss es ihm durch den Kopf.

Er richtete sich wieder auf und blickte in die unbewegten Gesichter seiner Helfer.

»Hört zu«, sagte er befangen. »Ich kann es euch jetzt nicht erklären, aber es ist möglich, dass ich morgen nicht mehr am Leben bin. Ob ich durchkomme oder nicht; in jedem Fall habt ihr etwas Wichtiges getan, indem ihr mir geholfen habt. Möglich, dass ihr noch in der Zeitung von mir lesen werdet oder im Fernsehen etwas über mich hört. Falls es dazu kommt, werdet ihr alles verstehen.«

Fiesi sah ihn erstaunt an. »Wie meinst'n das?«

Ben starrte ratlos zu Boden.

»Ich kapier kein Wort, Mann«, sagte Atze. »Ich weiß bloß, dass du uns 'nen Gefallen schuldest. Denk dran, falls wir uns noch mal über'n Weg laufen.«

Als Volker auf den Steinsims hinübersprang und endlich wieder festen Boden unter den Füßen hatte, drehte er sich noch einmal um und winkte einen stummen Abschiedgruß. Lediglich Ben erwiderte ihn, indem er stumm die Hand hob; Atze hatte sich bereits umgewandt und griff nach dem Steuer. Die Yacht fuhr Richtung Westen den Kanal hinunter, wo sie schon nach kurzer Zeit in der Dunkelheit verschwand.

Volker fühlte sich recht seltsam. Eine plötzliche Wehmut hatte ihn ergriffen, die er sich nicht erklären konnte. Schweren Herzens wandte er sich um und stieg die Treppe zum Kai hinauf. Seine Stimmung änderte sich schlagartig, als er plötzlich einen stechenden Schmerz in der linken Wade fühlte – so stark, dass er laut aufstöhnte, stolperte und mit dem Knie auf die Kante der letzten Stufe schlug. Dies vervielfachte den Schmerz, und Volker wand sich einen Moment lang auf der Stelle. Aus weit geöffnetem Mund schickte er einen tonlosen Schrei in den Nachthimmel. Dann biss er die Zähne zusammen, mobilisierte all seine Kräfte, zog sich mit den Armen über die letzte Stufe empor und blieb auf der Kaimauer liegen, das heftig pochende linke Bein grotesk von sich gestreckt.

Es geht los ... Es fängt fast immer in den Beinen an.

Er atmete hechelnd und versuchte sich zu entspannen. Tatsächlich ließ der Schmerz etwas nach. Mit zittrigen Fingern tastete er nach der Wade und stellte fest, dass sie geschwollen war.

Venenthrombose ... wie Andresen gesagt hat.

Jede Belastung seiner Beine konnte nun das Ende bedeuten. Schon kleinste Erschütterungen waren in der Lage, den Blutpropf in Bewegung zu setzen und in einem unheilvollen Amoklauf quer durch den Körper zu treiben, bis er irgendwo steckenblieb und eine Arterie blockierte. Volker stöhnte. *Lungenembolie.* Es würde schnell gehen, das wusste er – doch selbst zehn oder zwanzig Sekunden konnten sich zu einer Ewigkeit dehnen, wenn man erstickte.

Dann lauf, Kühn! Warte nicht an diesem gottverlassenen Ort, bis es so weit ist! Im Übrigen hast du eine Verabredung.

Das gab den Ausschlag. Volker kam auf die Füße und richtete sich auf – jeden Moment gewärtig, die vernichtenden Symptome zu spüren: plötzliche Atemnot, Angstschweiß, Herzrasen ... doch nichts geschah. Im Gegenteil; für einige Sekunden nahm der Schmerz in seinem Bein sogar ab.

Los jetzt! Auf zum Endspurt!

Offenbar hatte sein Körper beschlossen, ihm noch eine Gnadenfrist zu gewähren: Seine Beine bewegten sich im gewohnten Takt, genau wie vor fast neun Stunden, als er seinen Marathon mit der Flucht aus dem Krankenhaus begonnen hatte. Der Rausch der Bewegung drängte seine Todesangst vorläufig zurück; er lief über den dunklen Kai dahin, und die kühle Luft klärte seinen Kopf.

Mehr instinktiv als bewusst orientierte er sich: Die Eisenbahnbrücke lag zu seiner Rechten; vermutlich brauchte er den Schienen bloß nach Norden in die Stadt zu folgen. Er gelangte auf eine kleinere Straße, dann auf eine größere. Büro- und Geschäftsgebäude reckten sich zu beiden Seiten empor, Kreuzungen mit Verkehrsinseln tauchten auf, ein Lichtermeer fahlweißer Scheinwerfer, beleuchteter Werbetafeln und glühender Ampeln.

»Hauptbahnhof« – das Schild wies nach rechts.

Volker überquerte die Straße und rannte über einen breiten Vorplatz. Dahinter erhob sich, ein gewaltiger Koloss unter dem Nachthimmel, das Kuppeldach der Bahnhofshalle.

Ich hab's geschafft … ich bin da …

Die Halle hatte mehrere Eingänge, aus denen die Lichter von Ladenpassagen hervorleuchteten, und ringsum dehnte sich ein unübersichtliches Netz von Rolltreppen, U-Bahn-Eingängen, Taxiständen, Bushaltestellen und Kiosken. Volker lief aufs Geratewohl zum südlichen Eingang der Halle. Der Vorplatz, den er überquerte, war menschenleer. Die Taxifahrer spähten misstrauisch aus ihren gepanzerten Limousinen hervor, jeden Moment bereit, die Zentralverriegelung zu drücken, falls verdächtige Gestalten sich näherten. Und deren gab es genug: Mehrere Dutzend stumme Gespenster schlichen über den Platz, lungerten im Schatten der Wände oder lehnten an den Treppengeländern zum Untergeschoss. Da waren die unvermeidlichen Obdachlosen, in Decken gewickelt oder in dunkle Ecken gekauert, Rentner mit ungepflegten Bärten und in zerschlissener Kleidung, magersüchtige Junkies wie wandelnde Skelette, dazwischen die unvermeidlichen Schnapsleichen. Manche lagen oder saßen still auf dem nackten Betonboden; einige wiegten sich wie bei einem epileptischen Anfall hin und her; manche wimmerten.

Volker lief im Slalom zwischen ihnen hindurch, geradewegs auf das erleuchtete Portal zu, das in die Bahnhofshalle führte – als er sich plötzlich am Arm berührt fühlte.

Erschrocken fuhr er herum und starrte in das Gesicht einer Frau. Sie war klein und recht pummelig, trug ein karamelfarbenes Sommerkleid, das sich über ihrem Bauch spannte, und hatte ein eigentümlich langgestrecktes Gesicht, das stark geschminkt wirkte. Sie hatte offenbar an einem der mächtigen Pfeiler gewartet, die das Hallendach trugen.

»Sind Sie *Kain*?«, fragte sie und blickte ihn aus schmalen, blauen Augen an.

Mein Gott, sie ist es! Ich habe es geschafft …

»Frau Reuschner?«, fragte Volker, unwillkürlich im Flüsterton.

Sie nickte und zog ihn am Ärmel in den Schatten hinter der Säule. »Kommen Sie! Was war denn los? Wir warten hier schon seit Stunden!«

»Erkläre ich Ihnen später«, sagte Volker, dem die Kehle eng wurde. Er spürte förmlich, wie die Anspannung der letzten Stunden schlagartig von ihm abfiel, und was übrig blieb, war pure Erschöpfung. »Gott sei Dank, dass Sie da sind. Ich kann es noch gar nicht glauben.«

Sie legte ihm beruhigend den Arm um die Schulter und führte ihn sanft, aber bestimmt aus dem Schatten heraus in Richtung Parkplatz. Volker war zu aufgewühlt, um die ungewohnte menschliche Nähe recht würdigen zu können;

er bemühte sich, ruhig zu atmen und wieder einen klaren Kopf zu bekommen.

»Wo bringen Sie mich hin?«, fragte er mit schwacher Stimme.

»Wir haben einen Wagen hier. Ich konnte zwei meiner Kollegen überzeugen, uns zu helfen. Stellen Sie jetzt keine weiteren Fragen. Das Wichtigste ist, dass Sie durchkommen. Wir haben das Gegenmittel ...«

»Was?« Volker war fassungslos. »Wie ist Ihnen das gelungen?«

Seine Begleiterin fand keine Zeit für eine Antwort, denn soeben kam ein jüngerer Mann mit einem Handy in der Hand auf sie zu. Volker erschrak.

»Keine Sorge, das ist einer meiner Kollegen. Er hat vor dem östlichen Tor gewartet – für den Fall, dass Sie von der anderen Seite kommen.«

»Kommen Sie ... schnell!«, rief der Mann und deutete auf einen geparkten Wagen. Volker bemerkte, dass vorn auf dem Fahrersitz ein weiterer Mann saß, der einen dunklen Anzug trug.

»Steigen Sie hinten ein«, sagte die Frau an seiner Seite und drückte ihm beruhigend den Arm.

Der Mann mit dem Handy hielt Volker die Tür auf wie ein Chauffeur. Gehorsam stieg er ein, und die Frau setzte sich neben ihm auf die Rückbank.

»Hier ... die Spritze«, sagte der junge Mann, der vorn auf dem Beifahrersitz Platz genommen hatte, und reichte ihr einen kleinen Plastikbeutel nach hinten.

Der Fahrer startete den Wagen, und sie verließen den Parkplatz, um auf die Hauptstraße zu wechseln.

»Mein Gott ...« Volker war noch immer kaum in der Lage, diese unerwartete Wendung der Dinge zu begreifen. »Wie haben Sie das nur geschafft?«

»Leicht war es nicht.« Frau Reuschner schenkte ihm ein erschöpftes Lächeln. »Wir mussten einen Angestellten von Kunnart Pharma bestechen, um uns das Zeug zu beschaffen.«

»Dann haben Sie mir also geglaubt?«

»Von Anfang an.« Sie lächelte, öffnete den Plastikbeutel und nahm eine Spritze heraus, die mit einer klaren Flüssigkeit gefüllt war. »Kommen Sie, machen Sie Ihren Arm frei.«

Folgsam schob Volker den Ärmel des schmutzigen Sweatshirts hoch.

Die Frau beugte sich zu ihm herüber und rieb mit dem Daumen seine Armbeuge, um die Vene zu finden. »Geht ganz schnell. In zwei Minuten haben Sie alles überstanden.«

Volker blickte hinab, direkt in den Ausschnitt ihres karamelfarbenen Kleids.

Was hat sie da unter dem Kleid?

Er blinzelte ungläubig.

Ein Kissen? Wieso trägt sie ein Kissen unter dem Kleid?

Irgendwo, in einem verborgenen Winkel seines Gehirns, gellte eine Alarmglocke.

Ihre Handgelenke … so schmal! Sie war gar nicht mollig … und ihr rotes Haar … aus der Nähe sah es so künstlich aus …

Er starrte auf die Spritze, sah die klare Flüssigkeit in dem Glasbehälter – und einen schmalen Aufkleber, von Hand beschriftet.

Noctagil – war das nicht ein starkes Schlafmittel?

Plötzlich begriff er. Sein Herz machte einen schmerzhaften Sprung. Hitze flutete ihm ins Gesicht, und jedes Haar an seinem Körper stand kerzengerade empor. Er zitterte unbeherrscht, ohne es verbergen zu können.

»Halten Sie den Arm ruhig«, sagte die mollige Frau, die in Wahrheit gar nicht mollig war.

»Mir ist schlecht! Ich … ich muss mich übergeben!«, keuchte Volker und zog den Arm an sich. »Halten Sie an! Schnell!«

Sie blickte erstaunt zu ihm auf – ihre kalten blauen Augen schossen forschend in seinem Gesicht hin und her, und ihr schmaler Mund zog sich misstrauisch zusammen.

In seinem früheren Leben hätte Volker vielleicht länger gebraucht, um zu reagieren. Nun aber, nach Stunden des Marathons und in der ständigen Erwartung böser Überraschungen, zögerte er nicht eine Sekunde. Mit einem heftigen Ruck schlug er der Frau, die neben ihm saß, die Spritze aus der Hand und packte den Türgriff.

Im Nu war sie über ihm, ergriff seine Handgelenke und drückte ihn keuchend zurück in den Sitz. Sie besaß erstaunliche Kräfte. Einen Moment lang rang sie mit ihm; ihr verzerrtes Gesicht mit den zusammengekniffenen Lippen war nur Zentimeter von seiner Nase entfernt.

Der junge Mann auf dem Beifahrersitz drehte sich um, griff in die Tasche seines Jacketts und zog eine Automatikpistole mit aufgesetztem Schalldämpfer hervor. Sein freundliches Gesicht hatte sich verwandelt; es war jetzt die kalte Maske eines abgebrühten Berufskillers, der mit routinierter Sachlichkeit zur Tat schreitet.

Volker wusste, dass ihm nur noch ein Sekundenbruchteil blieb. Er mobilisierte all seine Kräfte, bäumte sich empor und schleuderte den Körper der Frau von sich. Sie stieß einen spitzen Schrei aus und prallte mit dem Rücken schräg gegen den Beifahrersitz. Im selben Moment löste sich der Schuss; ihr Kleid wurde in Brusthöhe auseinandergefetzt, und blutige Kissenfedern wirbelten Volker ins Gesicht. Der Mann mit der Waffe schrie wütend auf und versuchte, den leblosen Körper, der halb über die Lehne gesackt war, aus dem Weg zu schieben.

Volker langte nach unten, ergriff geistesgegenwärtig die

Spritze und hieb sie mit der Faust tief in den Nacken des Mannes auf dem Fahrersitz vor ihm. Die Nadel drang ein; der Fahrer stöhnte auf, riss den Kopf nach hinten und ließ das Steuer los.

»Scheiße!«, brüllte der jüngere Mann neben ihm, stieß die Leiche seiner Komplizin beiseite und brachte erneut seine Waffe in Anschlag.

Doch Volker hatte in derselben Sekunde bereits die Tür entriegelt und sich zur Seite geworfen.

Die Tür flog auf. Volker stürzte hinaus und prallte unsanft aufs Pflaster. Im selben Moment löste sich ein weiterer Schuss mit dumpfem Puffen aus der schallgedämpften Pistole, verfehlte ihn jedoch und riss einen sternförmigen Krater in den Asphalt.

Volker rollte sich weg, blickte auf und sah einen laut hupenden LKW auf sich zukommen. Mit der Reaktionsgeschwindigkeit des Todgeweihten kam er auf die Füße und warf sich ein weiteres Mal zur Seite in Richtung des linken Bordsteins. Der Lastwagen brauste nur eine Handbreit an ihm vorüber, mit donnernden Reifen und ohrenbetäubend röhrendem Signalhorn.

Volker wurde vom Fahrtwind um die eigene Achse gewirbelt, schwankte einen Moment auf der Stelle und bekam schließlich den Pfahl einer Straßenlaterne zu fassen, an dem er sich krampfhaft festklammerte. Dann blickte er auf.

Der viertürige Wagen, aus dem er gesprungen war, befand sich bereits ein gutes Stück weiter und schlingerte mit Tempo vierzig die Straße hinunter, als wäre der Fahrer betrunken. Gerade in dem Moment, als Volker hinsah, erfasste ein entgegenkommender PKW die offenstehende hintere Tür und fegte sie glatt aus der Verankerung. Beide Fahrzeuge wurden herumgerissen und legten sich mit quietschenden Reifen quer. Hupen heulten auf, Bremsen kreischten. Ein weiteres Fahrzeug rammte krachend das quer stehende

Heck des Viertürers und blieb mit grotesk aufgefalteter Motorhaube stehen.

Volker gab sich genau fünf Sekunden, um Atem zu schöpfen – und um sich zu vergewissern, dass niemand aus dem eingekeilten Fahrzeug der Entführer entkommen konnte. Dann drehte er sich um und rannte die Straße hinab, in die Richtung, aus der sie gekommen waren. Neben ihm bremsten weitere Autos. Es wurde gehupt und geschrien; Fensterscheiben wurden herabgekurbelt und Köpfe herausgestreckt. Offenbar hatte der Unfall die gesamte Straße blockiert, und der Verkehr stockte in einer Kettenreaktion auf Hunderte von Metern.

Volker beschleunigte sein Tempo, denn er wollte unbedingt verhindern, dass man ihn mit der Angelegenheit in Zusammenhang brachte und womöglich am Ort des Geschehens festhielt.

Herr im Himmel – ich habe gerade aus nächster Nähe einen Menschen sterben sehen, dachte er entsetzt. Doch eine andere Stimme antwortete, aus einer tieferen, elementaren Region seines Gehirns: *Schicksal. Du hast dich bloß verteidigt. Begreif es endlich, Kühn: Sie wollen dich ausschalten, um jeden Preis. Sie wollten dich in Tiefschlaf versetzen, bis du an dem Gift krepierst, das du ohnehin im Körper hast. Sie kennen kein Erbarmen und keine Skrupel. Wenn du dich nicht wehrst, bist du dran.*

Der Schreck saß ihm in den Gliedern; seine Beine fühlten sich unsicher und schwächlich an. Überdies hatte er Schürfwunden am ganzen Körper und, wie er fürchtete, wahrscheinlich eine angebrochene Rippe. Doch derlei Blessuren kümmerten ihn nicht mehr. Er kannte Schlimmeres. Seine einzige Sorge bestand darin, dass die Wirkung des Giftes ihm nicht mehr genug Zeit lassen könnte, zurück zum Bahnhof zu kommen.

Woher wussten sie, dass ich mit dieser Journalistin am

Bahnhof verabredet bin?, schoss es ihm durch den Kopf. *Sie müssen alle meine Pläne kennen … und wenn sie nun die echte Frau Reuschner abgefangen und ermordet haben?*

In diesem Fall war es natürlich reiner Wahnwitz, zum Bahnhof zurückzulaufen. Seine Verabredung war möglicherweise längst geplatzt, und wahrscheinlich fand er dort niemanden mehr vor außer weiteren Agenten seiner Feinde. Aber hatte er denn eine Wahl? Seine letzten Stunden liefen ab, und wenn er nicht am verabredeten Ort Hilfe fand, war ohnehin alles zu spät. Der Treffpunkt bedeutete nun, zum Guten oder zum Schlechten, seine letzte Option.

20:36

zeigte die leuchtende Uhr an der Bushaltestelle, als Volker zum zweiten Mal über den Vorplatz auf das Bahnhofsgebäude zulief. Noch einmal durchquerte er das Wirrwarr von Lichtern, Treppen und Aufgängen; noch einmal rannte er im Slalom durch die lockeren Grüppchen dunkler Gestalten vor dem Eingang. Diesmal hielt niemand ihn auf. Er durchquerte die Lichtschleuse des Portals, hielt schwer atmend an, blinzelte einen Moment und versuchte sich zu orientieren.

Er stand auf einer großen Galerie. Zur Linken war ein Geländer, von dem man auf die Gleise hinunterblicken konnte. Die Bahnsteige waren durch Rolltreppen mit der Balustrade verbunden, auf der um diese Zeit immer noch eine Menge Betrieb herrschte: Reisende mit Rollkoffern drängten sich den Ausgängen entgegen, wobei die meisten von Bettlern belagert wurden, die neben ihnen herliefen und um Almosen baten. Ganz hinten, am anderen Ende des

Bahnsteigs, waren die Mützen von zwei Polizisten zu sehen, die offenbar Patrouillendienst versahen.

»Hey, hast du mal 'nen Euro?«, sagte plötzlich eine Stimme neben ihm.

Er fuhr herum – und blickte in das Gesicht eines mittelgroßen, beleibten Mannes mit hellgrauen Augen, rötlichem Haar und gleichfarbigem Vollbart. Er trug ein verblichenes, kragenloses Hemd und eine viel zu große, geflickte Cordhose, die ihm das groteske Aussehen eines Clowns gab.

Volker schüttelte stumm den Kopf. Nein, wahrhaftig, er hatte nicht einen einzigen Cent, nicht einmal für einen Schicksalsgenossen.

Der Mann sah ihm aufmerksam ins Gesicht. Sein Blick wanderte zu dem Ausschlag an seiner Stirn empor, dann wieder herab zu seinen Augen.

»Hast du *wirklich* keinen Euro?«

Volker starrte ihn an.

Das war kein Bettler ... er trug Kontaktlinsen, und sein Bart war sauber gestutzt.

Der Mann rückte näher an ihn heran und packte seinen Arm.

»Volker Kühn?«, fragte er leise und mit veränderter Stimme.

Weglaufen!, schrie eine Stimme in Volkers Kopf. *Sofort weglaufen!*

Er riss sich los, versuchte zu entkommen, stieß einen oder zwei Passanten zur Seite und stolperte plötzlich, als er erneut den vertrauten, stechenden Schmerz im rechten Unterschenkel fühlte.

»Warten Sie!«, rief die Stimme des Mannes hinter ihm.

Volker wusste nicht, was er mehr fürchtete: Den Unbekannten, der ihm hier aufgelauert hatte, oder die pochende Schwellung in seinem Bein, die jede Sekunde zur tödlichen Bedrohung werden konnte. Er kroch auf allen vieren aus dem Gedränge der Passanten heraus, gelangte zum Geländer und versuchte sich daran hochzuziehen.

Im Nu war der bärtige Mann bei ihm, packte wiederum seinen Arm – und half ihm empor.

»Herr Kühn, ich bin Matthias Säbler, Korrespondent der ALZ.«

Volker starrte in sein rundes Durchschnittsgesicht.

Ist er das wirklich? Kann es wahr sein?

»Kommen Sie hoch«, flüsterte der Mann ihm aus nächster Nähe ins Ohr. »Die Polizisten dürfen nicht auf uns aufmerksam werden – und erst recht nicht die da unten.«

Er stützte Volkers zitternde Ellbogen auf das Geländer, sodass er auf die Bahngleise hinabsah, und stellte sich zur Rechten neben ihn.

»Wir konnten nicht auf dem Bahnsteig warten, wie verabredet«, raunte er Volker zu. »Kurz vor der Ankunft des Zuges sind mehrere Leute mit Funktelefonen aufgetaucht und haben alle Aussteigenden genau beobachtet. Sie sind immer noch da und haben sich inzwischen über alle Bahnsteige verteilt, an denen Züge aus Hannover oder S-Bahnen aus dem südlichen Stadtgebiet einlaufen ... Deshalb mussten wir uns auch ein bisschen tarnen.«

Er grinste entschuldigend und blickte an seiner Pennerkleidung herab.

Volker atmete keuchend und klammerte sich an das Geländer, ohne ihn anzusehen.

Verflucht; ich weiß nicht mehr, wem ich trauen kann ... nur eins weiß ich: Ich kann auf keinen Fall mehr davonlaufen. Mein Bein fühlt sich an, als würde ein Eispickel darinstecken.

Der Mann, der sich als Matthias Säbler vorgestellt hatte, legte ihm unauffällig eine Hand auf den zitternden Rücken. »Ruhig, ruhig. Nehmen Sie sich zusammen. Wir müssen jetzt hier raus, und zwar so schnell wie möglich.«

Er spähte über die Schulter – und wandte sich gleich wieder um, denn soeben gingen die beiden Polizisten an ihnen vorbei.

»Moment noch … so, jetzt. Kommen Sie, ich helfe Ihnen.« Er dirigierte Volker, immer noch die Hand in dessen Rücken, mit sanfter Gewalt vom Geländer fort und mitten in den lockeren Passantenstrom auf der Galerie.

»Mein Bein«, stöhnte Volker und knickte fast auf der rechten Seite ein. Wieder überfiel ihn Panik, denn der Schmerz hatte sich verlagert und schien nun rasch zum Oberschenkel emporzuwandern.

»Ganz ruhig«, flüsterte Säbler und packte seinen Ellbogen, um ihn aufrecht zu halten. »Nur fünfzig Meter. Wir werden erwartet.«

Volker sah auf. Anonyme Gesichter huschten rechts und links an ihm vorbei. Ihn schwindelte. Dann jedoch lichtete sich die Menge, und er sah eine einzelne Gestalt am Ende der Galerie in der Nähe des Osttors – eine weibliche Gestalt. Sie lehnte in salopper Haltung am Geländer, und neben ihr auf dem Boden stand eine kleine Reisetasche.

Sie gingen geradewegs auf diese Gestalt zu, die augenblicklich ihre Tasche packte und ihnen entgegenkam.

»Herr Kühn?«

Volker blinzelte ungläubig.

»Ich bin Britta Reuschner. Schön, dass sie da sind. Das hier ist Matthias, ein Hamburger Kollege von mir.«

Mein Gott, diese Stimme … ich kenne diese Stimme … und ich hatte schon gedacht, ich höre sie nie wieder. Unglaublich; wie konnte ich sie mit dem spitzen Organ dieser mörderischen Krankenschwester verwechseln?

»Entschuldigen Sie unsere Aufmachung«, sagte die echte Frau Reuschner. »Offenbar hat die Gegenseite irgendwie von unserer Verabredung erfahren; deshalb mussten wir uns ein wenig verkleiden.«

Volker starrte sie ungläubig an. Seine Feinde mussten gewusst haben, dass er ihr noch nie zuvor begegnet war, denn die schlechte Kopie, die sie ihm vorgesetzt hatten, verblasste im Licht des Originals. Das Prädikat »mollig«, das sie sich selbst am Telefon verliehen hatte, war jedenfalls ein schüchternes Understatement. Sie hatte eine üppige Klassikerfigur, ein großflächiges Gesicht mit zierlicher Nase und Hunderten von Sommersprossen. Unter ihrer randlosen Brille blickten wache grüne Augen hervor. Ihr rotes Haar hatte sie unter einem Samthut verborgen, und auch in jeder anderen Hinsicht war sie so perfekt getarnt, dass gewiss kein Mensch sie für eine Journalistin gehalten hätte: Sie trug ein glitzerndes, ziemlich geschmackloses Top, eine von Hand abgeschnittene Jeans und schwarze Stiefel, die ihr das Aussehen eines Straßenmädchens verliehen.

Als Bordsteinschwalbe getarnt, dachte Volker und schmunzelte fast. *Clever.*

»Wir müssen weg«, sagte sein Schutzengel mit einem kurzen Blick hinab zu den Bahngleisen.

Matthias folgte ihrem Blick. »Na, dann nichts wie los.«

Sie nahmen Volker in die Mitte, fassten ihn an beiden Seiten unten den Armen und führten ihn vorsichtig, aber rasch in Richtung Ausgang.

DRITTER TEIL

21.00 – 24.00 UHR

21:04

Sie verließen die Bahnhofshalle, diesmal durch das östliche Tor. Wieder wurde Volker zu einem geparkten Wagen geführt, der jedoch nicht dunkelblau und viertürig, sondern orangefarben und klein war. Britta schloss auf, setzte sich ans Steuer und stellte ihre Reisetasche auf den Beifahrersitz. Matthias dirigierte Volker auf die Rückbank und nahm selbst neben ihm Platz.

Volker krümmte sich zusammen und hielt sich die Wade; der Schmerz in seinem Bein nahm zu.

»Ich bitte Sie …«, stieß er gepresst hervor, »lassen Sie mich obduzieren, wenn ich tot bin … beweisen Sie, dass ich recht hatte …«

»Immer mit der Ruhe«, sagte Matthias. »Wir wissen bereits, dass Sie die Wahrheit gesagt haben.«

»Und Sie werden nicht sterben – nicht, wenn wir es verhindern können«, fügte Britta hinzu und nahm ihren Hut ab, unter dem ein wilder Schopf rostroter Haare zum Vorschein kam. Sie startete den Wagen, wechselte vom Parkplatz auf die Straße und bog Richtung Osten ab.

»Jetzt erzählen Sie uns erst einmal, was passiert ist.«

Und Volker erzählte – eine extrem geraffte Version seiner Flucht zu Land und zu Wasser. Mit seiner Entführung durch die mörderische Krankenschwester und ihre beiden Komplizen schloss er ab.

Seine Begleiter wechselten einen raschen Blick.

»Herr im Himmel«, murmelte Matthias. »Die schrecken vor nichts zurück …«

»Also hatte ich recht«, sagte Britta. »Jemand hat von unserer Verabredung gewusst. Schon als ich in Fuhlsbüttel gelandet und zum Hotel gefahren bin, ist mir ein Wagen gefolgt: Zwei Mann saßen darin; der eine hatte ein Handy am Ohr und telefonierte ununterbrochen.«

»Und? Was haben Sie getan?«, fragte Volker.

»Von diesem Moment an wusste ich, dass an Ihrer Geschichte etwas dran war und dass jemand versuchen würde, unser Treffen zu verhindern. Ich habe meinen Leihwagen vor dem Hotel abgestellt, bin auf mein Zimmer gegangen und habe Matthias angerufen, um ihn zu warnen. Tja, und dann habe ich eins der Zimmermädchen bestochen, um durch den Personaleingang an der Hintertür hinausgehen zu dürfen. Ich nehme an, die Spürhunde stehen noch immer vor dem Hauptportal und lauern auf mich. Matthias wollte mir zunächst nicht glauben …« – der Angesprochene zuckte betreten die Achseln – »… aber ich habe darauf bestanden, dass wir uns tarnen und nicht offen am Bahnhof herumstehen.«

»Und das war goldrichtig«, gestand Matthias. »Denn als wir am Bahnhof ankamen, liefen dort bereits jede Menge zwielichtiger Gestalten herum. Auf den ersten Blick sahen diese Männer aus wie Geschäftsleute. Sie fielen uns erst auf, als wir feststellten, dass sie sich gegenseitig Zeichen machten und alle paar Minuten telefonierten. Ein paar von ihnen warteten unten am Bahnsteig, andere an den Ausgängen. Offenbar waren sie sich nicht sicher, ob Sie mit dem Zug ankommen würden oder zu Fuß. Leider wussten auch wir nicht, durch welchen Eingang Sie in die Halle kommen würden, und haben uns deshalb auf der Galerie postiert – was offenbar dazu führte, dass die Gegenseite Sie abgefangen hat.«

»Ich verstehe das einfach nicht«, sagte Volker. »Wie konnten diese Leute wissen, dass wir uns hier treffen wollten?«

»Gute Frage«, nickte Britta. »Jedenfalls scheinen sie besser informiert zu sein als die Polizei, denn die hält Sie bloß für einen flüchtigen Verbrecher. Ihre Stunt-Nummer im HighSpeedExpress ging schon durch die Medien. Sie haben innerhalb kürzester Zeit landesweit Aufsehen erregt, Volker.«

Volker stutzte. »Woher wissen Sie eigentlich meinen Namen?«

Britta schmunzelte; Volker sah es im Spiegelbild der Windschutzscheibe.

»Wir sind Journalisten, Herr Kühn. Es ist unser Job, gut informiert zu sein.«

»Sie haben in weniger als neun Stunden eine erstaunliche Berühmtheit erlangt«, erklärte Matthias. »Und viele Pressekollegen haben natürlich eine Story gewittert. Es gab bereits ein Interview mit diesem Gernot Hagemann.«

Volker war sprachlos. Erstaunlich, wie schnell die Presse reagierte. Eigentlich schade, dachte er in einem Anflug von Galgenhumor, dass er den Morgen mit ziemlicher Sicherheit nicht mehr erleben würde, wenn die Zeitungen mit seiner Geschichte herauskamen.

»Die Polizei weiß vielleicht wirklich nichts«, murmelte er düster. »Aber die *Anderen* – wer immer sie sind – scheinen *alles* zu wissen.«

»Offensichtlich, und das ist extrem alarmierend«, sagte Britta unbehaglich. »Ich habe nur eine einzige Erklärung dafür: Jemand muss unser Telefongespräch belauscht haben.«

»Aber wie ist das möglich?«

»Tja … die Leute, die hinter Ihnen her sind, kennen offenbar alle Tricks«, sagte Britta. »Das erste Mal haben Sie mich aus einer Telefonzelle angerufen, wurden aber von

Ihren Verfolgern überrascht. Irgendwie haben die offenbar festgestellt, welche Nummer Sie angerufen hatten, und das hat sie zu unserer Redaktion und zu mir geführt. Als Sie mich dann aus dem Zug und später aus dem Wagen dieses Geschäftsmanns angerufen haben, hörten unsere Gegner vermutlich mein Handy ab … und nun wissen sie wahrscheinlich auch, was wir vorhaben.«

Volker atmete tief aus und versuchte sich zu beruhigen. »Was *haben* wir denn vor?«

»Wir brauchen das Gegenmittel«, sagte Matthias. »Das ist das Allerwichtigste; um den Rest können wir uns später kümmern. Wir fahren jetzt direkt zu Kunnart Pharma.«

»Und dort? Sollen wir etwa einbrechen?«

»Zwecklos.« Britta schüttelte den Kopf. »Wir wüssten ja gar nicht, wonach wir suchen sollen, selbst wenn wir uns irgendwie Zugang verschaffen könnten. Und die Polizei können wir auch nicht einspannen; die wird uns kein Wort glauben. Also bleibt nur die Möglichkeit, uns gezielt an jemanden heranzumachen, der sozusagen den Schlüssel zur Schatzkammer hat.«

Volker schluckte. »Hans Degus? Der Professor?«

»Genau«, sagte Matthias. »Ich war schon im Villenviertel Rotherbaum, wo er wohnt, und habe einfach mal an der Tür geklingelt. Seine Haushälterin hat gesagt, er sei noch bis spätabends in der Firma. Offenbar kommt er nie vor Mitternacht nach Hause. Tja, und dann habe ich mir diese Firma einmal angesehen. Das war höchst interessant: Maschendrahtzäune, Bewegungsmelder, am Tor ein geschlossener Schlagbaum und ein ganzer Trupp von Sicherheitsleuten mit Hunden. Das Ganze sieht überhaupt nicht aus wie ein Arzneimittellabor, eher wie eine Waffenfabrik.«

»Und wenn Degus inzwischen nach Hause gefahren ist?«, überlegte Volker.

»Ist er nicht«, erklärte Matthias. »Es stand nur noch ein

einziger Wagen in der Auffahrt, ein hellgrauer Mercedes – der muss Degus gehören. Ich habe mir eine Gruppe von Jugendlichen geschnappt, die an der Straße herumlungerten, ihnen zehn Euro geschenkt und vierzig weitere versprochen, wenn sie mich sofort anrufen, sobald der Wagen wegfährt oder sonst was Auffälliges passiert. Ich hab ihnen meine Handynummer dagelassen und versprochen, wiederzukommen. Das waren Ghetto-Kids; ich bin sicher, dass man sich auf die verlassen kann, wenn es um Geld geht.«

Ghetto-Kids, dachte Volker bitter. *Potentielle Asoziale, zukünftige Opfer. Und sie spielen nichtsahnend vor den Toren der Giftmischer.*

»Und wie sollen wir da reinkommen?«, fragte er.

»Lassen Sie Matthias nur machen«, sagte Britta. »Ihm fällt schon etwas ein. Viel wichtiger ist jetzt, dass Sie uns alles erzählen, was Sie wissen, Volker. Warum hat man Ihnen dieses Gift verabreicht? Worum geht es bei der ganzen Sache überhaupt?«

Volker starrte in die Dunkelheit. »Es kommt mir selbst alles so unwirklich vor …«

Seine Begleiter schwiegen geduldig.

Vor drei Wochen war Volker erneut zum Arzt gegangen, weil eingetreten war, was er befürchtet hatte: Wieder war er heiser, und sein Kehlkopf fühlte sich rau und entzündet an. Dr. Wedemann kam natürlich nicht mehr in Frage. Das Amt bezahlte lediglich den Besuch bei einem Allgemeinmediziner, einem missgelaunten, wortkargen Mann um die fünfzig, dem man ansah, dass er schon allzu viele menschliche Wracks begutachtet und aufgehört hatte, am Schicksal seiner Patienten übermäßiges Interesse zu zeigen. Für Volker konnte er nicht mehr tun, als ein Formblatt für die Sozialbehörde zu unterzeichnen, das eine Überweisung ins städtische Krankenhaus empfahl.

Volker hatte zunächst Glück, brauchte nur wenige Tage auf einen Platz zu warten – erhielt jedoch nach einer ausführlichen Laryngoskopie die befürchtete Diagnose: Der Krebs hatte wieder zu wachsen begonnen. Man quartierte ihn in ein Mehrbettzimmer ein, unterzog ihn weiteren Untersuchungen, um Metastasen auszuschließen, und setzte ihn auf die Warteliste für die potentiell lebensrettende Operation. Diesmal ging es um die vollständige Entfernung des Kehlkopfs und der umliegenden Lymphknoten; danach, so sagte man ihm, standen seine Überlebenschancen fünfzig zu fünzig.

Volker bereitete sich darauf vor, die letzten Monate seines Lebens als stimmloses Gespenst in einer Rehabilitationseinrichtung zu verbringen. Höchstwahrscheinlich würde er von einer Abteilung zur anderen geschoben werden und sein Leben irgendwann auf der Intensivstation beenden, am Tropf hängend und vollgepumpt mit Morphium.

Er versuchte, nicht daran zu denken. Stattdessen klammerte er sich an die vage Hoffnung, dass es den Ärzten gelingen würde, den Tumor endgültig zu entfernen. Er malte sich aus, was man ihm mitteilen würde, wenn er aus der Narkose aufwachte. Vielleicht würde ein Arzt in sein Zimmer kommen, sich an sein Bett setzen und sagen: *Sie haben Glück gehabt, Herr Kühn. Sie werden nie wieder sprechen können, aber Sie werden weiterleben und sich mit den Gegebenheiten abfinden. Noch ein paar Monate Chemotherapie zur Sicherheit, dann können wir Sie entlassen.*

Nach tagelangen Voruntersuchungen wurde er auf ein Zweibettzimmer im abgeschiedenen westlichen Flügel des Krankenhauses verlegt. Hier sollte er warten, bis der große Tag der Operation kam, der ihn für immer zum Krüppel machen würde. Man sagte es ihm nicht ausdrücklich – doch er wusste, dass er sich auf einer Armenstation befand. Es fehlte nicht viel, und man hätte Dantes Höllenformel an die doppelte Glastür schreiben können: »Lasst alle Hoffnung fahren, die ihr hier eintretet.« Längst war es so weit, dass die gesellschaftlichen Klassen auch in den städtischen Krankenhäusern säuberlich getrennt wurden: Die Einzelzimmer der Privatpatienten lagen im südlichen Flügel; dort befanden sich auch all die teuren Hightech-Apparate, deren Inanspruchnahme sich die gesetzlich Versicherten nicht leisten konnten. Der westliche Trakt hingegen glich einem Obdachlosenasyl; die Zimmer waren eng und nur notdürftig ausgestattet, und das Personal wirkte gelangweilt und resigniert. Der Korridor, an dem Volkers Zimmer lag, wurde fast ausschließlich von Schwerkranken belegt, von Patienten mit Herzinfarkten, Schlaganfällen oder Krebs.

Volkers Zimmernachbar hieß Joachim Andresen. Er war Mitte fünfzig, ein kleiner, pyknisch gebauter Mann mit blauen Augen, hohlwangigem Gesicht und einem schmalen Kranz grauer Haare rund um den kahlen Schädel. Andresen litt an Magenkrebs und wartete, ebenso wie Volker, mit mäßiger Hoffnung auf seine Operation. Weitere Gemeinsamkeiten stellten sich bald heraus, denn Andresen erwies sich als durchaus gesprächig: Auch er hatte keine Angehörigen mehr, war unverheiratet und lebte von der Unterstützung der Sozialbehörde. Früher war er Mediziner gewesen, wie er bereitwillig erzählte; allerdings hatte er niemals eine eigene Praxis eröffnet, sondern in der Forschung gearbeitet.

»Das ist das Schlimmste«, pflegte er zu sagen, »wenn man selber Arzt ist, alle medizinischen Details kennt und sich das Monstrum, das da im eigenen Körper heranwächst, in allen Einzelheiten vorstellen kann. Manchmal beneide ich die Unwissenden, die noch zu den Ärzten aufschauen und Wunder von ihnen erwarten. Ich weiß leider nur zu gut, was es bedeutet, wenn die hiesigen Kollegen von Plattenepithelkarzinom, infiltrierendem Wachstum und Fernmetastasen reden – und was es bedeutet, wenn sie sich gewisse Blicke zuwerfen.«

Trotz seiner desillusionierenden Redeweise war Andresen ein angenehmer Nachbar. Volker mochte ihn, denn er klagte nicht, höchstens, mit ironischem Schmunzeln, über das schlechte Essen und die Ruppigkeit der Stationsschwester.

Über sich selbst und seine Krankheit sprach Andresen kaum – bis zum Morgen des 19. Juni. Volker bemerkte bereits beim Frühstück, dass etwas nicht stimmte. Andresen war schweigsam und in sich gekehrt; weder aß er noch sprach er ein einziges Wort. Volker schob es zunächst auf seine permanenten Magenschmerzen und die bevorstehende Operation: Andresens Termin war für den nächsten Morgen angesetzt worden, und gewiss litt er unter denselben Zweifeln, Ängsten und vagen Hoffnungen wie Volker selbst. Doch es war mehr als das. Andresen lag stundenlang still im Bett und starrte mit offenen Augen zur Wand. Gegen acht Uhr verließ er wortlos das Zimmer und verschwand auf dem Flur. Eine Viertelstunde später brachte die Schwester ihn zurück.

»Sie sollen doch nicht herumlaufen, Herr Andresen«, schimpfte sie und scheuchte ihn zurück ins Bett. »Jetzt bleiben Sie hier und essen Ihr Frühstück auf!«

Volker wurde unruhig; Andresens schweigsame Nervosität steckte ihn an. Was war geschehen? Hatte der alte Mann aus irgendwelchen Symptomen geschlossen, dass keine Hoffnung mehr bestand? Vielleicht sogar aus der Zusammensetzung des Frühstücks, das bei Magenkrebspatienten stets dem aktuellen Status der Krankheit angepasst wurde? Volker war derart in diese Überlegungen vertieft, dass er eine Zeit lang seine eigene Angst und Verzweiflung vergaß. *Wahrscheinlich wartet er darauf, dass sie zu ihm kommen, um ihm zu erklären, dass die Operation abgeblasen ist … Ob sie mich auch schon aufgegeben haben? Wer weiß.*

»Was ist mit Ihnen, Herr Andresen?«, wagte er schließlich zu fragen.

Andresen legte sich wieder ins Bett und starrte zur Wand. Sekunden Stille – dann jedoch kam eine Antwort, leise und fast stimmlos.

»Nun ja …«, flüsterte er. »Ich habe offenbar ein Medikament bekommen, von dem man mir nichts gesagt hat. Ich habe schon immer geahnt, dass es bei Fällen wie mir angewendet wird, doch ich habe es nie jemand erzählt. Aber jetzt ist es egal; jetzt kann ich mein Wissen weitergeben.«

»Was ist mit diesem Medikament?«, fragte Volker. »Vertragen Sie es nicht? Soll ich den Stationsarzt rufen?«

»Auf keinen Fall«, sagte Andresen mit derselben müden Stimme. »Niemand darf wissen, dass ich es weiß.«

Volker verstummte; er begriff überhaupt nichts mehr. Andresen wandte ihm langsam das Gesicht zu, und darin lag ein so abgrundtief verzweifelter Ausdruck, dass Volker zu zittern begann.

»Herr Andresen, bitte ergehen Sie sich nicht in Andeutungen! Sagen Sie mir, was los ist!«

Andresen sah ihn sekundenlang an, dann drehte er den Kopf zurück und starrte wieder zur Wand.

»Also gut«, sagte er. »Es wird nicht gerade Ihrem Seelenfrieden dienen, Kühn, aber wenn Sie es durchaus wissen wollen … Eigentlich bin ich froh, dass ich es noch loswerden kann, bevor ich sterbe. Ich danke Ihnen dafür.«

Und dann fing Andresen an zu erzählen.

»Alles hat mit einem Forschungsprojekt angefangen. Ich hatte damals gerade meinen Assistenzdienst beendet und war schon einige Monate arbeitslos – aber bei Kunnart Pharma hat man mich sofort genommen, wohl aufgrund meiner Vorkenntnisse als Chemielaborant und wegen meiner Doktorarbeit, bei der es um Blutgerinnungsprobleme ging. Die Abteilung, bei der ich mich beworben hatte, sollte nämlich ein neues Medikament zur Behandlung von Hämophilie entwickeln.«

»Hämophilie?«

»Das ist die sogenannte Bluterkrankheit. Die ›Krankheit der Könige‹ wurde sie früher genannt, denn sie tritt vor allem bei Geschwisterinzucht auf, wie sie früher in Herrscherfamilien vorkam. Meistens erkranken nur die männlichen Nachkommen: Ihre Blutgerinnung ist vermindert; Hautwunden schließen sich schlecht, und bei jeder kleinen Verletzung besteht die Gefahr der Verblutung. Der Leiter des Projekts bei Kunnart war Professor Hans Degus. Ich kann mich noch sehr gut an ihn erinnern, obwohl ich ihn später niemals wiedergesehen habe. Er war ein ziemlich kurzgewachsener, dicklicher Mann mit Kinnbart. Mitte vierzig wird er damals gewesen sein ... ein Charaktergesicht, das man nie vergisst. Er hatte sich in den Kopf gesetzt, die Therapie der Bluterkrankheit zu revolutionieren und es mit einer ganz neuen Methode zu versuchen: Er arbeitete an einem Medikament mit kumulativer Langzeitwirkung, das die Blutgerinnung fördern sollte – nicht auf Globulinbasis, sondern durch Beeinflussung der Thrombozytenaggregation ...«

Volker signalisierte stummes Unverständnis.

»Thrombozyten sind Blutplättchen, die im Knochenmark gebildet werden. Unter bestimmten Voraussetzungen ballen sie sich zusammen und bilden ein Blutgerinnsel. Auf diese Weise werden zum Beispiel offene Wunden verschlossen. Innerhalb eines Blutgefäßes im Körper kann das allerdings sehr gefährlich sein: Durch Ablagerung der Blutplättchen, zum Beispiel an einer verletzten Gefäßwand, kann ein Zellklumpen entstehen, ein sogenannter Thrombus, der irgendwann vom Blutstrom fortgerissen wird und an irgendeinem Engpass eine Ader verstopft. Das kann zum Ausfall des betroffenen Organs und zum Tod führen.

Natürlich kannten wir diese Gefahr. Wir experimentierten mit einem Cocktail aus mehr als zwei Dutzend Substanzen, deren eine Hälfte dazu diente, den gefährlichen Nebenwirkungen Einhalt zu gebieten. Das Problem bestand in der richtigen Dosierung der einzelnen Komponenten. Und daran scheiterte letztendlich das Projekt.

Im Tierversuch wirkte das Mittel zunächst recht gut, aber die Möglichkeit lebensgefährlicher Nebenwirkungen führte dazu, dass die Gesundheitsbehörde keine Genehmigung für den Versuch am Menschen ausstellen wollte – es sei denn, ein Gegenmittel für Notfälle stünde bereit. Daran haben wir dann noch mal ein halbes Jahr lang gearbeitet, denn die üblichen blutverdünnenden Mittel erwiesen sich als wirkungslos gegen unser Teufelszeug. Am Ende kriegten wir mit Mühe und Not unsere Genehmigung, und dann mussten wir noch einmal wochenlang nach geeigneten Testpersonen suchen. Denn nur Bluter, also Hämophiliekranke, durften unser neues Medikament einnehmen; bei gesunden Menschen hätte es unweigerlich zu einer lebensbedrohlichen Blutverdickung geführt.

Aber auch die beiden freiwilligen Testpersonen, die sich am Ende meldeten, kamen nur knapp mit dem Leben davon. Die Wirkung des Mittels war einfach unberechenbar: Zwar verheilten kleine Hautwunden, die wir unseren Probanden unter lokaler Betäubung beibrachten, tatsächlich ebenso schnell wie bei normalen Menschen. Doch das Risiko erwies sich als zu groß: Jede Krampfader, jede leicht verkalkte Arterie, jeder mikroskopisch kleine Gefäßschaden im Innern des Körpers konnte zur Bildung eines gefährlichen Thrombus führen. Ein vierzehnjähriger Junge, unsere erste Testperson, bekam ziehende Schmerzen in den Beinen; der andere hatte einige Stunden nach der Einnahme eine bläuliche Schwellung in der Leistenbeuge – alles dem Fachmann wohlbekannte Alarmzeichen. Beide Patienten wurden sofort ruhiggestellt und bekamen das Gegenmittel injiziert, damit die Thromben sich auflösten und nicht zum Gefäßverschluss führten. Wir wussten damals nicht, ob die Situation lebensbedrohlich war, aber Degus fürchtete das endgültige Aus für sein Projekt, und so entschied er, die Tests abzubrechen.

Gerade dies jedoch erregte Verdacht bei den Behörden. Man zog die Genehmigung für den Versuch am Menschen zurück, und das Projekt – so sagte man uns jedenfalls – wurde auf Eis gelegt. Die betroffene Forschungsabteilung wurde geschlossen, und sämtliche Mitarbeiter, die nicht schon zuvor bei Kunnart angestellt waren, wurden entlassen … darunter auch ich.«

Andresen hatte den Kopf zur Wand gedreht, wie er es häufig tat, wenn er sich auf irgendeine schmerzliche Erinnerung konzentrierte. Als er weitersprach, war seine Stimme klanglos und geradezu unheimlich.

»Während meiner Zeit bei Kunnart hatte ich mich mit einer Sachbearbeiterin aus der Buchhaltung angefreundet - genauer gesagt, wir hatten ein Verhältnis – und sie erzählte mir ziemlich merkwürdige Dinge. Besucher tauchten auf: meistens wichtig aussehende Personen in teuren Anzügen. Sie verschwanden im Büro des Chefs oder sprachen leise mit anderen Vorstandsmitgliedern von Kunnart Pharma, verstummten jedoch augenblicklich, wenn einfaches Personal in der Nähe war. Verschlüsselte E-Mails gingen ein, stets an den Geschäftsführer persönlich gerichtet. Alte Mitarbeiter wurden grundlos entlassen und schweigsame neue eingestellt. Der Einzige, der blieb, war Professor Degus. Die Angestellten vermuteten, dass die Gesundheitsbehörde wegen des missglückten Versuchs misstrauisch geworden war; womöglich hatte eine unserer Testpersonen bleibende Schäden zurückbehalten und die Firma verklagt, sodass Kunnart sich gezwungen sah, Köpfe rollen zu lassen. Doch

Silke, meine Freundin, schnappte noch andere Gerüchte auf, bevor sie auf die Straße gesetzt wurde: Angeblich wollte der Betrieb die Forschung auf dem Gebiet der Hämophilie gänzlich einstellen. Stattdessen gab es ein neues Projekt, von dem man sich großen Erfolg und eine umfassende Sanierung versprach. Die vielen anonymen Besucher, die plötzlich in der Chefetage ein und aus gingen, waren womöglich gar keine Kontrolleure, sondern Interessenten – potentielle Kunden oder Geldgeber, die das Projekt finanzieren sollten. Silke hatte keine Zweifel: Ein neues Arzneimittel wurde entwickelt, und zwar unter strengster Geheimhaltung. Sein Name wurde nie ausgesprochen – aber er stand in der Betreffzeile eines Schreibens, das Silke einmal zufällig in die Hand bekam: *Axxidizyn*. Ein sehr ungewöhnlicher Name, mit Doppel-x und Ypsilon.«

»Was bedeutet das?«

»Eine gute Frage. Ich konnte mir den Namen nicht erklären und vergaß die Sache schnell, denn Silke und ich hatten zu der Zeit andere Probleme. Wir waren beide arbeitslos und mussten uns so schnell wie möglich um neue Stellen bemühen.«

Einige Minuten herrschte Schweigen. Dann fuhr Andresen fort.

»Doch es war vergeblich: Niemand wollte uns haben. Wir waren zu alt – die übliche Misere; wer heutzutage mit Ende dreißig noch arbeitlos wird, hat praktisch keine Chance mehr. So zogen wir schließlich notgedrungen nach Stuttgart, wo Silke Verwandte hatte, von denen sie ein wenig unterstützt wurde. Am Ende jedoch langte das Geld hinten und vorne nicht mehr, und wir mussten, in Ermangelung jeglicher Alternative, Sozialhilfe beantragen. Wir hatten eine winzige Zweizimmerwohnung, glücklicherweise nicht in einem der Vorstadtghettos, sondern mitten in der City; insofern ging es uns immer noch besser als manchen anderen

Arbeitslosen. Die ständige gedrückte Stimmung allerdings war kaum auszuhalten: jede Woche Bewerbungen, Vorstellungsgespräche, dann die unvermeidlichen, mehr oder weniger hübsch formulierten Absagebriefe. Ein paar Mal erwog ich, mich als Arzt niederzulassen und eine eigene Praxis zu eröffnen, aber keine Bank wollte mir das Startkapital zur Verfügung stellen. Es war eine schwere Zeit. Besonders Silke litt unter unserer verzweifelten Lage und verlor mehr und mehr die Hoffnung auf eine Verbesserung.

Eines Tages bemerkte sie in ihrer linken Brust einen Knoten. Ich beruhigte sie und schickte sie zu einem Facharzt, obwohl meine eigenen Kenntnisse eigentlich ausreichten, um die Diagnose zu stellen: Brustkrebs. Immerhin hatte sie noch keine Lymphknotenmetastasen; sie war allgemein bei guter körperlicher Verfassung, und man durfte berechtigterweise annehmen, dass eine Operation mit nachfolgender Chemotherapie eine endgültige Heilung erzielen könnte.

Silke kam ins Krankenhaus. Ich besuchte sie täglich, zum letzten Mal am Tag vor ihrer Operation. Seltsamerweise ging es ihr erstaunlich gut: Ihr Lebensmut war zurückgekehrt; sie sagte, dass sie kämpfen wolle, kämpfen für sich, für mich, für uns beide und unsere gemeinsame Zukunft. Ich verließ sie mit dem Versprechen, am nächsten Morgen wiederzukommen. Ich sehe noch ihr Lächeln, erschöpft, aber tapfer und zuversichtlich. Das einzig Merkwürdige war ein Ausschlag auf ihrer Stirn: rote, sternförmige Pusteln. Damals dachte ich nicht weiter darüber nach … ein verhängnisvoller Fehler.

Am nächsten Tag war sie tot. Die Klinik rief an und teilte mir mit, dass Silke wenige Stunden nach der Operation an einem Schlaganfall gestorben sei, wahrscheinlich infolge einer nicht erkannten Venenthrombose. Man kondolierte mitfühlend und wies mich mit wohlgesetzten Worten auf all das hin, was ich als Arzt gut genug wusste: dass Thrombosen nach Operationen relativ häufig seien, zumal bei Frauen mit einer Disposition für Krampfadern, dass solche Fälle leider sehr plötzlich lebensbedrohlich werden könnten, dass es nur wenige sinnvolle Gegenmaßnahmen gebe und so weiter. Ich nahm es hin, mit einem Gefühl plötzlicher Leere – mein Leben war sinnlos geworden; der letzte Halt war mir genommen. Nun war ich allein auf der Welt ... ganz allein.«

Wieder Schweigen.

»Und dann eines Tages, Jahre danach, hatte ich einen Gedankenblitz. Ich hörte von einem Bekannten, einem Kardiologen, dass er sich wundere, wie sehr die Zahl der Schlaganfälle und Lungeninfarkte in den vergangenen Jahren zugenommen habe. Er klagte vor allem darüber, dass so viele der Betroffenen über das Sozialamt krankenversichert seien, denn das bringe nun einmal weit weniger Geld als die Behandlung von Privatpatienten. *Die Leute leben einfach ungesund, Jochen,* sagte er zu mir. *Sie trinken, sie rauchen, sie futtern Fast Food; sie bewegen sich zu wenig. Eine meiner Patientinnen hat es neulich zu Hause auf dem Sofa erwischt – hämorrhagischer Insult mit Exitus letalis. Na ja, wen wundert's: Sie hatte erhebliches Übergewicht und hockte den ganzen Tag nur in ihrer Wohnung – Sozialhilfeempfängerin; wahrscheinlich seit Jahren arbeitslos und zu faul, sich nützlich zu machen ... Nichts für ungut, Jochen,* fügte er mit einem entschuldigenden Blick hinzu, als er sah, wie ich die Stirn runzelte – schließlich lebte auch ich vom Sozialamt, während er eine gutgehende Praxis führte. *Aber manchmal,* fuhr er schließlich fort, *habe ich wirklich schon gedacht, dass es dem einen oder anderen Patienten recht geschieht. Die Katholiken hatten schon recht, als sie die* Accidia *eine Todsünde nannten: tödlich im wahrsten Sinn des Wortes.*

Und da begriff ich es. Mein Kollege hatte mir das Wortspiel entschlüsselt, nicht ahnend, an was er da rührte. Ich schlug in einem Lexikon nach, und da stand es: Eine der sieben Todsünden ist die *Accidia*. Das Wort bedeutet: Faulheit, Trägheit, Untätigkeit.«

Andresen verstummte erneut. Als er schließlich weitersprach, klang seine leise Stimme geradezu unheimlich.

»Und da fiel es mir wieder ein: *Axxidizyn* – eben jenes Medikament, an dessen Entwicklung ich seinerzeit bei Kunnart mitgearbeitet hatte. Das Projekt war keineswegs eingestellt worden. Man hatte zwar begriffen, dass das Mittel untauglich zur Behandlung der Bluterkrankheit war, doch stattdessen hatte man einen anderen, weitaus lukrativeren Verwendungszweck entdeckt. Der Name war ein Insider-Zynismus, nur für Eingeweihte verständlich: Ein Mittel gegen *Untätigkeit*, lateinisch *accidia*, das Langzeitarbeitslosen verabreicht werden sollte, um ihren Zustand durch einen kleinen *accident* zu beenden. Meine Silke war nicht an einer normalen postoperativen Thrombose gestorben. Wahrscheinlich hatte man sie gar nicht erst operiert. Man hatte sie getötet: eine Erwerbslose mit einer schweren Krankheit, die das Sozialsystem bis zu ihrem Lebensende noch Zigtausende von Euro gekostet hätte.«

»Sie sind verrückt!«, fuhr Volker hoch. »Der Tod Ihrer Freundin hat Sie durcheinandergebracht.«

»Oh nein.« Andresen schüttelte träge den Kopf. »Es gibt zwölf Millionen Arbeitslose in diesem Land, und der Staat bricht zusammen unter den Kosten. Also hat man beschlossen, Einzelne zu opfern, damit das Ganze überlebt. Kennen Sie die ursprüngliche Bedeutung des griechischen Wortes *Pharmakos*? In den alten griechischen Städten war es Sitte, in Zeiten allgemeiner Bedrohung, etwa bei Hungersnöten, Seuchen oder Kriegen, ein Menschenopfer darzubringen. Man wählte einen einzelnen Mann aus, ganz zufällig, aber stets aus den armen oder verachteten Ständen, lud ihm die

Schuld an der Katastrophe auf, jagte ihn unter Beschimpfungen und Stockschlägen aus der Stadt und tötete ihn. Einen solchen Mann nannte man den Pharmakos: Er musste sterben, damit die Gemeinschaft gerettet werden konnte. Das ist der Grund, warum *pharmakon* in späterer Tradition ›Heilmittel‹ bedeutet, denn ursprünglich war ›Heilung‹ nichts anderes als die Verjagung des Sündenbocks. Und genau das ist der Sinn jenes neuen Medikaments namens Axxidizyn. Es ist ein Pharmazeutikum im doppelten Sinn; es dient dazu, den Pharmakos aus der Stadt zu treiben, mit anderen Worten: Arbeitslose, Kranke, Schwache, Untätige zu töten, um den Staat zu sanieren. Hippokrates hin, Hippokrates her …« – er grinste schief – »… das Recht auf Leben und körperliche Unversehrtheit ist teuer; es kostet Geld; es ist der Luxus einer Überflussgesellschaft, die es längst nicht mehr gibt. Was soll man tun mit all den Langzeitarbeitslosen, den gescheiterten Existenzen, den chronisch Kranken, die den Einstieg in die Gesellschaft nicht mehr schaffen? Man gibt ihnen Gift.«

Wieder schwieg Andresen minutenlang. Volker sagte nichts; er war zu sehr damit beschäftigt, sich einzureden, dass dies alles gänzlich unmöglich sei, Hirngespinst eines todkranken und verwirrten Menschen, der mit seinem Schicksal haderte. Doch es war Andresen offenbar gelungen, ihm den Keim eines Verdachts einzugeben, der langsam wuchs und in der angespannten Stille hässliche Blüten trieb.

Was, wenn er recht hat? Nur mal angenommen, er hätte recht …

»Ein perfektes Gift«, fuhr Andresen fort. »Viel eleganter als Zyanid und all die anderen brutalen Tötungsmittel. Elegant, weil die meisten seiner Komponenten körpereigene Stoffe sind. Elegant, weil es viele verschiedene, aber durchweg natürliche Todesursachen hervorrufen kann: Schlaganfälle, Herzinfarkte, Embolien. Und elegant insbesondere, weil es eine *symbolische* Strafe ist: tödliche Blutverdickung als Purgatorium für die Untätigen. Man vernichtet damit die Parasiten der Gesellschaft: die Menschen, die nicht arbeiten.«

»Ich bleibe dabei: Sie fantasieren, Andresen.«

»Ach wirklich? Vor drei Tagen starb ein Patient drüben auf Zimmer 146. Ich habe ihn gelegentlich auf dem Gang getroffen; er litt an irgendeiner Beinlähmung, möglicherweise Multiple Sklerose. Als ich ihn zum letzten Mal sah, hatte er merkwürdige blassrote Pusteln auf der Stirn … wie winzige Sterne, kaum zu erkennen. Ich habe diese eigentümliche Hautreaktion erst einordnen können, als ich zwei Schwestern von seinem plötzlichen Tod sprechen hörte. Da nämlich fiel mir ein, dass ich diesen Hautausschlag schon einmal gesehen hatte: bei den beiden Testpersonen damals in unserem Experiment bei Kunnart Pharma – und bei meiner Freundin Silke, einen Tag vor ihrem Tod. Es handelt sich um eine Nebenwirkung jenes Medikaments, das wir damals entwickelt haben.«

Volker schwieg betroffen.

»Die Wirkung von Axxidizyn tritt außerordentlich langsam ein, da der Wirkstoff erst mit bestimmten Leberenzymen in Kontakt treten muss. Der Ausschlag, der etwa einen Tag nach der Einnahme auf der Stirn erscheint, zeigt den Beginn der Wirkung an. Wenn der Patient nicht zufällig Bluter ist, dürfte er spätestens zwölf Stunden nach Auftreten dieses Symptoms tot sein. Keine Autopsie ließe auf eine Vergiftung schließen: Eine Untersuchung der Gefäße würde den Pathologen allenfalls zu dem Schluss bringen, dass der Patient wohl reichlich ungesund gelebt habe – Bewegungsmangel, Fettleibigkeit, Alkohol, Nikotin. Die Todesursache: landläufig und natürlich. Hierzulande sterben sowieso zwei von drei Menschen an Herzversagen oder Schlaganfällen.«

Wieder eine Pause. Volker lag wie gelähmt in seinem Bett und starrte zur Decke.

»Ich habe es schon seit Jahren geahnt, doch niemals jemandem davon erzählt«, fuhr Andresen leise fort. »Ich hatte Angst. Niemand hätte mir geglaubt – oder schlimmer noch: Vielleicht hätte man Mittel und Wege gefunden, mich zum Schweigen zu bringen. Ich wusste nicht mehr, wem ich trauen konnte; ich fürchtete zuweilen sogar, dass man mir nachstellen würde, weil ich früher bei Kunnart gearbeitet hatte und zu viel wusste. Als ich dann erfuhr, dass ich Krebs hatte, war mir zunächst alles egal – ich ging widerstandslos ins Krankenhaus und versuchte mir einzureden, dass ich bloß unter Verfolgungswahn litt und mir die ganze Geschichte zurechtgelegt hatte, weil ich mit Silkes Tod nicht fertig wurde.

Seit heute Morgen aber bin ich sicher. Ich vermute nicht mehr; ich weiß es. Irgendwelche skrupellosen Sozialingenieure haben sich inoffiziell organisiert und beschlossen, Langzeitarbeitslose oder Erwerbsunfähige zu töten. Wahrscheinlich nehmen sie sich diejenigen vor, die ohnehin schwer krank sind: Das senkt die Hemmschwelle. Gänzlich hoffnungslose Fälle sind wohl nicht dabei; die lässt man auf natürlichem Wege krepieren. Ich nehme an, dass Axxidizyn immer dann angewendet wird, wenn die Gefahr besteht, dass der Patient überlebt und noch jahrelang als chronisch Kranker die Staatskasse schröpfen wird. Sie machen sich nicht mehr die Mühe, uns auf den Operationstisch zu legen; sie schläfern uns vorher ein.

Allerdings glaube ich nicht, dass die Ärzte in Eigenregie vorgehen. Die Tötung Arbeitsunfähiger ist wahrscheinlich keine Privatstrategie dieses oder jenes Krankenhauses, sondern eine landesweite Aktion, die von einem Kartell bestimmter Funktionäre in Politik, Wirtschaft und Verwaltung gedeckt wird. Keiner kann sagen, wie viele Menschen eingeweiht sind und welche Funktionen sie bekleiden; vielleicht haben sie Verbündete auf allen Ebenen: in den Krankenhäusern, in den Behörden, bei politischen Parteien oder Wirtschaftskonzernen.

Nehmen wir zum Beispiel an: Ein Arbeitsloser wird schwer krank; seine Heilungschancen stehen fünfzig zu fünfzig; er wird ins Krankenhaus eingewiesen. Irgendjemand nimmt Verbindung mit den Sozialbehörden und der Krankenkasse auf; man errechnet gemeinsam, was der Kranke den Staat im Überlebensfall noch kosten wird: Behandlungsaufwand, Reha, Unterbringung, Betreuung; nach der Entlassung: Hilfe zum Lebensunterhalt in der und der Höhe, Wohnungsmiete, Sonderleistungen, Rente. Man fragt weiter: Bestehen Chancen, dass er jemals wieder Arbeit findet? Wie viele Bewerbungen wurden bereits abgelehnt? Was steht in den Akten über seinen Lebenswandel? Ist zu erwarten, dass er lebenslang Medikamente oder therapeutische Dienste in Anspruch nimmt? Man berät kurz, entscheidet schnell: Gnadenfrist ... oder Axxidizyn. Keine nachweisbaren Absprachen, nichts Schriftliches; das Ganze wird in der Art eines standrechtlichen Kurzverfahrens von ein paar Eingeweihten ausgemacht. Wer letzten Endes die Tabletten verabreicht, spielt keine Rolle. Möglicherweise wissen die Ärzte gar nicht, was sie da tun; möglicherweise schleusen die Drahtzieher eigene Leute ins Personal ein. Im Ernstfall glaubwürdiges Dementi durch die politische Spitze: Dort hat man vermutlich von all dem keine Ahnung.«

»Aber so etwas wäre trotzdem längst herausgekommen!«, wandte Volker ein, der es einfach nicht glauben wollte. »Wie sollte man es geheim halten?«

»Da gibt es Mittel und Wege«, sagte Andresen. »Der Druck ist groß: Heutzutage fürchtet sich jeder vor der Arbeitslosigkeit; um einen Job zu bekommen – und ihn zu behalten, muss man sich mit Leib und Seele dem Arbeitgeber verkaufen. Wer die Methoden der eigenen Firma kritisiert, wer plaudert oder Fragen stellt, wer nörgelt oder hinterfragt, landet auf der Straße ... und kommt dann vielleicht früher oder später selbst in den Genuss der Axxidizyn-Behandlung. Angenommen, irgendjemand wollte die Sache tatsächlich aufdecken – wohin sollte er sich wenden? Kein Mensch weiß, wie viele Leute eingeweiht sind, ob nicht der eigene Nachbar oder Arbeitskollege zum Kartell gehört, der eigene Chef oder Hausarzt. Und wenn tatsächlich einmal ein Gerücht kursiert – welcher brave Bürger würde es zur Anzeige bringen? Wahrscheinlich wird die Mehrheit eher applaudieren und sich freuen, dass der Staatshaushalt entlastet wird und die Steuern sinken.«

»Warum erzählen Sie mir das alles?«, fragte Volker.

Andresen hielt inne. Er starrte einen Moment lang schweigend zur Wand, dann drehte er Volker ganz langsam das Gesicht zu und legte einen Zeigefinger an seine Stirn. Volker starrte ihn verständnislos an. Dann bemerkte er den Ausschlag: blasse, sternförmige Pusteln – und mit einem Mal begriff er.

»Ich habe nichts mehr zu verlieren«, sagte Andresen.

Volkers Begleiter im Wagen schwiegen. Er hatte seine Erzählung beendet und blickte nach draußen, um sich von dem zunehmenden Schmerz in seinem Bein abzulenken. Sie fuhren gerade durch ein finsteres Stadtviertel mit größtenteils leeren Straßen. Zu beiden Seiten standen vielstöckige, graue Reihenhäuser mit Legionen identischer Balkone. Der Himmel war wolkenverhangen und schwarz; selbst die tausend Lichter der Stadt vermochten ihn nicht zu erhellen.

»Unglaublich.« Es war Britta, die das Schweigen brach. »Wie sicher müssen die sich fühlen«, sagte sie langsam, »dass sie es wagen konnten ... zwei Menschen am selben Tag im selben Zimmer ...«

»Andresen meinte, es wäre Zufall«, sagte Volker. »Vielleicht sind wir durch einen Organisationsfehler auf dasselbe Zimmer gekommen.«

»Wenn diese Geschichte wirklich *wahr* ist«, sagte Britta, »dann haben Sie mir nicht zu viel versprochen, Volker. Das ist kein Leitartikel – das ist eine nationale Katastrophe. Das ganze Land wird durchgeschüttelt von diesem Skandal.«

»Na, hoffentlich«, flüsterte Matthias. »Falls wir überhaupt so weit kommen. Wer weiß; vielleicht bringen die uns alle vorher um, oder sie haben längst die Medien und die Justiz in der Hand und schmettern die Sache ab.«

»*Wir* sind die Medien«, sagte Britta, die ihren Mut wiedergefunden hatte. »Gegen eine Titelgeschichte in der ALZ kommt keine einstweilige Verfügung an. Auch wenn wir vielleicht niemals irgendetwas beweisen können, kann uns doch keiner verbieten, dass wir Volker seine Geschichte erzählen lassen … und das wird genügen.«

»Falls ich durchkomme«, murmelte Volker.

»Sie werden durchkommen«, sagte Britta entschlossen. »Sie müssen. Und wenn ich die Maschendrahtzäune von Kunnart Pharma eigenhändig durchschneiden muss. Verlassen Sie sich auf uns.«

Volker stiegen die Tränen in die Augen. Er wusste sehr wohl, dass seine Überlebenschancen gering waren und man ihn nur aufmuntern wollte, doch was ihn überwältigte, war die entschiedene Parteinahme seiner Helfer. Es war schon lange her, dass Volker Gefühle wie Nähe und Solidarität gespürt hatte, dass er unter Menschen war, die bedingungslos auf seiner Seite standen.

Lieber Gott, wenn es dich gibt, dachte er mit plötzlicher Naivität, *dann segne die drei jungen Leute auf dem Boot, und segne diese Frau und diesen Mann hier. Wenn du nichts für mich tun kannst, dann hilf wenigstens ihnen …*

21:46

»Wir sind da«, sagte Matthias. Britta nickte und drosselte das Tempo. »Gut. Den Rest des Wegs sollten wir wohl besser zu Fuß gehen.«

Sie fuhr in eine Parkbucht am Rand der Straße und stellte den Motor ab. Dann lehnte sie sich über den Sitz nach hinten. »Sind Sie in Ordnung, Volker?«

Volker hing apathisch in seinem Sitz. Mittlerweile spürte er deutlich die beginnende Wirkung des Gifts. Der Schmerz in seinen Beinen hatte nachgelassen, seit er still saß und sich nicht bewegte. Dafür jedoch fühlte er sich träge und benommen, als ob er ein starkes Beruhigungsmittel erhalten hätte.

»Können Sie gehen?«, fragte Matthias.

Volker nickte schwach. »Ich werd's versuchen. Mir ist nur so schwindelig.«

Britta und Matthias wechselten einen raschen Blick.

»Es liegt bestimmt an der Blutverdickung«, murmelte Volker. »Zieht den Kreislauf runter … Andresen hat es mir erklärt.«

»Eigentlich sollte er sich nicht bewegen«, überlegte Matthias.

»Wir haben keine Wahl«, sagte Britta. »Er muss mitkommen.«

Sie stiegen aus. Volkers Beine fühlten sich wie Blei an; Matthias musste ihn stützen.

»Hast du deine Waffe?«, fragte Matthias.

Britta langte ins Handschuhfach hinüber, nahm einen kurzläufigen Trommelrevolver heraus und kontrollierte das Magazin.

»Gehört das zu Ihrer Dienstausstattung?«, fragte Volker mit schwachem Lächeln.

Britta verneinte stumm. »Gewohnheit. Wenn man viel allein unterwegs ist – als Frau, meine ich –, möchte man sich gern sicher fühlen.«

»Wo müssen wir überhaupt hin?«, fragte Volker und blickte die Straße hinunter. Nirgends brannte Licht; auch die Straße war leer.

»Wir sind am Rand des Gewerbegebiets«, sagte Matthias. »Das Gelände der Firma liegt an der Straße, die da vorne einmündet.«

»Ich halte es für besser, wenn wir nicht mit dem Wagen vorfahren«, erklärte Britta. »Wir sollten erst einmal um die Ecke spähen und die Lage peilen. Womöglich haben unsere Gegner Aufpasser an der Straße postiert.«

Sie nahmen Volker in die Mitte und gingen auf die Straßenecke zu. Matthias stützte ihn am Arm und sah ihn immer wieder forschend von der Seite an. Volker erwiderte seinen Blick und rang sich zu einem gequälten Lächeln durch, als wollte er sagen: *Es geht schon.* Sobald er seine zentnerschweren Beine wieder bewegen musste, war es ihm, als stächen Tausende feiner Nadeln in seine Haut. Die Waden fühlten sich so dick und geschwollen an, dass er sie im Geist wie klobige Metallkugeln sah, die ihm an die Schienbeine geschnallt waren. Das Schlimmste jedoch war der seltsame Nebel in seinem Kopf: Es war, als bewegten seine Gedanken sich in einem viel langsameren Tempo als üblich; er konnte förmlich sehen, wie die elektrischen Impulse sich im Schneckentempo von einer Zelle zur anderen quälten.

Ich dämmere weg, dachte er, *langsam, aber sicher. Wenigstens werde ich auf diese Art nicht mehr viel spüren, wenn es so weit ist.*

Sie hielten an. Matthias zog Volker in den Schatten einer Einfahrt, während Britta um die Ecke lugte.

»Ich glaube, die Luft ist rein.«

Matthias trat neben sie und zog Volker hinter sich her.

Die Straße verlor sich am Horizont in der Dunkelheit; nur die parallelen Reihen der Straßenlaternen ließen ihren weiteren Verlauf erahnen. Etwa fünfzig Meter entfernt befanden sich eine Telefonzelle und das Wartehäuschen einer Bushaltestelle. In dessen Schatten lungerten ein halbes Dutzend dunkler Gestalten herum. Zunächst erschrak Volker; dann jedoch begriff er, dass es sich um die Straßen-Gang handeln musste, von der Matthias erzählt hatte.

Auf der linken Seite der Straße stand ein einzelnes, mehrstöckiges Reihenhaus; daneben dehnte sich ein schmaler Streifen Brachland, und einige Meter weiter erhoben sich hohe Zäune, die einen Industriekomplex umschlossen. Eine Einfahrt mit heruntergelassenem Schlagbaum öffnete sich zur Straße hin, und daneben prangte ein Schild:

KUNNART PHARMA GmbH
Ideen für eine schönere Zukunft

»Soll das ein Witz sein?«, flüsterte Volker.

Matthias schüttelte den Kopf. »Die Firma hat in den letzten Jahren gewaltig expandiert. Ich habe mir die Website angesehen. Demnach produzieren sie angeblich Aufputschmittel, Schlankheitspillen und Potenzpräparate – wahrscheinlich zur Tarnung.«

»Schlankheitspillen?« Britta pfiff verächtlich durch die Zähne. »Ganz schön heruntergekommen, der Laden. Wahrscheinlich ist das nicht einmal eine Tarnung, sondern Teil des Konzepts.«

»Wie meinst du das?«, fragte Matthias.

»Naja.« Britta lächelte bitter. »*Ideen für eine schönere Zukunft:* perfekte, schlanke Frauen und potenzstrotzende Muskelmänner. Aber dazu muss man natürlich erst einmal das asoziale Gesindel von der Straße räumen, versteht sich.«

Sie blickte aufmerksam die Straße hinunter.

»Irgendwelche Aufpasser?«

»Der blaue BMW da drüben war heute Nachmittag noch nicht da«, sagte Matthias und zeigte auf einen Wagen, der direkt vor der Einfahrt der Firma stand. »Offenbar haben sie Verstärkung angefordert. Wir sollten die Straßenseite wechseln und uns im Schatten des Hauses da drüben heranschleichen.«

Britta wandte sich an Volker. »Schaffen Sie noch ein paar Schritte?«

Volker nickte. Tatsächlich ging es ihm jetzt etwas besser: Die Bewegung tat ihm gut, mochte sie unter den gegenwärtigen Umständen auch noch so gefährlich sein. Darüber hinaus hatte die kühle Nachtluft seinen Kopf ein wenig geklärt.

»Bringen wir's hinter uns.«

Im Schutz der Dunkelheit überquerten sie die Straße und schlichen an der verwitterten Front des Wohnblocks entlang, dessen Eingänge sich direkt auf den Gehsteig öffneten. Sie befanden sich nun auf derselben Straßenseite wie das Zielobjekt. Die Bushaltestelle dagegen lag schräg gegenüber, und es dauerte nicht lange, bis sie entdeckt wurden.

Die sechs oder sieben Gestalten, die im Schatten des Wartehäuschens eine kleine Feier mit billigem Schnaps zelebrierten, nahmen scheinbar keine Notiz von den Besuchern. Einer von ihnen jedoch, ein vielleicht achtzehnjähriger, sehr großer Afrikaner mit Lederkleidung und Rastalocken, schnippte seine Zigarette fort und kam über die Straße auf sie zugeschlendert.

»Das ist der Junge, dem ich die zehn Euro gegeben habe«, flüsterte Matthias.

Der Riese, der ihn trotz seines jugendlichen Alters um eine Kopfeslänge überragte, erreichte den Gehsteig und baute sich vor Matthias auf. Er hatte kantige Züge und glänzende dunkle Augen. Auf der nackten Brust unter seiner offenen Jacke trug er eine goldene Kette, an der ein Haifischzahn baumelte. Seine kräftigen Kiefer mahlten unablässig; wahrscheinlich hatte er einen Kaugummi dazwischen.

»Hey, Chef«, sagte der Schwarze, blickte auf Matthias herunter und musterte seine beiden Begleiter. »Alles klar?«

»Alles klar«, bestätigte Matthias.

»Der Wagen ist noch da.« Der Schwarze nickte hinüber zum Gelände der Firma. »Du schuldest mir was.«

Matthias nickte, zückte seine Brieftasche und reichte ihm vier Zehner-Scheine, die der Junge sofort in seiner Gesäßtasche verschwinden ließ. »Wie lange ist denn der blaue BMW da drüben schon da?«

Der Afrikaner kaute mit unbeweglichem Gesicht. »Zwei Stunden so.«

»Und der Fahrer?«

»Zwei Typen«, sagte der Schwarze. »Stehen da vorne.« Er wies mit einer lässigen Armbewegung in Richtung der Einfahrt. »Wollten uns wegscheuchen ... Arschgesichter.«

Matthias schob sich an ihm vorbei zum Ende des Häuserblocks und spähte aus dem Schatten der Mauer hinüber. Dann drehte er sich um und winkte Britta und Volker heran.

Von ihrem jetzigen Beobachtungspunkt aus war das Gelände der Firma gut einsehbar. Direkt vor ihnen lag der schmale Streifen Brachland, der den Wohnblock vom Fabrikgelände trennte. Dahinter erhob sich ein zwei Meter hoher Maschendrahtzaun, dessen Stützpfeiler von kleinen grauen Kästchen gekrönt waren – wahrscheinlich eine Alarmanlage. Das Gelände hinter dem Zaun lag im Dunkeln, allerdings konnte man verschiedene Gebäude ausmachen: ein langgestrecktes, dreistöckiges Haus mit Flachdach und mehrere kleinere Komplexe, die sich wie Pavillons über den Platz verteilten und mit Plattenwegen verbunden waren.

Das Gelände besaß nur einen einzigen Zugang: die Auffahrt zur Straße. Hinter dem Schlagbaum befand sich ein beleuchtetes Pförtnerhäuschen, das selbst auf diese Entfernung als leer zu erkennen war. Anstelle des Pförtners standen zwei dunkle Gestalten im Schatten des Häuschens.

»Vorsicht!«, flüsterte Matthias, als weitere Männer hinter dem Zaun auftauchten: offenbar die firmeneigene Wachmannschaft, bestehend aus zwei Uniformierten mit Schlagstöcken, Waffengürteln und einem großen Schäferhund an der Leine.

Britta zog Volker zurück in den Schatten der Hauswand.

»Mist«, fluchte sie leise. »Da kommen wir niemals rein – es sei denn, wir klettern irgendwo außer Sichtweite der Einfahrt über den Zaun.«

»Das kannst du vergessen«, sagte Matthias, der mit kundigem Blick die kleinen grauen Kästen auf der Zaunkrone musterte. »Das ist ein Sicherheitssystem der neuesten Generation, kleinmaschiger Infrarotlicht-Vorhang mit integriertem Bewegungsmelder – das Beste vom Besten. Sobald wir den Zaun auch nur berühren, wird die Alarmsirene losgehen.«

»Setzt so ein System automatisch einen Polizeinotruf ab?«

»Normalerweise nicht«, sagte Matthias. »Meistens wird es von schwerreichen Privatleuten benutzt, die eigenes Sicherheitspersonal haben. Und diese Firma hat sicher gute Gründe, sich nicht gerade die Polizei aufs Gelände zu holen.«

Er hielt inne, als sei ihm eine Idee gekommen, und winkte dem rastagelockten Ghetto-King, der einige Meter hinter ihnen stand. »Willst du dir noch was verdienen?«

Der Schwarze kam mit gemächlichen Schritten heran und blickte stoisch auf ihn herab.

»Was springt raus?«

»Hundert«, sagte Matthias und zog einen weiteren Geldschein aus der Brieftasche.

Der Schwarze blickte auf die Banknote, und für einen Moment stand sein Unterkiefer still. Wahrscheinlich war das mehr Geld, als seine Eltern in einer Woche verdienten, falls sie nicht zum großen Heer der Arbeitslosen gehörten.

»Für was?«, fragte er skeptisch.

»Pass auf«, sagte Matthias, der offenbar beschlossen hatte, den Jungen ins Vertrauen zu ziehen. Er deutete hinüber zum Firmengelände. »Wir müssen da rein.«

Der Schwarze kommentierte diese Information in keiner Weise; wahrscheinlich waren ihm die Absichten seiner Gönner herzlich gleichgültig.

»Da drüben hinter dem Gelände zweigt doch links eine Straße ab, nicht wahr?«

Der Schwarze nickte.

»Geh mit deinen Leuten dorthin«, bat Matthias. »Und dann lenkt ihr die Wachmannschaft ab.«

Sein Gegenüber schnaufte verächtlich. »Bin doch nicht lebensmüde. Die haben Kanonen, Mann.«

»Ihr müsst ja nur ein bisschen Krawall machen«, stellte Matthias klar. »Ein bisschen am Zaun rütteln, dass die Alarmanlage anspringt – das wird schon genügen. Und dann haut ihr einfach ab.«

Der Schwarze starrte unbeweglich. Dann deutete er mit angewinkeltem Daumen zu seinen Leuten hinüber, die sich drüben am Wartehäuschen versammelt hatten.

»Noch zehn für jeden«, sagte er trocken. »Macht siebzig.«

Matthias seufzte und kramte in seiner Tasche.

»In Ordnung – hier!«

Der Hüne nahm das Geld mit einer routinierten Geste,

als erledige er solche Jobs ein Dutzend Mal am Tag. Dann beobachteten sie, wie er gemächlich über die Straße zurückschlenderte.

»Was macht er denn da?«, flüsterte Volker, als er bemerkte, dass der Junge im Gehen an seinem Hosenschlitz fummelte.

»Der ist cleverer, als ich dachte«, sagte Matthias anerkennend. »Er tut so, als käme er vom Pinkeln, damit die Wachleute drüben denken, er hätte nur mal kurz die Wiese hier als Toilette benutzt.«

»Nicht schlecht«, pflichtete Britta ihm bei. »Wenn wir diese Sache überstanden haben, sollten wir ihm den Gefallen tun, eine Story daraus zu machen. Das bringt ihn und seine Leute vielleicht für immer aus dem Ghetto heraus.«

»Noch sind wir nicht so weit«, mahnte Matthias und spähte wieder um die Ecke, um das Geschehen zu beobachten.

Sie brauchten nicht lange zu warten. Volker sah, wie die Kids im Schatten der Bushaltestelle ihre Sachen zusammenpackten und aufbrachen. Sie zogen, geführt von dem Rasta-Hünen, langsam die Straße hinunter, ohne auch nur einen flüchtigen Blick zum streng bewachten Eingang der Firma zu werfen. Nach etwa hundert Metern verließen sie den Gehweg, schlenderten über das Pflaster und verschwanden im Eingang der Seitenstraße, die das Firmengelände begrenzte.

»Es wird einen Moment dauern«, sagte Matthias und schob den Ärmel hoch, um auf seine Uhr zu sehen. Volker blickte ihm über die Schulter …

22:02

Einige Minuten standen sie still im Schatten und warteten.

Dann geschahen plötzlich mehrere Dinge gleichzeitig. Von weitem war ein Rasseln zu hören, als würde der Drahtzaun am anderen Ende des Geländes kräftig geschüttelt. Im nächsten Moment ertönte das durchdringende Jaulen der Alarmanlage. Augenblicklich kam Bewegung in die dunklen Gestalten an der Auffahrt. Sie stürzten aus dem Schatten hervor, griffen unter ihre Jacken und förderten automatische Pistolen zutage. Irgendwo im Hintergrund kläffte der Schäferhund.

»Hinten am Zaun!«, schrie eine Stimme. Die beiden Bewaffneten rannten quer über die Auffahrt und verschwanden im Dunkeln zwischen den Baracken.

»Los!«, zischte Matthias. »Wir haben wahrscheinlich nur eine halbe Minute!«

Sie verließen den geschützten Platz an der Hauswand und liefen auf die Auffahrt des Firmengeländes zu. Volker bemühte sich nach Kräften, mit den anderen mitzuhalten. Britta kam als Erste an, spähte wachsam umher und schwang sich schließlich mit einem eleganten Satz über den Schlagbaum. Volker wagte nicht, es ihr gleichzutun; stattdessen ging er in die Knie und duckte sich unter der Schranke hindurch, gefolgt von Matthias.

Sie huschten die Auffahrt hinauf und umrundeten ein zweistöckiges Bürogebäude. Am hinteren Ende bogen sie vorsichtig um die Ecke – und sahen ein wahres Labyrinth aus schmalen Baracken, sechseckigen Pavillons und hübsch drapierten Biotopen vor sich liegen. Das Gelände musste erheblich ausgedehnter sein, als sie angenommen hatten.

»Da rüber!«, flüsterte Britta und startete zur nächsten Etappe.

Sie verließen den Schatten des Bürohauses und schlichen über einen betonierten Rundweg. Das Geheul der Alarmanlage brach unvermittelt ab. Stattdessen war nun aus einiger Entfernung das Bellen des Hundes zu hören, gefolgt von hastigen Schritten.

»Schnell!«

Sie erreichten eine Art Atrium, das wie eine Insel in der Mitte des Rundwegs platziert war. Es bestand aus einer Baumgruppe, umschlossen von dichtem Gebüsch und einer niedrigen Steinmauer mit umlaufender Bank. Britta flankte über die Mauer und verschwand; Volker und Matthias kamen mit einigen Sekunden Verspätung hinterher. Das Buschwerk schlug hinter ihnen zusammen. Nun saßen sie geschützt wie in einer Gartenlaube und lehnten sich keuchend an die Stämme der Birken, die sich über ihnen in den Nachthimmel reckten.

»Was ist denn los?«, rief eine Männerstimme, vielleicht zwanzig Meter entfernt, von rechts. Rasche Schritte näherten sich und liefen in nächster Nähe an ihrem Versteck vorbei; ein Schlüsselbund klirrte bei jedem Schritt.

»Das waren bloß diese verdammten Halbstarken«, sagte eine zweite Stimme. »Sind sofort getürmt, als ich kam … Sollte wohl 'n kleiner Scherz sein.«

»Ziemlich schlechter Scherz«, sagte eine dritte Stimme, die sich von hinten näherte – eine dunkle, drohende Stimme. »Einer hing schon auf halber Höhe am Zaun.«

»Was hast du gemacht?«

»Ihm eins mit dem Schlagstock verpasst. Er fiel runter wie ein nasser Sack und gab Fersengeld. Verdammte Ghetto-Bälger! Der Nächste, der am Zaun raufklettert, kriegt 'ne Kugel in die Eier.«

»Nur die Ruhe«, warf eine vierte Stimme ein. »Ihr macht jetzt erst mal euren Rundgang, okay? Und wir gehen wieder ans Tor.«

Zwei der Männer entfernten sich in verschiedene Richtungen; ein schriller Pfiff ertönte, und man hörte den Schäferhund hechelnd über den Platz wetzen.

»Bei Fuß, Guido!«

Die Schritte verschwanden. Die anderen beiden Männer blieben offenbar in der Nähe stehen.

»Sonst was Neues?«, fragte der eine.

»Überhaupt nichts, zum Teufel«, fluchte die dunkle Stimme. »Das Letzte, was durchkam, war: *Gruppe Eins hat ihn erwischt*. Und vor einer halben Stunde hieß es plötzlich: *Kein Kontakt mehr zu Gruppe Eins.* Möchte bloß wissen, was diese Anfänger wieder verzapft haben.«

Sekunden Stille.

»Scheißjob«, zischte die dunkle Stimme plötzlich. Dann Schritte: Sie entfernten sich in Richtung eines der sechseckigen Pavillons. Eine Tür wurde aufgerissen.

»He, Professor!«, schnauzte die dunkle Stimme von draußen. »Zehn Uhr durch! Sehen Sie zu, dass Sie Schluss machen, wir wollen allmählich nach Hause!«

Die Antwort, falls es eine gab, blieb unhörbar. Die Schritte entfernten sich. Offenbar hatten die Männer sich zum Gehen gewandt, um wieder ihren Posten an der Auffahrt zu beziehen. Dann herrschte minutenlang tiefste Stille.

Im Innern des Atriums saßen Volker, Britta und Matthias im Kreis zwischen den Büschen und wagten kaum zu atmen. Volker war so mit sich und seinen Schmerzen beschäftigt, dass er erst nach längerer Zeit zu begreifen begann, was er soeben gehört hatte.

»Der Professor ist hier?«, flüsterte er.

Britta – ein dunkler Schatten ihm gegenüber – drehte sich um, kroch zwischen zwei Birkenstämmen hindurch und schob vorsichtig das Gebüsch zur Seite, um den Platz überblicken zu können. Als sie zurückkehrte, nickte sie.

»In dem Pavillon direkt gegenüber brennt Licht.«

Volker krümmte sich zusammen; er hatte inzwischen periodisch wiederkehrende Krämpfe im rechten Bein.

»Meine Zeit läuft ab«, sagte er. »Was wollen wir tun?«

Einen Moment lang schwiegen seine Begleiter.

»Wir gehen rein«, flüsterte Britta schließlich und zog ihren Revolver aus der Tasche. »Nur Sie und ich. Matthias, kannst du hier warten und uns warnen, wenn jemand kommt?«

Der Angesprochene nickte. »Aber haltet euch nicht zu lange auf. Was wollt ihr tun, wenn er erst in eins der anderen Gebäude gehen muss, um das Gegenmittel zu holen?«

»Das sehen wir dann«, flüsterte Britta. »Mir fällt schon was ein.«

»Viel Glück«, sagte Matthias.

Britta nahm Volker bei der Hand, half ihm hoch und drückte das Gebüsch zur Seite.

»Vorsicht, Stufe.«

Sie stiegen über die kniehohe Steinmauer und standen wieder auf dem offenen Platz, um den sich mehrere Gebäude gruppierten. Volker drehte sich im Kreis und suchte nach dem erleuchteten Fenster – wobei ihm derart schwindlig wurde, dass er auf die Bank sank, die glücklicherweise direkt neben ihm stand.

»Gleich geschafft«, sagte Britta, nahm seine Hände und half ihm hoch. »Da drüben … nur ein paar Schritte.«

Sie gingen auf einen der sechseckigen Pavillons zu, aus dessen Fenstern Licht schimmerte.

Die Sicherheitstür war zum Glück nur angelehnt; offenbar hatte der Wachmann sie offen gelassen, um den Professor zur Eile anzutreiben. Britta öffnete sie einen Spalt breit, und ein kurzer Gang wurde sichtbar, mit mehreren Türen an den Seiten und einem offenen Durchgang am Ende. Sie schlüpfte hinein und zog Volker hinter sich her. Dann versuchte sie so leise wie möglich die Tür zu schließen – doch es half nichts; das schwere Schloss rastete mit einem hörbaren Klicken ein.

Schritte waren zu hören.

»Jaja, ich komme schon«, sagte eine Stimme.

Britta stellte sich neben Volker und ließ ihren Revolver locker in der Hand hängen, sodass die Mündung zu Boden zeigte.

Im Türrahmen erschien ein älterer Mann. Er trug einen langen, weißen Laborkittel, unter dessen Kragen ein grauer Strickpullover hervorschaute. Seine Füße steckten in Sandalen. Er war klein und von korpulenter Statur. Auch sein Hals war kurz und dick, und der darauf sitzende Kopf zeigte ein kreisrundes Gesicht mit grauem Kinnbart, knollenförmiger Nase und kleinen blauen Augen.

Der Mann blieb stehen, riss erschrocken die Augen auf und starrte die ungebetenen Besucher an. Dann fiel sein Blick auf die Waffe in Brittas Hand, und seine Hände hoben sich zu einer abwehrenden Geste.

»Bitte!«, sagte er flehentlich, mit einer seltsam hohen Stimme. »Bitte, nein! Ich habe zu niemandem … Ich schwöre, dass ich …«

Volker und Britta tauschten einen raschen Blick.

»Bitte!«, wiederholte der Mann verzweifelt, und Volker bemerkte, dass Schweißperlen auf seiner Stirn standen.

Britta entspannte sich ein wenig.

»Professor Hans Degus?«

Der alte Mann starrte sie verdutzt an, als habe er die Frage nicht verstanden.

»Natürlich«, stammelte er. »Sind Sie …«

Sein Blick wanderte zu Volker, verharrte einen Augenblick auf dessen Gesicht – und glitt empor zu seiner Stirn, wo sich der Hautausschlag befand.

»O Gott«, flüsterte der Professor und trat unwillkürlich einen Schritt rückwärts, ohne die Hände sinken zu lassen. »O mein Gott …«

»Ganz ruhig«, sagte Britta. »Wir wollen Ihnen nichts tun.« Sie langte mit der freien Hand in die Tasche und zog ihren Presseausweis hervor.

»Britta Reuschner, ALZ. Ich wende ungern solche Methoden an, aber im Moment handelt es sich leider um einen akuten Notfall. Wenn Sie bereit sind, uns zu helfen, werde ich die Waffe wegstecken, in Ordnung?«

Degus starrte sie mit offenem Mund an.

»Haben Sie den Schlüssel für diese Tür?«, fragte Britta und nickte über die Schulter.

Degus nickte verdattert, fingerte in seiner Tasche und förderte einen Schlüsselbund zutage.

»Werfen Sie ihn rüber.«

Der Professor, im Moment offenbar unfähig zu derart koordinierten Aktionen, ließ den Schlüssel vor seine Füße fallen.

Britta trat näher und kickte ihn mit dem Fuß in Volkers Richtung, ohne Degus aus den Augen zu lassen. Volker schloss die Tür des Pavillons hinter sich ab und ließ den Schlüssel stecken. Währenddessen war Degus langsam rückwärtsgegangen und in den Raum zurückgewichen, aus dem er gekommen war. Volker und Britta folgten ihm durch die schleusenartige Doppeltür.

Der Raum erwies sich als Labor. Er enthielt einen großen weißen Schreibtisch mit mehreren Computern und Telefon, metallene Schränke mit Dutzenden von Schubladen und vier niedrige Arbeitstische, auf deren weißen Kunststoffplatten sich die verschiedensten Appaturen türmten. Da standen Reihen von Reagenzgläsern mit farblosen blauen und roten Flüssigkeiten, Zentrifugen und gläserne Tiegel; dazwischen verteilten sich medizinische Bestecke und lose

Papiere. Offenbar arbeiteten normalerweise mehrere Personen in diesem Raum. Zu beiden Seiten zweigten weitere Türen ab, auf der einen stand »Materiallager«, auf der anderen »Archiv«.

Professor Degus war inzwischen bis zu seinem Schreibtisch zurückgewichen.

»Sind Sie wirklich bloß von der Presse?«, keuchte er und starrte forschend auf Britta.

Sie nickte und ließ ihre Waffe sinken. »Wir wollen nur ein paar Informationen.«

Degus schien sich zu entspannen und richtete sich zu seiner vollen Größe von einem Meter sechzig auf.

»Eine merkwürdige Methode, um an Interviews zu kommen«, sagte er, und seine hohe Stimme klang jetzt viel selbstbewusster. Offenbar hatte er weniger diskussionswilligen Besuch erwartet – nun aber, da er überzeugt war, lediglich Journalisten vor sich zu haben, gewann er seine Fassung zurück.

»Wie sind Sie auf das Gelände gekommen?«, fragte er wie ein strenger Lehrer und verschränkte die Hände vor der Brust.

»Das spielt jetzt keine Rolle«, sagte Britta. »Natürlich mussten wir ein bisschen tricksen; schließlich ist das hier keine Fabrik, sondern eher ein Giftwaffenlager. Darüber wollen wir ja mit Ihnen reden.«

Degus hob das Kinn. »Ich glaube nicht, dass sich Ihre Methoden in Übereinstimmung mit dem Pressegesetz befinden«, sagte er und griff nach einem Alarmknopf, der sich neben dem Telefon befand. »Ich werde jetzt den Sicherheitsdienst rufen.«

In diesem Moment verlor Volker die Beherrschung. Bisher hatte er seitlich an der Tür gestanden und sich gegen den Rahmen gelehnt, um seine schmerzenden Beine zu entlasten. Nun aber, da das arrogante Männchen vor ihm sich aus der Affäre ziehen wollte, befähigte ihn die Wut zu einer letzten Kraftanstrengung. Er trat auf Degus zu, packte ihn am Revers seines Kittels und zwang ihn, ihm ins Gesicht zu sehen.

»Hören Sie, Professor«, zischte er. »Wir sind nicht zum Spaß hier. Interviews können Sie später im Gefängnis geben, wenn Sie wollen, aber zuerst rücken Sie das Gegenmittel heraus!«

Degus schnaufte unwirsch und versuchte sich loszumachen. »Fassen Sie mich nicht an … ich weiß nicht, wovon Sie reden!«

Volker gab ihm einen Stoß, und Degus stolperte vom Telefon weg in eine Ecke neben dem Schreibtisch. »Das Gegenmittel gegen Axxidizyn. Sie wissen genau, wovon ich rede.«

Degus straffte indigniert seinen zerknautschten Kittelkragen. »Axxidizyn? Nie gehört.«

Volker starrte den Professor kopfschüttelnd an. Wollte er unter diesen Umständen etwa noch Theater spielen?

»Aufmachen!«, schrie jemand von draußen und schlug gegen die Tür des Pavillons.

Volker fuhr herum und packte Degus erneut beim Kragen. »Gibt es noch einen anderen Eingang zu diesem Gebäude?«

Degus schüttelte den Kopf und wich vor ihm zurück, bis er direkt vor dem Fenster stand.

»Sie haben keine Chance«, sagte er. »Die Sicherheitsleute werden die Tür aufbrechen. Öffnen Sie, bevor …«

»Professor! Machen Sie auf!«, hörte man gedämpft die Stimme von draußen. *Die dunkle Stimme*, erkannte Volker. Keiner der Männer vom firmeneigenen Wachdienst, sondern einer der beiden Agenten, die erst später gekommen waren.

»Es gibt Probleme!«, rief die Stimme und pochte wiederum gegen die Tür. »Wir müssen Sie wegbringen!«

Volker wechselte einen raschen Blick mit Britta.

Draußen tappten Füße, und nach einigen Sekunden erschien eine Gestalt vor dem Fenster. Es handelte sich um einen hageren Mann mit tief gefurchtem, länglichem Gesicht, der eine Automatik in der Hand trug. Er trat ans Fenster und spähte in das Labor hinein.

Britta und Volker gingen wie auf Verabredung in Deckung und drückten sich in die Nische zwischen Schreibtisch und Schrankwand. Degus drehte sich um, erblickte den Mann am Fenster – und erbleichte. Seine Augen weiteten sich.

»Nein!«, schrie er. »Ich habe niemandem etwas gesagt, ich schwöre es! Ich schwöre es!«

Der Mann vor dem Fenster blickte ihn mit unbewegter Miene an, trat ein paar Schritte zurück und hob seine Waffe.

Degus warf sich zur Seite, als der Schuss fiel, stolperte über einen Stuhl und schlug der Länge nach zu Boden. Der Knall war nur gedämpft zu hören; es klang eher wie ein dumpfer Schlag auf eine unnachgiebige Oberfläche. Die Glasscheibe vibrierte einige Sekunden, und in ihrer Mitte zeichnete sich eine schwache Delle ab.

»Panzerglas?«, flüsterte Volker ungläubig.

»Die haben an alles gedacht.« Britta neben ihm keuchte hörbar. »Dieser Laden ist kein Labor, sondern eine Festung.« Sie duckte sich und huschte an der Wand entlang zur Tür, wo sich der Lichtschalter befand. »Schnappen Sie sich den Professor!«

Volker robbte hinter dem Schreibtisch entlang und bekam Degus zu fassen, der benommen am Boden lag. Er zitterte und schien momentan unfähig zu jeglicher Gegenwehr. Volker packte ihn am Arm und zog ihn zur Seite.

Im nächsten Moment ging das Licht aus.

»Was wollen die?«, zischte Volker dem Professor ins Ohr. »Sind sie Ihretwegen gekommen?«

Der alte Mann antwortete nicht; er saß reglos an der Wand, und sein Gesicht war ein bleicher Fleck im Dunkeln. Schattenhaft nahm Volker wahr, dass Britta zu ihnen herübergekrochen kam. Sie setzte sich auf der anderen Seite neben den Professor und überprüfte ihren Revolver.

»Nun reden Sie schon!«, flüsterte sie. »Was hat das zu bedeuten?«

Degus atmete hörbar rasch. »Die wollen mich umbringen«, flüsterte er. »Ich wusste, dass es eines Tages dazu kommt. Irgendwas muss passiert sein ...«

»Ich kann Ihnen sagen, was passiert ist«, begann Britta. »Dieser Mann hier –«

Sie wies auf Volker, doch ihre nächsten Worte gingen unter. Der Knall eines weiteren Schusses war zu hören, diesmal auf der anderen Seite des Gebäudes an der Eingangstür. Ein scharfes Knacken und knisternde Splitter zeigten an, dass die Kugel durchgedrungen war. Offenbar jedoch hielt das Sicherheitsschloss stand, denn im nächsten Moment warf sich jemand vergeblich gegen die Tür und fluchte laut.

Noch einmal wurde gegen die Tür geschlagen, noch einmal, und noch einmal ... dann sahen die Belagerer offensichtlich ein, dass es keinen Sinn hatte, auf diese Weise in den Pavillion eindringen zu wollen. Sekundenlang herrschte Stille, dann drang wieder das Geräusch von tappenden Füßen herein, diesmal von mindestens drei Männern. Ein Lichtkegel, augenscheinlich von einer Taschenlampe, flammte vor dem Fenster auf und geisterte durch den Raum.

Britta und Volker kauerten sich eng an die Wand und drückten den Professor zwischen sich zu Boden. Der Lichtkegel glitt über den Schreibtisch und die Schränke, ließ den Computer, das Telefon, die Reagenzgläser und den umgekippten Stuhl aufblitzen.

»Professor!«, rief plötzlich eine andere Stimme – viel lauter und so nahe, dass Volker zusammenzuckte. Die Stimme schien direkt hinter seinem Rücken zu sein. Er blickte über die Schulter und sah, dass über ihm in der Wand ein vergitterter Luftabzug mündete. Offenbar benutzte der Mann draußen die Öffnung wie ein Sprachrohr. »Wir wissen, dass Sie da drin sind! Kommen Sie heraus, sonst müssen wir die Tür aufbrechen!«

Wieder tappende Füße, Stimmengemurmel im Hintergrund. Der Schäferhund bellte. Dann raunte die dunkle, drohende Stimme: »Kümmern Sie sich um Ihren Kram. Das hier ist *unser* Job; wir haben direkte Order.«

»Polizei ...«, flüsterte Britta. Sie blickte zu Volker hinüber und wies auf das Telefon. »Sollen wir?«

»Und dann?« Volker schüttelte grimmig den Kopf. »Die Polizei wird *uns* festnehmen, nicht die da draußen. Wir sind die Einbrecher. Und bevor wir die Sache aufklären können, ist meine Zeit abgelaufen ...«

Britta besann sich einen Moment, dann nickte sie und wandte sich dem Professor zu.

»Reden Sie, Degus! Unsere Zeit ist knapp. Wir brauchen das Gegenmittel, das die Wirkung von Axxidizyn aufhebt! Wo ist es?«

Degus starrte zu Boden; sein Gesicht war ein verschwommener weißer Feck im Dunkeln.

»Es ist nicht hier«, sagte er langsam.

»Aber es existiert noch, ja?«, drang Volker auf ihn ein.

Degus nickte schwach.

»Wo?« Er musste sich beherrschen, um den Professor nicht wiederum am Revers zu packen.

Degus wandte ihm langsam das Gesicht zu. »Nicht hier«, wiederholte er. »Geben Sie es auf. Sie haben keine Chance ... genauso wenig wie ich.«

»Und *zuuu*gleich!«, kommandierte draußen eine Stimme.

Plötzlich gab es einen heftigen Schlag, dass alle Wände vibrierten. Die Eingangstür des Pavillons brach mit einem trockenen Krachen auf, und Schritte von mindestens vier Füßen kamen durch den Flur getrampelt.

»Raus hier!«, zischte Britta, packte Volker am Arm und sprang auf. Sie riss die Tür mit der Aufschrift »Archiv« auf, zerrte Volker hinein und versuchte dann, den Professor vom Boden hochzuziehen. Dieser jedoch saß apathisch da und machte keine Anstalten, sich zu rühren. Britta fluchte leise, machte eine letzte vergebliche Kraftanstrengung und sah sich schließlich gezwungen, den Unwilligen seinem Schicksal zu überlassen. Sie huschte hinüber zur Tür und verschwand in ebendem Augenblick, als die Belagerer in den Raum stürmten.

Es blieb keine Zeit mehr, die Tür zu schließen; das Einrasten des Schlosses wäre deutlich hörbar gewesen. Volker kauerte sich neben der Tür an die Wand. Er konnte Britta im Dunkeln nicht sehen, ebenso wenig wie das Innere des Raums, aber er fühlte, wie sich ihre Hand beruhigend auf seinen Arm legte.

Nebenan flammte Licht auf, und durch den Türspalt war jetzt zu erkennen, dass zwei Personen in das Labor traten. Es waren offensichtlich die beiden Männer, die zuvor die Auffahrt bewacht hatten: Der eine war ein kleiner Dicker mit Schmachtlocken und einer auffälligen Brille, der andere der große, hagere Kerl mit der drohenden Stimme. Er trug eine Pistole mit Schalldämpfer, richtete sie jedoch nicht auf Degus, sondern ließ sie locker in der Hand hängen, sodass der Lauf zu Boden zeigte.

Degus ließ keinerlei Fluchtabsichten erkennen. Allerdings schien das Eintreffen der beiden Männer ihn aus seiner Erstarrung zu wecken: Er richtete sich mühsam auf, trat langsam zu seinem Schreibtisch und wandte sich den

Häschern zu. Ein tiefer, zittriger Atemzug dehnte seine Brust unter dem Kittel.

»Meine Herren ...«, sagte er schwach, »ich stehe zu Ihrer Verfügung.«

Die beiden Männer traten näher. Volker zog sich ein Stück von der Tür zurück, um nicht gesehen zu werden. Jetzt hatte er nur noch Degus im Blickfeld. Britta, die hinter ihm stand, spähte über seine Schulter.

»Tja, Professor«, sagte der Mann mit der dunklen Stimme. »Es ist Zeit.«

Degus raffte sich zusammen, als hätte er gerade sein Todesurteil erhalten.

»Was ist passiert?«, fragte er.

»Ein Patient ist ausgebüchst«, sagte der zweite Mann im Hintergrund. »Die Presse hat Wind bekommen ... sie sind schon auf dem Weg hierher.«

»Und da dachten wir ...«, sagte der andere fast genüsslich, »dass wir Sie vielleicht von hier wegbringen sollten, bevor Sie nervös werden und plaudern.« Es sollte vielleicht beruhigend klingen, doch er brachte lediglich einen sarkastischen Ton zustande, der kaum Zweifel an seinen wahren Absichten ließ.

»Ich rede nicht!«, keuchte Degus. »Zu niemandem ... Ich schwöre es!« Seine Augen schossen nervös zwischen den beiden Eindringlingen hin und her. Dann schien ihm etwas einzufallen; er fuhr herum und wies mit zittrigem Finger auf das Telefon. »Rufen Sie Herrn Kunnart persönlich an! Er vertraut mir! Er würde nie dulden, dass ich ...«

»Die Anweisung kam von ihm selbst«, sagte der hagere Mann mit seiner langsamen, gleichgültigen Stimme. »Tut mir leid, Professor.«

Er hob seine Pistole.

Was nun? schoss es Volker durch den Kopf. *Sie wollen den Professor aus dem Weg räumen. Offenbar hat er nur unter Druck mit ihnen zusammengearbeitet, und nun fürchten sie, dass er sie verraten könnte … Wir müssen etwas tun.*

Britta schien denselben Gedanken zu haben; Volker spürte, wie sie ihre Hand wegzog und sich hinter seinem Rücken spürbar straffte.

Plötzlich ein Schrei – nicht vor Schmerz oder Schreck; es klang eher wie das Gebrüll eines angreifenden Löwen. Volker sah, wie der hagere Mann mit der Pistole zu Boden gerissen wurde: Es war Matthias, der von hinten auf ihn gesprungen war, die Hand mit der Waffe gepackt hatte und versuchte, sie von sich wegzuhalten. Ein Schuss löste sich und traf das Fenster; das Projektil wurde von dem kugelsicheren Glas abgeschmettert und jagte schrill pfeifend durch den Raum.

»Los!«, schrie Britta, wirbelte an Volker vorbei und stürzte durch die Tür.

Volker selbst konnte gar nicht anders, als ihr zu folgen. Zwar fühlten seine Beine sich inzwischen elefantendick an, doch die Aufregung des Moments betäubte seine Schmerzen, und er stolperte direkt auf den Mann mit den Schmachtlocken zu, der sich eben anschickte, seinerseits eine Waffe zu ziehen.

Es gab ein kurzes Handgemenge, doch die beiden Männer unterlagen, denn ihre Gegner hatten das Überraschungsmoment auf ihrer Seite. Matthias rang einen Augenblick mit dem hageren Kerl am Boden, der erstaunliche Kräfte entwickelte, sich auf den Rücken rollte und ihn abzuwerfen versuchte. Doch er hatte keine Chance: Britta warf sich neben ihm auf den Boden und verdrehte seinen Arm, bis er sich schreiend aufbäumte und die Pistole fallen ließ. Blitzschnell ergriff sie die Waffe und presste sie dem Mann an die Schläfe.

Volker hatte keinen derart koordinierten Angriff zustande gebracht; er war einfach auf den zweiten Mann zugerannt und im Laufen über seine bleischweren Beine gestolpert. Immerhin war seine Geschwindigkeit hoch genug, um den überraschten Lockenkopf mit dem ganzen Gewicht seines Körpers zu Boden zu reißen. Der Mann prallte rücklings gegen den metallenen Griff einer Schrankschublade, gab ein schwaches Stöhnen von sich und sank mit verdrehten Augen zu Boden. Volker selbst erging es allerdings nicht besser: Er verlor das Gleichgewicht und stürzte, wobei er glücklicherweise weich auf dem Körper seines Gegners landete. Im nächsten Moment spürte er einen heftigen Schmerz im linken Bein, wie einen Messerstich. Er versuchte sich aufzurichten, doch plötzlich schien sich ein eiserner Ring um seinen Brustkorb zu legen. Stöhnend sackte er zurück und entspannte seine Muskeln, in der Hoffnung, dass es vorbeigehen würde.

Doch es ging nicht vorbei. Im Gegenteil: Er verspürte auf einmal das unmittelbare Gefühl einer tödlichen Bedrohung. Von einer Sekunde zur nächsten blieb ihm die Luft weg; er keuchte verzweifelt, und ihm war, als habe er die Gewalt über seine Atemmuskeln verloren. Das Geschehen um ihn herum verblasste; er war jetzt ganz mit sich und seinem Körper allein.

Es geht los. Ein Wunder, dass es nicht längst passiert ist …

Verschwommen sah er, wie Matthias neben ihm niederkniete und ihm erschrocken ins Gesicht starrte.

»Volker? Volker, hören Sie mich?«

Die Stimme des Reporters klang, als sei sie meterweit entfernt. Volker war zu keiner Antwort fähig. Er lag einfach nur da, sein Körper ein klobiger Block aus verkrampftem Fleisch, und versuchte zu atmen. Sein Herz jagte, als wollte es zerspringen, und der Schmerz in seiner Brust steigerte sich ins Unerträgliche.

Gleich wird mein Brustkorb platzen. Dieser Gedanke formte sich glasklar in seinem Gehirn.

»Volker!«

Sein Kopf sackte zur Seite – und sein Blick fiel auf eine Digitaluhr, die während des Kampfes vom Schreibtisch auf den Boden gefallen war:

22:36

Nein, sagte eine Stimme in seinem Kopf. *Es ist noch nicht so weit. Die Uhr läuft noch; der Wettlauf ist nicht beendet …*

Mit einer gewaltigen Kraftanstrengung gelang es ihm, seine Lungen zu dehnen, und der eiserne Ring um seinen Brustkorb zersprang. Er bäumte sich auf und sog keuchend Luft ein. Kaum fühlte er, dass Matthias bei ihm war und seinen Rücken stützte. Er saß jetzt aufrecht, und dies tat ihm gut; sein Atem ging leichter.

»Professor!« Das war Brittas Stimme. »*Tun* Sie etwas! Erinnern Sie sich noch daran, dass Sie einmal Arzt gewesen sind und einen hippokratischen Eid geschworen haben?«

Ein zweites Gesicht erschien in Volkers Blickfeld: kreisrund, knollennasig, mit kleinen blauen Augen und grauem Bart. Der Professor nahm seine Hand und fühlte seinen Puls.

»Was ist mit ihm?«, fragte Matthias und sah zu ihm auf.

Degus beugte sich herab; sein Gesicht füllte Volkers Blickfeld vollständig aus.

»Embolie«, sagte Degus. »Er hat Glück gehabt: Der Thrombus scheint sich vorerst wieder aufgelöst zu haben …«

»Aber der nächste wird es nicht mehr tun«, sagte Matthias. »Es sei denn, Sie entschließen sich, uns zu helfen.«

Volker erwachte aus seiner Erstarrung. Kain war noch einmal zurückgekehrt aus den Randgefilden des fernen Landes Nod. Stumm blickte er um sich. Neben ihm lag der schmachtlockige Kerl, den er umgerannt hatte, noch immer bewusstlos. Zur Rechten an seiner Seite saß Matthias; zur Linken Degus. Zwei Meter weiter stand Britta über dem am Boden liegenden hageren Mann, breitbeinig und mit der Waffe im Anschlag.

Plötzlich erhob sich Degus, als habe er einen Entschluss gefasst. Er nahm seine Brille ab, rieb sich den Nasenrücken und setzte sie wieder auf. Dann blickte er auf Volker, von Volker zu Matthias, von Matthias zu Britta.

Vermutlich wird ihm gerade klar, dass wir sein Leben gerettet haben, dachte Volker.

Wortlos ging Degus zum Schreibtisch und nahm den Telefonhörer ab.

»Was tun Sie?«, fragte Britta. »Rufen Sie die Polizei?«

Degus antwortete nicht; stattdessen wählte er – nicht den Notruf, sondern eine neunstellige Privatnummer.

»Carsten? Ich bin's, Hans«, sagte er. »Nein, ich bin in der Firma … Ich brauche deine Hilfe … das, worum ich dich damals gebeten habe … ja … ja, jetzt sofort. Komm, so schnell du kannst …«

Er legte auf, öffnete eine Schublade seines Schreibtischs und drehte innen einen Schlüssel, der offenbar zu einem Geheimfach gehörte. Als er wieder hochkam, hatte er einen Revolver in der Hand. Er prüfte das Magazin und entsicherte die Waffe.

In diesem Moment zischte ein Geschoss durch den Raum – doch nicht aus Degus' Waffe, sondern von der Tür her. Es gab keinen Knall, lediglich ein dumpfes Geräusch wie von einer zuschlagenden Kühlschranktür.

Eine blutrote Blume erblühte an Professor Degus' Schläfe, und er wurde nach hinten gegen das Fenster geschleudert. Sein Gesicht erstarrte; er blickte mit grotesk geöffnetem Mund zur Tür. Der Revolver fiel aus seiner Hand und polterte zu Boden. Dann verlor er das Gleichgewicht und fiel mit dem Gesicht auf die Schreibtischplatte. Einen Moment lang blieb sein Oberkörper still liegen, doch dann zog ihn die Schwerkraft langsam nach unten. Er hinterließ eine blutige Schleifspur auf der weißen Kunststoffplatte, sackte hinter dem Schreibtisch zu Boden und verschwand aus dem Blickfeld der Umstehenden.

In der Tür standen drei Männer. Der Vorderste, ein durchschnittlich aussehender Enddreißiger mit Allerweltsgesicht, ließ gerade die schallgedämpfte Pistole sinken, mit der er geschossen hatte. Die anderen beiden erkannte Volker sofort wieder: Es waren dieselben, die ihn am Morgen auf der U-Bahnstation in seiner Heimatstadt verfolgt hatten: ein jüngerer Mann in leichtem Tweedsakko; daneben ein Älterer mit gelichtetem Haar und dunklem Anzug. Alle drei trugen Waffen.

Hans Degus' Mörder – Volker taufte ihn spontan den »Kassierer«, weil er aussah wie ein durchschnittlicher Bankangestellter – richtete seine Pistole auf Britta.

»Fallen lassen.«

Sie öffnete die Hand; die Waffe mit dem Schalldämpfer polterte auf den Boden. Der Hagere mit der dunklen Stimme, den sie in Schach gehalten hatte, kam sofort auf die Füße, klopfte sich den Staub von der Anzughose und funkelte Britta böse an. Dann hob er seine Waffe auf und gesellte sich zu den anderen dreien.

Der »Kassierer« ließ seine Blicke durch den Raum schweifen. Er verharrte kurz bei dem schmachtlockigen Komparsen in der Ecke, der leise stöhnte, aber offensichtlich immer noch bewusstlos war. Dann bemerkte er Volker und Matthias, die daneben auf dem Boden saßen.

»Aufstehen«, sagte er mit einer schlichten, geschäftsmäßigen Stimme, die hervorragend zu einem Kreditberater gepasst hätte.

Matthias stand auf, hob die Hände und wich zum Fenster zurück.

Volker konnte nicht aufstehen; seine Beine waren wie an den Boden geschweißt. Ihm war klar, dass er wahrscheinlich die letzten Minuten seines Lebens genau an diesem Fleck verbringen würde, wo er gestolpert und hingeschlagen war, unfähig, sich zu rühren.

»Das ist der Mann«, sagte der junge Kraushaarige und deutete auf Volker.

Alle Blicke richteten sich auf ihn.

Habt ihr mich also doch noch erwischt, dachte Volker. Fast wünschte er jetzt, er wäre vor fünf Minuten an seinem Atemnotanfall gestorben. Es wäre ein Sieg für ihn gewesen, eine gelungene Flucht – nun aber gab es keinen Ausweg mehr; die Uhr war abgelaufen, und die Jäger standen im Kreis um das angeschossene Wild. *Fragt sich nur noch, wer mir den Gnadenschuss gibt.*

Jetzt waren draußen Geräusche zu hören: Ein Wagen näherte sich und hielt direkt vor dem Pavillon. Türen klappten; Stimmen näherten sich von rechts. Wieder bellte der Schäferhund.

»Ich bin's«, sagte eine junge, kräftige Stimme. »Alles in Ordnung; ich kümmere mich persönlich darum. Sie können nach Hause gehen.«

»Okay«, antwortete einer der Sicherheitsleute.

Dann tappten Füße im Flur; der Fahrer des soeben angekommenen Wagens näherte sich.

Sicherer Schritt, dachte Volker unwillkürlich. *So geht jemand, der sein Leben lang auf der Gewinnerseite gestanden hat. Würde mich gar nicht wundern, wenn es ein Ex-Kollege von mir wäre.*

Die Männer an der Tür sahen ihn kommen und machten bereitwillig Platz.

Herein trat ein junger Mann, kaum in Volkers Alter, gekleidet in einen sportlich geschnittenen Anzug, der gut und gern seine zehntausend Euro gekostet haben mochte. Der Unbekannte war groß und von athletischer Statur. Er hatte ein tadelloses Idealgesicht, das aussah, als sei es von einem Computerexperten für Werbezwecke gestaltet worden: markantes Kinn, vollippiger Mund, edle Nase, graue Augen. Seine Wangen wirkten wie gepudert; womöglich trug er Make-up. Sein blondes Haar war am Hinterkopf zu einem kurzen Pferdeschwanz geflochten.

»'n Abend«, sagte er lässig.

Er verharrte kurz in der Tür und blickte quer durch den Raum. Dann ging er zum Schreibtisch, beugte sich hinüber und warf einen Blick auf die Leiche des Professors.

»Wie unschön«, seufzte er und wandte sich ab, als sei ihm plötzlich eingefallen, dass er den Anblick von Blut nicht ertragen konnte. »Musste das sein?«

Er tauschte einen Blick mit dem »Kassierer«, der reglos an der Tür stand und keine Miene verzog. Dann musterte er die drei Gefangenen.

»Tja, da wären wir also«, sagte er aufgeräumt, als konstatiere er das vollzählige Erscheinen von Gästen auf einer Party.

Niemand erwiderte etwas. Matthias stand an der Wand und blickte den Unbekannten mit offenem Mund an. Britta musterte ihn forschend, als erinnere er sie an jemanden, den sie schon einmal gesehen hatte. Doch auch sie sagte kein Wort. Die Situation war einfach zu absurd: Degus war vor ihren Augen erschossen worden; an der Tür standen vier bewaffnete Männer, und dieser Mensch spazierte mit einer nervtötenden Gelassenheit über das Schlachtfeld, als handle es sich um eine geschäftliche Verabredung.

Auch Volker war perplex, doch in gewisser Weise weniger überrascht als seine beiden neuen Freunde. Er hatte innerhalb der letzten zwölf Stunden eine Menge über seine Gegner gelernt, und nun musste er feststellen, dass dieser gelackte junge Mann mit den tadellosen Manieren genau seinen Erwartungen entsprach.

»Sie sind sicher Herr Kühn«, wandte sich der Mann an ihn. »Ich bedaure, dass wir uns nicht unter angenehmeren Umständen kennenlernen konnten. Wie ich hörte, waren sie einst ein recht tüchtiger Vertriebsangestellter.«

»Wer sind Sie?«, fragte Britta, die offensichtlich den ersten Schreck verwunden hatte und ihre journalistischen Instinkte wiederfand. »Habe ich Ihr Gesicht nicht schon mal irgendwo gesehen?«

»Das glaube ich kaum, meine Liebe«, sagte der Unbekannte galant. »Und was meinen Namen betrifft, so dürfen Sie mich *Mark* nennen. Wer oder was ich bin, dürfte von geringer Bedeutung für Sie sein.«

»Hören Sie«, schaltete sich nun Matthias ein. »Wir sind Journalisten. Falls Sie vorhaben, uns aus dem Weg zu schaffen, müssen wir Sie warnen.«

Mark winkte ab. »Das lassen Sie ruhig meine Sorge sein. Pochen Sie nicht auf Ihre Immunität als Pressevertreter. Hier auf dem Gelände sind Sie nichts weiter als Einbrecher. Sie haben sich gewaltsam Zugang verschafft; Sie haben zwei unserer Leute niedergeschlagen – und es würde mich gar nicht wundern, wenn Sie auch den armen Professor auf dem Gewissen hätten.«

»Das ist nicht Ihr Ernst!«, fuhr Britta auf. »Sie würden *uns* das anhängen?«

Mark zuckte die Achseln und lächelte. »Nicht, wenn es nicht sein muss. Vielleicht finden wir ja ein Agreement, um solche Verwicklungen zu vermeiden. Jedenfalls ist es unter den gegenwärtigen Umständen auch in Ihrem Interesse, dass die Öffentlichkeit so wenig wie möglich von Ihrem Besuch bei uns erfährt.«

Er zog einen Stuhl von einem der Labortische heran, setzte sich und schlug locker die Beine übereinander.

»Also … stimmen wir unsere Interessen ab. Sie werden mir sagen, was Sie von *mir* wollen, und dann sage ich Ihnen, was ich mir von *Ihnen* wünsche. Einverstanden?«

Die provozierend locker vorgebrachte Einladung schwebte sekundenlang im Raum, bevor Britta die Initiative ergriff und antwortete.

»Zu allererst«, sagte sie, »das Gegenmittel für Herrn Kühn. Der Professor hat gesagt, dass es noch existiert. Und behaupten Sie jetzt nicht, Sie wüssten nicht, wovon ich rede.«

Mark machte eine gönnerhafte Handbewegung zum Zeichen, dass er verstand.

»Haben Sie das Gegenmittel?«, fragte Britta. »Können Sie es holen lassen? In diesem Fall werden wir darüber nachdenken, ob wir darauf verzichten können, eine Story aus der Sache zu machen.«

Mark breitete bedauernd die Hände aus. »Tut mir leid«, sagte er. »Professor Degus war falsch informiert. Der Thrombosehemmer Hämoliquidon B, auf den Sie anspielen, ist niemals in Produktion gegangen. Er wurde lediglich ein einziges Mal für eine Studie vor vielen Jahren hergestellt und nach der Einstellung des Forschungsprojekts vernichtet.«

Britta und Matthias tauschten einen raschen Blick.

»Bedaure«, sagte Mark. »Sie können gern sämtliche Labors auf dem Gelände absuchen und in allen Krankenhäusern der Republik nachforschen lassen. Das Gegenmittel existiert nicht mehr.«

Aus, dachte Volker. *Er sagt die Wahrheit. Damit ist alles gelaufen. Wie konnte ich jemals glauben, dieser irrwitzige Plan enthielte eine reelle Chance? Sie haben das Gegen-*

mittel vernichtet, weil es nicht mehr gebraucht wurde. Sie brauchten nur das Gift ...

Ihm wurde klar, dass er jetzt unausweichlich sterben würde. Doch diese Erkenntnis erzeugte keine Furcht und keine Verzweiflung mehr bei ihm. Vielmehr ging sie augenblicklich in dem dringlichen Verlangen unter, mehr über die Hintergründe der Verschwörung zu erfahren, deren Opfer er geworden war. Gewiss, er würde hier auf dem Boden des Labors langsam verrecken und dann wahrscheinlich irgendwo unauffällig verscharrt werden, doch vorher würde er noch die Gelegenheit nutzen, den selbstgefälligen Menschen, der dort drüben mit übergeschlagenen Beinen auf seinem Stuhl saß, zur Rede zu stellen.

»Warum?«, flüsterte Volker. »Warum muss ich sterben?«

Alle Blicke richteten sich auf ihn. Mark vollführte eine halbe Drehung auf seinem Stuhl, um sich ihm zuzuwenden.

»Oh, was Ihr persönliches Schicksal betrifft, so kenne ich es nicht und möchte mir kein Urteil erlauben«, sagte er leichthin. »Doch ist es unter bestimmten Umständen unvermeidlich, dass der Einzelne Opfer bringt, damit das Ganze überleben kann.«

»Was heißt hier *Opfer* bringen?« Volker stemmte sich auf den Ellbogen hoch. »Sie bringen mich um! In zwei Stunden werden Sie ein Mörder sein!«

Mark wehrte ab. »Sie tun mir zu viel der Ehre an. Ich kenne Sie nicht und habe Ihren Namen heute zum ersten Mal gehört. Ihre Lebensgeschichte ist mir nicht bekannt, und, offen gesagt, sie interessiert mich auch nicht besonders. Ich kann Ihnen versichern, dass die Entscheidung über die Anwendung von Axxidizyn überhaupt nicht von einzelnen Personen getroffen wird, sondern in demokratischer Übereinkunft sachverständiger Experten. Der Einzelne zählt nichts; nur das Urteil der Gemeinschaft.«

»Merkwürdiges Verständnis von Demokratie«, warf Matthias ein.

»Wieso?« Mark zuckte die Achseln. »Demokratie bedeutet Herrschaft der Mehrheit. Es liegt in ihrem Wesen, dass das Kollektiv über den Einzelnen dominiert. Wenn beispielsweise zum Nutzen der Mehrheit eine Umgehungsstraße gebaut werden soll, kann es notwendig sein, ein Haus zu enteignen, das den Baumaßnahmen im Weg steht.«

»Und wenn die Mehrheit es beschließt, dann darf man Minderheiten ausrotten, ja?«, fragte Britta.

»Na, na«, beschwichtigte Mark. »*Ausrotten* – welch ein publizistisches Reizwort! So würde der Zeitungsjargon es vielleicht nennen, der ja gern veraltete ethische Vorstellungen tradiert. Auch wir haben eine Ethik, aber sie ist fortschrittlich und entspricht den gegenwärtigen Anforderungen der internationalen Lage. Unser Ziel ist neues wirtschaftliches Wachstum durch Senkung der Steuern und Sozialabgaben. Wenn die Politik mitspielen würde, könnten wir das auch auf ganz harmlosem und friedlichem Weg erreichen, zum Beispiel durch Kürzung der Sozialleistungen. Glauben Sie mir: Wir haben es jahrelang auf diplomatischem Weg versucht, doch die Politiker haben sich taub gestellt. Schließlich haben wir begonnen, Gleichgesinnte im Gesundheitswesen zu suchen und von unserer Strategie zu überzeugen. Viele waren hocherfreut und sofort bereit, uns zu helfen.«

»Das glaube ich gern«, sagte Volker düster. »Und wer zieht die Fäden? Ist das Ganze eine Initiative von Unternehmern?«

»Keineswegs. Wir vollstrecken den Willen des Volkes. Ich könnte Ihnen eine Liste von Privatleuten zeigen, die unsere Arbeit unterstützen: Es sind nicht bloß Unternehmer dabei, sondern auch Beamte, kleine Selbständige, Handwerker, Büroangestellte, selbst Industriearbeiter. Es ist ein repräsentativer Querschnitt der Gesellschaft. Sie alle verbindet ein gemeinsames Interesse: Sie arbeiten, verdienen Geld und wollen nicht dulden, dass der Staat immer mehr davon einzieht, um es unter Untätigen zu verteilen.«

»Ist das Gesundheitsamt eingeweiht? Das Sozialamt? Die Krankenkassenverbände?«

»Es tut mir leid, aber Sie können nicht ernsthaft erwarten, dass ich Ihnen darauf eine Antwort gebe«, sagte Mark. »Und ich könnte es auch gar nicht. Tatsächlich weiß niemand, wie viele Menschen in welchen Institutionen eingeweiht sind und unsere Arbeit unterstützen. Sicherlich weiß ich einiges mehr als Sie, doch halte ich es nicht für richtig, hemmungslos zu plaudern. Je weniger Sie erfahren, desto eher können wir zu einer Einigung finden, die sich mit Ihrem Überleben vereinbaren lässt.«

Dieser letzte Satz galt eindeutig Matthias und Britta, die sich aus dem Augenwinkel einen raschen Blick zuwarfen. *Will dieser geschniegelte Aal sie tatsächlich laufen lassen?*, dachte Volker.

»Immerhin gelingt es Ihnen offensichtlich, ein tödliches Gift in die Krankenhäuser zu bringen, wahrscheinlich unter falscher Deklaration«, stellte Britta fest. »Daraus kann man doch wohl folgern, dass eine ganze Menge Leute Ihre Aktivitäten decken.«

Mark zuckte die Achseln. »Wie man's nimmt. Sie können es auch umgekehrt auslegen: Aus der Tatsache, dass wir eine andere Deklaration benutzen müssen, können Sie schließen, dass keineswegs jeder unsere Tätigkeit zu schätzen weiß.«

»Verkaufen Sie Axxidizyn auch ins Ausland?«, fragte Britta.

Mark machte eine unbestimmte Handbewegung. »Kein Kommentar. Nächste Frage.«

»Wie viele Menschen sind schon durch Axxidizyn getötet worden?«, fragte Britta.

»Das kann ich Ihnen nicht sagen«, wehrte Mark ab. »Wir

führen keine Statistik. Die Sache ist föderalistisch organisiert; es gibt kein zentrales Planungsbüro, keine Akten, keine Rückmeldungen von den einzelnen Außenstellen.«

»Das genügt mir«, murmelte Volker. »Ich werde also niemals erfahren, wer meine Mörder sind, richtig?«

Mark präsentierte weiterhin sein Gönner-Lächeln. »Von *Mord* würde ich nicht sprechen, Herr Kühn. Mord ist die affektive Privathandlung eines Einzelnen; das definiert auch der Gesetzgeber so. Unser Handeln dagegen ist durch den Willen der Mehrheit legitimiert, ebenso wie die Anwendung der Todesstrafe oder die Anordnung einer militärischen Aktion. Der größte Teil aller Arbeitnehmer in diesem Land, von deren Steuern man Ihresgleichen künstlich am Leben erhält, würde unser Vorgehen prinzipiell billigen.«

»Und wer gibt ausgerechnet Ihnen das Recht, über Leben und Tod zu entscheiden?«, fuhr Volker auf. »Sind Sie der Staat in Person? Haben Sie einen gesellschaftlichen Auftrag?«

»Ach ...« Mark winkte ab. »*Recht ... Auftrag* ... Das ist eine tote Sprache, die Sie da sprechen. Sie müssen sich klarmachen, dass der Staat als Organisationsform menschlichen Daseins ausgespielt hat. Der Staat, das ist ein verknöcherter Dinosaurier, unbeweglich, schwerfällig und veraltet. Erinnern Sie sich noch an die Abschaffung der Unternehmenssteuer vor drei Jahren? Fünfzehn Top-Unternehmen mussten sich zusammentun und mit der Verlagerung ihrer Produktionsstätten ins Ausland drohen, bis Berlin endlich einlenkte. Staatliche Kontrolle über das gesellschaftliche Leben kann einfach nicht zu effizientem Wachstum führen. Das ganze staatliche Verwaltungssystem, Parlament und Gesetzgebung eingeschlossen, ist viel zu unflexibel, um den dynamischen Anforderungen gerecht zu werden, die die globale Wirtschaftsentwicklung an uns stellt. Auch die Gesetze sind veraltet; sie beruhen auf einer vor siebzig Jahren unter völlig anderen Voraussetzungen erlassenen Verfassung – und auf dem Einfluss gutmenschelnder Nörglergruppen, die sich auf ihrem gewohnheitsrechtlichen Altenteil häuslich eingerichtet haben, bei jeder Gelegenheit ihren pseudomoralischen Seich ablassen und alle dringend notwendigen Veränderungen als Verfall der Kultur sabotieren. Der Staat hat ausgedient, sage ich Ihnen. Sehen Sie sich doch die reale Situation an: Die Grenzen öffnen sich; der internationale Konkurrenzkampf erfasst selbst die letzten Winkel. Der Staat hat gar keine andere Wahl mehr, als sich zurückzuziehen und die Kontrolle abzutreten. Recht ist keine Frage von Natur oder Gesetz; es ist eine Geldfrage. Sie muss lauten: Können wir es uns finanziell leisten, dass der Staat Millionen von Arbeitsunfähigen und Arbeitsunwilligen weiter am Leben erhält? Natürlich nicht; es hat nur lange gedauert, bis wir das eingesehen haben.«

Volker schnaufte. »Wenn ich richtig verstehe, wollen Sie mir und Millionen anderen unterstellen, dass wir bloß zu faul zum Arbeiten sind ...«

»Ich möchte nicht über den Einzelfall urteilen«, wehrte Mark ab. »Es geht ums Prinzip.«

»Sie töten aber kein *Prinzip*, sondern mich!«, schrie Volker. »Sie haben selbst gesagt, dass Sie nicht das Geringste über mich wissen! Glauben Sie, ich habe darum gebeten, zum Sozialfall werden zu dürfen?«

»Das kann ich nicht beurteilen, wie gesagt«, sagte Mark, der gelassen dasaß und den Blick auf seine Hände gesenkt hatte, als begutachte er seine sauber manikürten Fingernägel. »Doch ich bin überzeugt, dass die Entscheidungsträger auch in Ihrem Fall gute Gründe für die Anwendung der Axxidizyn-Methode hatten. Meistens wird das Medikament ohnehin nur Schwerkranken verabreicht, die andernfalls noch über Jahre hinweg medizinische Betreuung in Anspruch nehmen müssten – ich nehme an, das trifft auch auf Sie zu.«

Volker verstummte; die selbstzufriedene Seelenruhe seines Gegners lähmte ihn.

»Wir sorgen bloß für Gerechtigkeit«, fuhr Mark fort. »Denn es ist ungerecht, dass ein Teil der Bevölkerung arbeitet und ein anderer Teil, schuldig oder nicht, auf seine Kosten faulenzt. Wir gewährleisten eine gerechte Verteilung der Mittel, eine Verteilung nach Leistung und nicht nach altmodischen Vorstellungen von Menschenwürde. Die Tüchtigen wissen das zu schätzen; die Einzigen, die dagegen anschreien, sind die Schmarotzer, denen es an den Kragen geht – und ihre Lobby, die moralischen Parteien und die ewig jammernden Intellektuellen. Aber wen kümmert es noch, was die sagen? Der berufstätige Bürger weiß, dass wir diesem Land einen Gefallen tun. Wir räumen das Gesindel von den Straßen; wir entlasten die Staatskasse, sodass die Steuern herabgesetzt werden können. Wir bringen Deutschland wieder auf Erfolgskurs. Sagen Sie mal ehrlich: Was würden *Sie* denn mit einem schwerkranken Asozialen tun? Sein erbärmliches Leben noch um ein paar verschwendete Jahre auf Staatskosten auswalzen? Es wäre vielleicht edel, wenn wir all diese Leute bis zum letzten Atemzug pflegen und versorgen könnten, doch ich frage Sie: Wer soll das bezahlen? Bevor Sie mir darauf keine Antwort geben können, haben Sie kein Recht, von Menschenwürde zu reden.«

»Aber auch Sie kann es treffen!«, wandte Britta ein. »Auch Sie können arbeitslos werden oder Ihren Besitz verlieren oder an Krebs erkranken … Aber Sie haben natürlich gut reden, denn Sie müssten wahrscheinlich nicht in eine Sozialwohnung umziehen; Ihre Connections würden Ihnen jederzeit wieder eine gutbezahlte Stelle verschaffen. Ihr Besitz ist vermutlich hoch versichert … und wenn Sie Krebs hätten, könnten Sie Ihre Ärzte privat bezahlen.«

»Eben«, versetzte Mark selbstbewusst. »Ich habe etwas geleistet im Leben, und der Lohn dafür ist, dass ich auch mit Rückschlägen fertig werden könnte. Wer nicht die nötigen geschäftlichen Verbindungen oder das nötige Kapital für einen guten Arzt aufbringen kann, der hat sich eben nicht genug angestrengt im Leben. Gewiss, dies ist ein freies Land, und wer untätig herumhängen will, kann das gerne tun – aber nicht auf unsere Kosten, bitte schön. Menschen wie Herr Kühn kosten jeden von uns Tausende von Euro – auch Sie, Frau Reuschner! Und wenn der Staat seine Gesetze nicht ändert und fortfährt, das Geld der Erfolgreichen einzuziehen und an Parasiten zu verteilen, dann müssen wir eben zur Notwehr greifen und die Parasiten dezimieren. Wir sind sozusagen eine inoffizielle Selbsthilfegruppe, eine Art Bürgerwehr, die beschlossen hat, die Gerechtigkeit wiederherzustellen ...«

»Indem Sie Schwache und Kranke töten ...«, sagte Britta.

»Herr im Himmel; ich hasse diesen moralischen Jargon!« Mark fasste sich an den Kopf. »*Kranke! Schwache!* Wer krank ist, hat auch selbst etwas damit zu tun. Kein Mensch *muss* heutzutage mehr krank werden! Wir haben eine leistungsstarke Pharmaindustrie, eine ständig fortschreitende Gentechnik und eine ausreichende ärztliche Versorgung. Und wer sich einigermaßen anstrengt und folglich das nötige Geld verdient, kann sich diese Versorgung auch leisten. Reden wir doch offen: Wer ungesund lebt, wer raucht oder trinkt, wer sich zu wenig bewegt oder ungesund ernährt, ist selber schuld, wenn er krank wird. Und wenn es einen doch mal erwischt, muss man sich eben zusammenreißen. Ich liege ja auch nicht wegen irgendeiner kleinen Grippe zuhause im Bett; das kann ich mir in meiner Position nicht leisten.«

»Welche Rolle hat Degus bei all dem gespielt?«, fragte Britta. »Warum musste er sterben?«

Mark wechselte das übergeschlagene Bein.

»Sagen wir mal so: Er war einfach zu alt, um echtes Verständnis für unsere Arbeit aufzubringen. Kunnart hat ihn behalten, weil er ein brillianter Biologe und Spezialist auf dem Gebiet der Hämatologie war. An der Axxidizyn-Produktion war er schon seit langem nicht mehr beteiligt; aber er hat natürlich gewusst, was aus seinem Wundermittelchen geworden ist. Wir haben ihm ein faires Angebot gemacht: Erhaltung seines Arbeitsplatzes und eine nette monatliche Summe nebenbei – bis ans Lebensende. Aber leider war er nicht sehr verlässlich. Unter Druck hätte er alles verraten – zumal jetzt, da es Ihnen offenbar gelungen ist, sich unter Ausschluss der Öffentlichkeit an ihn heranzumachen.«

»Das war wohl nicht eingeplant, was?«, fragte Volker sarkastisch.

»Nein, ich gebe zu, Sie haben uns in kürzester Zeit eine Menge Kopfzerbrechen bereitet«, wandte sich Mark an Volker. »Sehr bemerkenswert, Ihre Flucht aus dem Krankenhaus – und auch die Tatsache, dass es Ihnen gelungen ist, die Presse einzuschalten und bis hierher vorzudringen. Wir konnten ja nicht ahnen, dass dieser Andresen oder sonst jemand von der ehemaligen Laborbelegschaft unser kleines Geheimnis entdeckt hat. Doch wie auch immer, eine ernsthafte Gefahr für uns sind Sie zu keinem Zeitpunkt gewesen, Herr Kühn. Sie werden voraussichtlich innerhalb der nächsten Stunde sterben, und damit wird der Fall erledigt sein. Ich hoffe, Sie machen sich keine Illusionen über die Chancen Ihrer Pressefreunde, Sie öffentlich zu rehabilitieren.«

»Was wollen Sie tun?«, fragte Britta. »Werden Sie uns töten?«

»Die Frage ist eher, was *Sie* tun wollen«, konterte Mark. »Überlegen Sie sich sehr genau, was Sie antworten.«

»Hören Sie«, sagte Britta und trat ein paar Schritte auf ihn zu. »Selbst wenn Sie uns erschießen und irgendwo verscharren lassen, werden Ihre Machenschaften irgendwann bekannt werden. Kollegen von uns werden auftauchen und Fragen stellen. Die Öffentlichkeit ...«

»Vergessen Sie die Öffentlichkeit«, fiel Mark ihr unbeeindruckt ins Wort. »Wir haben Verbindungen zu allen Medien; es würde dafür gesorgt werden, dass niemand Ihre Geschichte glaubt. Und selbst wenn es Ihnen gelänge, Gerüchte zu verbreiten und die Lobby der berufsmäßigen Gutmenschen zu aktivieren – was, glauben Sie, würde geschehen? Gut, man würde nachforschen, gewiss auch ein paar Köpfe rollen lassen. Die Politiker würden dieses Unternehmen schließen und laute Reden halten, vom Menschenrecht auf Leben salbadern und Betroffenheit zur Schau stellen – na und? Die Öffentlichkeit steht hinter *uns*, Frau Reuschner, nicht hinter *Ihnen*.«

Britta schüttelte den Kopf.

»Ich weiß nicht genau, wer oder was Sie sind«, sagte sie. »Aber ich behaupte, dass Sie von einem falschen Menschenbild ausgehen. Gut, es stimmt: Viele Menschen missgönnen den Sozialleistungsempfängern ihre Versorgung. Aber ich bin sicher, dass die Mehrheit, auf die Sie sich berufen, Ihre Aktivitäten nicht tolerieren würde. Niemand könnte sich vor Ihrer Euthanasie-Mafia sicher fühlen; niemand würde ohne Angst in ein Krankenhaus gehen ...«

»Umso besser«, sagte Mark mit einem trockenen Auflachen. »Die Fehlzeiten wegen Krankheit verursachen der deutschen Wirtschaft jährlich Gewinneinbußen in Milliardenhöhe.«

Britta musterte ihn kalt.

»Sie sind wahnsinnig«, sagte sie leise. »Man wird Sie und Ihre Genossen lynchen.«

Mark zuckte die Achseln. »Wollen wir wetten? Ich halte

dagegen und behaupte, dass man in drei Jahren die Asozialen lynchen wird, wenn wir unsere Arbeit nicht fortsetzen.«

Britta nickte, als habe sie endgültig begriffen, dass mit ihrem Gegenüber nicht zu reden war.

»Gut«, sagte sie. »Lassen wir es darauf ankommen.«

Mark lehnte sich zurück.

»Heißt das, dass Sie nicht mit uns kooperieren wollen? Überlegen Sie sich diese Entscheidung gut; Sie haben ja noch nicht einmal unser Angebot gehört.«

»Angebot?«, fragte Britta misstrauisch.

Mark faltete die Hände auf den Knien, wohl um zu signalisieren, dass er nun zum eigentlichen Geschäft kommen würde.

»Also: Vergessen Sie die Affäre Kühn. Vergessen Sie, was Sie heute hier gesehen und gehört haben. Gehen Sie in Ihre Redaktion zurück und schreiben Sie hübsch weiter über Lokalangelegenheiten und die neue Frühjahrsdiät.«

Britta stieß ärgerlich die Luft aus. »Über solche Dinge schreibe ich nicht, Herr Wie-auch-immer. Mein Ressort ist zufällig die Arbeits- und Sozialpolitik.«

»Dachte ich mir doch gleich, dass Sie sich nicht übermäßig für Gesundheitsfragen interessieren«, konterte Mark und blickte taktlos an ihrem nicht ganz schlanken Körper herab. »Aber wie dem auch sei – wir bieten Ihnen annehmbare Gegenleistungen.«

Britta schwieg.

»Das Allerwichtigste: Wir lassen Sie leben«, sagte Mark. »Und das nicht nur für den Augenblick. Wir garantieren für Ihre Unversehrtheit, und zwar lebenslang, auch für den Fall, dass Sie vielleicht einmal schwer krank oder arbeitslos werden – Axxidizyn-Behandlung ausgeschlossen. Darüber hinaus können wir unsere Verbindungen für Sie spielen lassen, zum Beispiel, falls Sie sich eine höhere Gehaltsklasse oder einen besseren Job wünschen.« Er machte eine rhetorische Pause. »Und als kleines Dankeschön für Ihre Verschwiegenheit … sagen wir: fünftausend Euro im Monat auf Lebenszeit. Für jeden von Ihnen.«

Er blickte hinüber zu Matthias, der noch immer an Volkers Seite kniete und kaum zuzuhören schien. »Es ist Ihre Entscheidung – Sie haben die Wahl.«

23:15

zeigte die Digitaluhr an der Wand. Einige Sekunden lang herrschte Stille. Niemand rührte sich, die Killer an der Tür eingeschlossen. Mark wartete geduldig, wobei er wieder seine Fingernägel inspizierte. Britta blickte kurz zu Matthias hinüber, dann zu Volker, der in einem fortschreitenden Dämmerzustand am Boden lag und sich kaum noch rühren konnte.

»Vergessen Sie es«, sagte Britta endlich, und ihre sonst so angenehme Stimme war nun kalt wie die Nacht.

Matthias sah auf, musterte den eleganten Unternehmer mit einem Blick, der keinen Zweifel an seiner Meinung ließ, und pflichtete stumm bei.

»In Ordnung«, sagte Mark und erhob sich mit einem Ruck. »In diesem Fall kann ich leider nichts mehr für Sie tun.«

Er wandte sich an den »Kassierer«. »Wir werden die Damen und Herren von der Presse jetzt hinausgeleiten und an einen … sicheren Ort bringen. Bleiben Sie bitte hier und kümmern Sie sich um den armen Professor – und um Herrn Kühn. Wenn er sich die Sache gern ein bisschen erleichtern möchte, dann erfüllen Sie ihm den Wunsch.«

Der »Kassierer« nickte, zog seine Waffe und stellte sich neben Volker.

»Und Sie kommen mit«, wandte sich Mark an Matthias und Britta.

Volker war wie gelähmt. Er fing einen letzten, stummen Blick aus Brittas grünen Augen auf; dann trat einer der Leibwächter hinter sie und stieß sie mit gezückter Waffe in Richtung Tür. Die anderen Männer rissen auch Matthias von seiner Seite.

Warum habt ihr sein Angebot nicht angenommen?, dachte Volker. *Nun dürfen wir nicht einmal gemeinsam sterben. Ich werde hier auf dem Boden verrecken, während dieser fade Bankangestellte mit seiner Kanone neben mir Wache hält und Däumchen dreht, und euch werden sie irgendwohin bringen, wo man euren Tod als Unfall tarnen kann. Was für ein miserables Ende nach all den Anstrengungen …*

Inzwischen war die Eskorte mit ihren Opfern verschwunden. Der Unternehmer ging als Letzter, nicht ohne Volker zuvor noch einen Abschiedsgruß zu gönnen.

»Eigentlich nicht schlecht, was Sie geleistet haben, Herr Kühn«, sagte er generös. »Achthundert Kilometer in zwölf Stunden; ein Teil davon offenbar im Dauerlauf … Sie haben Mut und Kraft. Bedauerlich, dass Sie zum Sozialfall geworden sind; Sie hätten eine Menge leisten können. Wahrscheinlich fehlte Ihnen einfach die notwendige Motivation.«

Tja, das hat meine Exfreundin auch immer gesagt, dachte Volker zynisch.

Mark trat zur Tür. »Ich wünsche einen angenehmen Flug ins himmlische Sozialparadies. Bis dann, Herr Kühn!«

Er drehte sich um und verschwand.

Nun war Volker allein mit dem »Kassierer«, der einen Stuhl herangezogen hatte, sich gemächlich setzte und scheinbar gedankenverloren mit seiner Waffe spielte.

Volker spürte deutlich, dass sich ein neuer Blutpropf aufbaute, diesmal in seinem rechten Bein. Die Wade schwoll an wie ein unförmiger Klumpen, und der Schmerz zog durch den Oberschenkel bis in die Leistenbeuge empor. Dafür war sein Kopf relativ klar; er wusste selbst nicht, warum – offenbar würde es ihm nicht vergönnt sein, einfach wegzudämmern. Er würde bei vollem Bewusstsein sterben.

Pünktlich um null Uhr, genau wie Andresen gesagt hat. Noch eine gute halbe Stunde …

Der »Kassierer« richtete sich plötzlich auf, als hätte er Volkers Gedanken gelesen.

»Wollen wir es kurz und schmerzlos machen?«, fragte er mit einer Stimme, die genauso glatt und uncharakteristisch war wie seine gesamte Erscheinung.

»Was soll das heißen?«, fragte Volker trocken. »Komm schon Junge, beeil dich; ich muss nachher noch aufwischen?«

Ein hässliches Lächeln flog über das Gesicht seines Scharfrichters.

»Ihren Humor möchte ich haben«, sagte er. Dann trat er einen Schritt zurück, hob seine Pistole und zielte auf Volkers Kopf.

Schlagartig verging Volker jegliche Ironie. Er kniff die Augen zusammen; sein ganzer Körper verkrampfte sich. *Es geht ganz schnell*, sagte eine Stimme in seinem Kopf, zu schrill, um ihn wirklich beruhigen zu können. *Ganz schnell. Dauert nur einen Sekundenbruchteil …*

Dann ein Rascheln, ein Knacken, eine plötzliche Bewegung. Instinktiv riss Volker die Augen wieder auf – im selben Moment, als der Schuss losging. Doch was er hörte, war nicht das dumpfe Puffen des Schalldämpfers, sondern ein markerschütternder Knall, und nicht sein eigener Kopf zerplatzte wie eine Wassermelone, sondern die Brust des Mannes, der mit der Waffe im Anschlag über ihm stand. Der Killer erstarrte und blickte ungläubig auf sein blutgetränktes Hemd hinab. Die Kugel hatte offenbar glatt seine Rippen durchschlagen. Er schwankte, die Waffe fiel ihm aus der Hand. Dann sackte er eigentümlich langsam auf die Knie und verharrte einen Augenblick mit geöffnetem Mund. Schließlich kippte sein Oberkörper nach vorn, und er fiel aufs Gesicht und rührte sich nicht mehr.

Volker starrte fassungslos auf Professor Degus, der hinter dem Schreibtisch wieder aufgetaucht war und seinen Revolver in der Hand hielt. Er torkelte und hielt sich an der Tischplatte fest; sein Gesicht war blutüberströmt.

Mein Gott – er hat nur einen Streifschuss abbekommen!

Volker begriff: Die Kugel hatte lediglich eine Schläfenader aufgerissen, und der starke Blutstrom ließ die Sache schlimmer aussehen, als sie war. Degus mochte eine Gehirnerschütterung erlitten und wahrscheinlich schon längere Zeit ohnmächtig hinter dem Schreibtisch gelegen haben, doch lebensbedrohlich war seine Verletzung nicht.

Schwankend umrundete der Professor den Tisch, die Waffe immer noch in der Hand, und warf einen Blick auf den Killer, der reglos am Boden lag. Dann kam er zu Volker herüber.

Im nächsten Moment drangen entfernte Geräusche herein: laute Rufe, Schreie, Schläge. Sie schienen von der Straße her zu kommen. Degus fuhr auf und starrte zur offenen Tür hinüber. Schritte näherten sich.

»Nehmen Sie seine Waffe«, zischte der Professor und deutete auf den Toten, der immer noch seine schallgedämpfte Pistole umklammerte.

Volker entwand dem »Kassierer« die Waffe, rollte sich herum und richtete sie auf die Tür. Degus kroch hinter einen der Labortische.

»Hollmann!«, rief eine Stimme von draußen. »Kommen Sie raus! Es gibt Probleme!«

Die zerschossene Tür des Pavillons wurde aufgerissen; Schritte hasteten über den Flur. Volker hob die Pistole.

In der Tür erschien einer der Leibwächter, die vor kaum

fünf Minuten Britta und Matthias abgeführt hatten. Er stutzte und blickte suchend durch den Raum. »Hollmann?«

Dann fiel sein Blick auf den Boden, und er sah die Leiche seines Kollegen. Sein Unterkiefer klappte herunter.

»Was …?«

»Fallen lassen«, sagte Volker und zielte auf die Brust des Mannes. Der Anzugträger verharrte einen Moment regungslos, dann riss er plötzlich die Waffe hoch.

Volker drückte ab – instinktiv und ohne zu überlegen, einen Sekundenbruchteil früher als sein Gegner. Der Mann schrie auf, prallte gegen den Türrahmen und ging zu Boden; das Geschoss hatte seinen rechten Oberarm getroffen.

»Achtung! Da kommt noch einer!«, rief Degus.

Es war der jüngere Mann mit dem Tweedsakko. Auch er rannte, schien jedoch schneller erfasst zu haben, was vor sich ging. Sofort ging er hinter dem Türrahmen in Deckung, brachte seine Pistole in Anschlag und feuerte quer durch den Raum.

Volker rollte zur Seite und versuchte, hinter dem Schreibtisch in Deckung zu gehen. Seine geschwollenen Beine behinderten ihn, aber er kam aus der Schusslinie. Der Killer feuerte ohne Besinnung: Stühle und Arbeitsplatten zersprangen; Reagenzgläser platzten und ergossen ihren vielfarbigen Inhalt über den Boden. Die Computerbildschirme wurden durchlöchert, und ein großer Glasballon zerbarst in tausend spritzende Scherben.

Plötzlich tauchte eine schattenhafte Gestalt hinter dem Schützen auf; ein dunkler Gegenstand wurde erhoben und fuhr auf seinen Kopf nieder. Der Mann taumelte, drehte sich um sich selbst und sackte bewusstlos zusammen. Noch im Fallen zog er ein letztes Mal reflexartig den Abzug durch, die Kugel ging zur Seite – und traf seinen Komplizen, der sich eben hochzurappeln versuchte, in Brusthöhe. Beide Männer stürzten zu Boden.

Volker traute seinen Augen kaum: Hinter ihnen stand Britta, keuchend und außer Atem, mit einem kurzen Eisenrohr in der Hand.

»Volker?« Ihre Augen trafen sich. Im nächsten Moment lugte auch Degus über den Tisch, hinter dem er Deckung bezogen hatte.

»*Professor*?« Britta starrte ihn entgeistert an.

»Ich bin in Ordnung!«, sagte Degus. »Schnell, nehmen Sie sich eine Waffe!«

Britta bückte sich, entwaffnete die beiden Leibwächter an der Tür und kam zu ihnen herübergelaufen. Zu dritt verschanzten sie sich hinter dem schweren Schreibtisch.

»Ich dachte schon, ich würde Sie nie wiedersehen«, flüsterte Volker und genoss das Gefühl ihrer Nähe – sie hatte sich dicht an ihn herangedrängt, er konnte ihre Wärme und sogar ihren raschen Pulsschlag spüren.

Britta schenkte ihm ein grimmiges Lächeln. »Das beruht auf Gegenseitigkeit. Sie sind ein zäher Brocken, Volker. Halten Sie noch ein paar Minuten durch.«

»Was ist passiert?«

»Die Ghetto-Kids«, sagte Britta. »Einer der Killer hat ihren Anführer geschlagen – vorhin, als sie am Zaun Radau machten. Offenbar haben sie beschlossen, Rache zu nehmen. Als die Kerle uns hinausführten und dieser ›Mark‹ in seinem Cabrio abbrauste, haben die Jungs schon auf sie gewartet: zwölf Mann mit Schlagringen und Baseballschlägern. Sie sind plötzlich aus dem Schatten des Wartehäuschens hervorgestürmt und haben sich die Männer vorgenommen. Die kamen gar nicht erst dazu, ihre Knarren zu ziehen; sie wurden regelrecht überrumpelt. Einer der Killer ist abgehauen, ein anderer wurde niedergeschlagen … da draußen läuft die reinste Straßenschlacht.«

»Wo ist Matthias?«

»Der mischt kräftig mit. Sobald er die Kids kommen sah,

hat er einen von ihnen umgerannt und ist ausgebrochen. Die Kids beschützen ihn; schließlich kennen sie ihn als spendablen Geldgeber. Selbst mir haben sie dieses Schlagrohr in die Hand gedrückt.«

Wieder näherten sich hastige Schritte. Volker und Britta brachten ihre Waffen in Anschlag und spähten über die Schreibtischplatte zur Tür.

»Nicht schießen – wir sind's!«

Es war Matthias. Er kam durch den Flur, gefolgt von dem rastagelockten Afrikaner.

»Britta!«

Sie flankte über den Schreibtisch, lief auf ihn zu und fiel ihm vor Erleichterung in die Arme.

Der Schwarze, der eine kleine Platzwunde am Kopf hatte und einen Baseballschläger in der Hand trug, ging ungerührt auf Professor Degus zu, der sich erschrocken in eine Ecke drückte.

»Der auch?«, fragte er mit einem Blick über die Schulter.

»Nein, er gehört zu uns!«, wehrte Matthias schnell ab.

Der Schwarze schenkte dem Professor, der mit schützend gekreuzten Armen an der Wand kauerte, ein gönnerhaftes Lächeln und setzte seinen Baseballschläger ab.

»Na, Chef?«, fragte er, an Matthias gewandt. »Was lässt du diesmal springen?«

Matthias rieb sich stöhnend eine Beule an der Schläfe. »Was immer ihr wollt«, sagte er. »Das war Rettung in letzter Sekunde.«

Zwei weitere Schwarze erschienen an der Tür, hochgewachsene Kerle mit Jeanswesten über den nackten Oberkörpern. Sie schleiften einen unbekannten Mann herbei, der sich heftig wehrte und ihnen zu entkommen versuchte. Als er jedoch das Chaos im Raum erblickte, erbleichte er und hielt still.

»Carsten!«, rief Professor Degus. »Gott sei Dank!«

»Hans – um Himmels willen!« Der Angeredete, ein etwa fünfzigjähriger, kahlköpfiger Mann mit einer schweren Aktentasche, starrte in das blutverschmierte Gesicht des Professors. »Was ist passiert? Wer sind diese Leute, Hans?«

»Die Typen draußen sind alle k. o.«, informierte einer der beiden Schwarzen seinen Anführer. »Und der hier kam eben die Straße rauf und wollte auf das Gelände.«

»Bitte lassen Sie ihn los!«, rief Degus. »Er ist ein Freund von mir.«

Der Anführer der Jugendlichen bedeutete seinen Mitstreitern, den Mann freizugeben. Dieser bemerkte die beiden leblosen Körper vor seinen Füßen und ging mit dem Instinkt eines Arztes in die Knie, um ihren Puls zu fühlen.

»Wir hauen jetzt besser ab«, wandte sich der Ghetto-King an Matthias. »Bestimmt sind die Bullen auf dem Weg ...«

Matthias nickte. »Gibt es Verletzte bei euch?«

»Nichts Ernstes«, sagte einer der beiden Schwarzen an der Tür stoisch, obwohl jeder sehen konnte, dass er einen gebrochenen Finger hatte.

»Geht ein paar Straßen weiter und ruft einen Krankenwagen«, sagte Matthias. »Denkt euch irgendeine Geschichte aus ... Hier, ihr könnt mein Handy mitnehmen.« Er zückte das Mobiltelefon und nach kurzer Überlegung auch seine Visitenkarte. »Über eure Belohnung reden wir in den nächsten Tagen. Ruft einfach diese Nummer an und fragt nach Matthias.«

Der Ghetto-King sah ihm sekundenlang ins Gesicht und nickte schließlich. Er nahm die Visitenkarte und das Handy, winkte seinen Gefolgsleuten und verschwand ohne jedes weitere Wort.

Volker spürte, wie sein Bewusstsein schwand. Eine Zeit lang hatten Schmerz, Todesangst und das Adrenalin ihn auf Trab gehalten; nun aber schien sein Körper schlagartig alle

Anstrengungen der letzten Stunden zu registrieren. Sein Blickfeld trübte sich ein; es war, als würden sich schwarze Scheuklappen langsam von beiden Seiten über seine Augen schieben. Die Lähmung in seinen Beinen kroch erneut ein Stück höher, ohne dass der Schmerz in seinen Waden nachließ. Gleichzeitig begann seine linke Körperhälfte unangenehm zu kribbeln. Er wollte etwas sagen, brachte aber nur noch ein unartikuliertes Stöhnen hervor.

»Schnell!«, rief Professor Degus und winkte seinem Kollegen. »Kümmere dich bitte zuerst um den Mann hier ...«

»Aber ...«

»Vertrau mir, Carsten, wie ich dir vertraut habe! Hast du die Ampulle?«

Der Mann nickte verwirrt, ließ sich zwischen Volker und dem Professor zu Boden, klappte seinen Aktenkoffer auf und entnahm ihm einen Plastikbehälter, in dem sich ein Glasröhrchen mit einer bläulichen Flüssigkeit befand.

»Was ist das?« Matthias trat ebenfalls herbei und kniete sich an Volkers Seite.

»Hämoliquidon B«, sagte Degus. »Ein spezieller Thrombozytenblocker ... neutralisiert Axxidizyn und verdünnt das Blut.«

»Das Gegenmittel?«, fragte Britta ungläubig.

Der Professor nickte. »Ein sogenanntes spezifisches Antidot.«

»Was für ein Antidot?«, fragte der Mann namens Carsten und sah erstaunt auf.

»Ich erkläre es dir später«, sagte Degus und deutete auf die offenstehende Tür zu seiner Rechten. »Hol dir ein Spritzbesteck von nebenan und zieh zehn Milliliter auf.«

Der Mann starrte ihn verständnislos an, schien jedoch zu begreifen, dass Degus es ernst meinte und Eile geboten war. Er stand auf, ging zur Tür und verschwand im Nebenraum.

Volker nahm all dies nur noch wie durch einen Nebel zur Kenntnis. Er lag auf dem Boden seitlich hinter dem Schreibtisch, den Oberkörper aufrecht an die Wand gelehnt, und spürte undeutlich, dass Britta an seiner Seite war und seine Hand hielt.

»Sind Sie noch bei uns, Volker?«, drang ihre Stimme wie von fern an sein Ohr. Er nickte schwach – selbst diese Bewegung fiel ihm schwer; sein Kopf schien Zentner zu wiegen. Auf der anderen Seite, zur Linken, hörte er Matthias' Stimme.

»Wer ist dieser Mann? War er es, den Sie vorhin angerufen haben?«

Stille – offenbar nickte Degus. »Ich kenne ihn seit zwanzig Jahren. Er ist Anästhesist im Universitätsklinikum Eppendorf. Er hat das Gegenmittel dort für mich aufbewahrt, ohne zu wissen, was es ist.«

»Aber dieser geschniegelte Kerl vorhin sagte doch, es sei vernichtet worden!«, schaltete sich Britta ein.

»Ist es auch«, sagte Degus. »Aber ich hatte die Formel noch im Kopf; schließlich habe ich es damals selbst entwickelt. Ich habe es heimlich neu synthetisiert und Carsten die Ampulle zur Aufbewahrung gegeben. Ich sagte ihm nur: Verstau das in der Uniklinik im Kühlfach; eines Tages werde ich dich vielleicht anrufen und dich bitten, es mir zu bringen – dann verlier keine Zeit, sondern komm sofort ... und stell keine weiteren Fragen.«

»Aber warum?«, fragte Matthias.

Eine kurze Pause entstand; derweil trat der Arzt wieder zu ihnen, eine gefüllte Spritze in der Hand.

»Ganz normal in die Armvene«, sagte Degus. »Schnell ...«

Und während der verwirrte Mann seiner Bitte nachkam und Volkers Ärmel hochschob, sprach der Professor weiter.

»Eine reine Vorsichtsmaßnahme«, kam er auf Matthias' Frage zurück. »Ich kam damals ziemlich schnell dahinter, was aus meinem Hämophilie-Medikament geworden war. Es wurde unter anderem Namen weiterproduziert. Alle Akten und alles Material aus der ursprünglichen Testphase wurden vernichtet, und das Projekt wurde an eine andere Abteilung weitergegeben ... aber das wissen Sie wahrscheinlich schon.«

Der Arzt, der eben die Spritze ansetzte, sah erschrocken auf – offenbar hatte Degus selbst diesem guten Freund nie verraten, dass die Arzneimittelfirma, für die er arbeitete, in Wahrheit ein Giftlabor war.

»Kunnart wusste, dass ich es wusste«, fuhr Degus ungerührt fort, »und stellte mich vor die Alternative: schweigen oder sterben. Er brauchte mich, denn ich war sein fähigster Mann auf dem Gebiet der Hämatologie. Er bot mir vierzigtausend im Monat ... Schweigegeld.«

Stille. Volker fühlte, dass der Arzt die Nadel ansetzte und das Antidot in seine Armvene eindrang.

»Was hätte ich denn tun sollen?«, flüsterte Degus mit bebender Stimme. »Die neuen Manager, die Kunnart angeheuert hatte, schreckten vor nichts zurück. Die ganze Firma war eine Art Waffenlager geworden, bewacht wie ein Hochsicherheitsgefängnis. Fast alle Angestellten wurden ausgetauscht, und man schleuste neue Leute ein, schweigsame Duckmäuser und Apparatschiks, die alles und jeden mit Argusaugen überwachen. Aber ich wollte meinen Job nicht verlieren, verstehen Sie? Ich war damals bereits über vierzig; kein Mensch hätte mir eine neue Stelle gegeben. Arbeitslosigkeit ist das Schlimmste, was es heutzutage gibt, besonders für einen älteren Menschen. Man hätte mich auf die Straße gesetzt und verhungern lassen ...«

Volkers Augenlider flatterten – seine Wahrnehmungen begannen undeutlich zu werden.

»Ich konnte nicht zur Polizei gehen«, fuhr Degus fort, nun beinahe den Tränen nahe. »Die Organisation hatte längst Kontaktpersonen bei den Behörden … Sie haben gedroht, auch meine Tochter zu töten, wenn ich rede …«

»Schon gut«, sagte Matthias neben ihm beruhigend. »Ich glaube nicht, dass Sie etwas zu befürchten haben, wenn die Sache durch die Medien geht. Sie hatten keine Wahl – und dass Sie sich letztlich entschlossen haben, uns zu helfen und Volkers Leben zu retten, wird man Ihnen bestimmt zugutehalten.«

»Ich bin nicht sicher, ob es sein Leben retten wird«, flüsterte Degus. »Die Wirkung des Gifts ist schon sehr weit fortgeschritten, und das Gegenmittel wurde bislang nur Blutern verabreicht. Außerdem lagert es schon seit fünfzehn Jahren in Eppendorf. Ich habe es dort verwahren lassen, weil ich jeden Tag fürchtete, dass man meine Mitwisserschaft als unkalkulierbares Risiko einstufen und mich beseitigen würde …«

»Dann haben Sie das Gegenmittel also für sich selbst aufbewahrt?«

Degus atmete schwer. »Ja. Ich ahnte, dass sie mich eines Tages aus dem Weg räumen würden. Herzinfarkt, Schlaganfall – eine unverdächtige Todesursache bei einem alten Mann. Ich war sicher, dass sie Axxidizyn benutzen würden. Ein paar Milligramm im Kantinenkaffee hätten genügt. Doch sie wussten nicht, dass man den Beginn der Wirkung erkennen kann: An einem bestimmten Hautausschlag auf der Stirn. Ich hätte zwölf Stunden Zeit gehabt, um Carsten anzurufen und mir das Gegenmittel bringen zu lassen … und dann hätte ich versucht, irgendwie unterzutauchen. Wahrscheinlich wäre ich für den Rest meines Lebens auf der Flucht gewesen.«

»Dazu wird es nicht kommen«, unterbrach Britta. »Ich werde jetzt die Polizei rufen – und einen Krankenwagen.«

»Nein!«, fuhr Degus auf. »Wählen Sie nicht den üblichen Notruf, auf keinen Fall! Rufen Sie die Privatklinik Delvenau an und bestellen sie einen Rettungswagen; die Leute dort sind sauber. Bis dahin kann sich Carsten um unsere Verletzungen kümmern. Die Nummer steht im Adressbuch dort auf dem Schreibtisch.«

»In Ordnung«, sagte Britta und griff zum Telefon.

Dies war das Letzte, was Volker hörte, bevor er endgültig das Bewusstsein verlor.

23:42

Die Zeit, die zwölf Stunden lang so unerbittlich gerast war, blieb stehen.

Volker versank in einen tiefen, bleiernen Schlaf. Seine Gedanken und Empfindungen schienen zu erstarren wie gefrierendes Wasser. Sein gelähmter Körper brach die Verbindung zu seinem Gehirn ab, und er schwebte hinaus in eine fremde, dunkle Welt jenseits aller Vorstellung. Zunächst zuckten noch Lichtblitze in der Schwärze; diffuse Wahrnehmungen drangen wie irrlichternde Schemen und Schatten durch dichten Nebel, Berührungen, Geräusche, Worte ohne Bedeutung und Zusammenhang. Dann hörte auch das auf, und die Dunkelheit verschluckte die letzten versprengten Splitter der äußeren Welt.

Vollkommene Leere umgab ihn, scheinbar für endlose Zeit. Es mochten Stunden, Tage oder auch Jahre vergehen. Dann irgendwann lösten sich geometrische Muster aus dem konturlosen Dunkel: Waben, Netze und Gitter; er flog durch sie hindurch wie durch körperlose Membranen. Ganz am Ende tauchte ein winziger Lichtpunkt auf wie der ferne Eingang eines Tunnels. Der Punkt wurde größer, kam näher, verbreiterte sich zu einem blendenden Strahlenkreis.

Es ist tatsächlich ein Tunnel ... und an seinem Ende ist Licht ... weißes Licht ... etwa die Sonne im fernen Land Nod?

Volkers Gedanken waren wieder da; lediglich seinen Körper konnte er weder sehen noch spüren. Es schien ihm, dass er wirklich am Eingang dieses Tunnels stand, obwohl seine Füße nicht den Boden berührten und er in die blendende Korona blicken konnte, ohne zu blinzeln. Er fühlte nichts außer einer großen, allumfassenden Traurigkeit ... doch sie ging unter in dem Verlangen, den Tunnel zu durchschreiten und sich mit dem Licht zu vereinigen.

Geh hinein, dann ist alles vorbei.

Ihm schien, dass er zögernd ein paar Schritte tat. Offenbar waren seine unsichtbaren Beine nicht so gelähmt wie seine wirklichen; er stellte fest, dass er sie mühelos bewegen konnte.

Geh hinein.

Die gestaltlosen Wände des Tunnels glitten an ihm vorbei, doch der weiße Strahlenkreis an seinem Ende kam nicht näher. Volker hielt inne.

Was hält mich zurück?, fragte er sich selbst.

Als hätte die Frage sein Erinnerungsvermögen wiedererweckt, rauschten plötzlich Bilder an ihm vorbei, unzusammenhängend, aber erstaunlich deutlich: Bilder aus seiner Kindheit, Bilder von seiner früh verstorbenen Mutter, von seinem Vater, wie er an ihrem Grab stand und den kleinen Volker neben sich an der Hand führte ... eine Jugendliebe, ein schüchterner Kuss, ein Schulabschlussfest mit Musik und rauschenden Ballkleidern ... Gesine, wie sie eine Kandinsky-Reproduktion an die Wand hängte; Gesine ihm gegenüber im Restaurant; Gesine neben ihm im Bett beim

Sonntagsfrühstück ... dann schwarzes Wasser auf der Elbe; in der Ferne das gespenstische, grotesk verlangsamte Geräusch eines rotierenden Hubschrauberflügels, der sich in Zeitlupe dreht, ein pulsierender Hauch wie der hörbare Schlag eines riesigen Herzens ... Dann Britta: ihr ernstes Gesicht von der Seite, das sich plötzlich dem Betrachter zuwendet und ein Lächeln zeigt; blitzende grüne Augen, tanzende Stirnfransen, kleine Grübchen um den Mund.

Volker verharrte.

Ich bleibe, sagte er plötzlich, ohne zu wissen, mit wem er sprach. *Ich bin noch nicht fertig.*

Augenblicklich glitt er rückwärts wie auf unsichtbaren Schienen. Der Lichtkranz am Ende des Tunnels wich zurück, entfernte sich und verlosch. Es wurde dunkel; wieder flogen Gitternetze in der Schwärze vorbei; es war, als ließe man einen Film rückwärts ablaufen. Volker schwebte durch die Leere wie ein Komet durch ein sternloses Weltall; er spürte deutlich die Bewegung, obwohl nichts in seiner Umgebung sich merklich veränderte. Irgendwann lähmte die Dunkelheit sein Denken, und er wusste nichts mehr.

Eine lange Zeit verging.

EPILOG

15:02

»Können Sie mich hören?«

Die Stimme drang wie durch tiefes Wasser zu ihm herab. Zuerst ging sie unter im Rauschen des Ozeans – dann jedoch fühlte Volker, dass er langsam emporgetragen wurde und sich der Oberfläche näherte.

»Wenn Sie mich hören, aber nicht sprechen können, dann versuchen Sie bitte, die Augen zu öffnen.«

Das Wasser wurde klarer. Licht drang hindurch, ein blasser Schimmer auf seinen geschlossenen Lidern.

»Können Sie die Augen öffnen?«

Er durchstieß die Oberfläche und blinzelte. Blendendes weißes Licht umgab ihn.

Mein Gott ... bin ich doch in das Licht gegangen? Bin ich im Lande Nod?

Doch nein, dies war nicht die fremdartige, gleißende Korona, die er in seinem Traum gesehen hatte. Seine Augen gewöhnten sich allmählich an die Helligkeit, und er stellte fest, dass es normales Tageslicht war.

Etwas Dunkles erschien in seinem Blickfeld. Zunächst war es nicht mehr als ein knollenförmiger Schatten. Dann jedoch gewann der Fleck Konturen, und ein menschliches Gesicht schälte sich heraus.

»Können Sie mich sehen?«, fragte die Stimme.

Volker gelang es, schwach zu nicken. Tatsächlich verdichteten sich die Konturen nun zum Gesicht eines Mannes, der sich über ihn beugte und mit dem Daumen sein rechtes Augenlid herabzog, um mit einer kleinen Lampe hineinzuleuchten.

»Prima. Können Sie auch sprechen?«

Volker versuchte es, doch seine Lippen waren taub, und seine Zunge fühlte sich an wie ein dicker Klumpen.

»Wie heißen Sie?«, fragte der Mann.

»W-Wolker Chün …«, flüsterte Volker. Die Konsonanten bereiteten ihm Schwierigkeiten.

»Kühn?«, fragte der Arzt, während er sich aus seinem Blickfeld zurückzog.

»Kühn«, brachte Volker zunehmend sicherer hervor. »Volker Kühn.«

Er drehte den Kopf und stellte fest, dass er in einem Krankenhausbett lag, in einem kleinen Raum mit Fenster, durch das der warme Schein der Nachmittagssonne hereinfiel. Neben dem Bett waren verschiedene Apparaturen aufgebaut. An einem mannshohen Gestell hing ein Plastikbeutel mit einer farblosen Flüssigkeit, von dem aus ein schmaler Schlauch zu seinem Arm führte. Neben dem Bett stand der Mann, der ihn angeredet hatte: augenscheinlich ein Arzt; er trug den üblichen schmucklosen Kittel und ein Stethoskop um den Hals.

Volker erschrak, und innerhalb von Sekunden war er hellwach. Sein Unterbewusstsein war inzwischen hinlänglich darauf programmiert, Ärzte zu fürchten und das Interieur eines Krankenhauses als tödliche Bedrohung zu empfinden. Er stützte die Ellbogen auf und stemmte sich hoch.

»Na wunderbar; Sie können sich ja schon wieder bewegen«, sagte der Arzt freundlich.

Volker starrte ihn misstrauisch an. »Wer sind Sie?«

»Ich bin Doktor Warnke, Ihr behandelnder Arzt. Sie befinden sich in der Klinik Delvenau.«

Der Name weckte eine schwache Erinnerung ... und plötzlich kehrte Volkers Gedächtnis zurück. Er erinnerte sich an alles: an die Geschehnisse des vergangenen Tages, an sein Wegdämmern auf dem Fußboden des Labors, an Professor Degus' letzte Worte.

»Privatklinik Delvenau ... die Leute dort sind sauber.«

»Ganz ruhig«, sagte der Arzt und beugte sich zu ihm hinunter. »Versuchen Sie mal bitte, meine Hand zu nehmen.«

Volker entspannte sich ein wenig. Er streckte die Hand aus und ergriff die des Arztes, die unter dem weißen Ärmel hervorragte.

»Sehr schön. Drücken Sie mal zu.«

Volker tat es.

»Und die andere Hand.«

Habe ich es etwa überstanden? Bin ich in Sicherheit?

»Sehr schön. Und nun heben Sie bitte mal die Arme.«

Ich lebe ... ich bin unversehrt ... wie ist das möglich?

»Ausgezeichnet.«

Volker starrte in das ruhige, ernste Gesicht des Arztes. Er begann zu begreifen, dass er tatsächlich in Sicherheit war. Und plötzlich fiel die Anspannung so unvermittelt von ihm ab, dass seine Arme schwach wurden und er hilflos ins Kissen zurücksank.

»Was ist passiert?«, fragte er.

»Machen Sie sich keine Sorgen. Sie haben einen ganzen Tag lang im Koma gelegen. Es ist drei Uhr nachmittags am Sonntag.«

»Sonntag ...?« Volker erschrak.

»Aber jetzt haben Sie's überstanden«, sagte der Arzt. »Können Sie Ihre Füße bewegen?«

»Ich denke schon ...«

»Heben Sie mal das rechte Bein ...«

Es ging ohne Mühe. Volker hatte schon kaum mehr gewusst, wie es sich anfühlte, ein gesundes Bein zu haben. Die

Schwellung war zurückgegangen ebenso wie das Schweregefühl; seine Muskeln gehorchten ihm, als wäre es nie anders gewesen.

»... und das linke.«

Ebenfalls mühelos.

»Wunderbar«, sagte der Arzt und setzte sich auf einen Stuhl neben dem Bett.

»Wie ist die Lage?«, fragte Volker.

»Sie hatten mehrere tiefliegende Thrombosen, außerdem eine partielle Beeinträchtigung der Lungenfunktion, wahrscheinlich durch einen embolischen Vorfall. Kurz: Es war ziemlich ernst. Wir mussten sie künstlich beatmen. Nach einiger Zeit aber haben sich sämtliche Thromben plötzlich von selbst aufgelöst.« Er breitete hilflos die Arme aus. »Eigenartige Sache. Um die Wahrheit zu sagen: So etwas habe ich noch nicht gesehen.«

»Und jetzt ... bin ich wieder in Ordnung?«

Der Arzt stülpte die Lippen vor und nickte bedächtig. »Soweit ich sehe, ja. Wir behandeln Sie trotzdem prophylaktisch – das heißt, Sie bekommen blutverflüssigende Medikamente, bis wir sicher sind, dass alles in Ordnung ist.« Der Arzt erhob sich. »Also, machen Sie sich keine Sorgen; im Moment sieht alles gut aus.« Er ging zur Tür. »Sie haben übrigens Besuch!«

Er öffnete die Tür, winkte irgendjemandem draußen auf dem Gang und verschwand.

Ein Polizist erschien an der Tür – was hatte das zu bedeuten? – und eskortierte zwei weitere Besucher herein.

»Britta!«, flüsterte Volker, als er die rostrote Haarmähne sah.

»Volker – Gott sei Dank!« Sie trat zum Bett und drückte ihm impulsiv die Hand; ihre grünen Augen strahlten. Neben ihr erschien Matthias, ein überraschtes Lächeln im Gesicht.

Der Polizist zog sich wieder auf den Gang zurück und schloss die Tür von außen.

Und so traf Volker seine beiden Mitstreiter wieder. Eine Zeit lang tat er nichts weiter, als ihre Hände zu drücken und ihre besorgten Fragen mit einem erschöpften Lächeln zu quittieren. Er war zu aufgewühlt, um lange Erklärungen abzugeben.

»Wie bin ich hierhergekommen?«, fragte er schließlich. »Und was ist mit euch passiert? Ich kann mich an nichts mehr erinnern ...«

»Wir hatten Glück«, sagte Matthias. »Wir hatten natürlich Angst, dass die Kunnart-Leute nicht aufgeben, sondern Verstärkung schicken würden. Trotzdem hatten wir keine andere Wahl, als in dem Pavillon zu bleiben, denn wir konnten Sie ja nicht allein lassen. Carsten Böhnke – der Arzt, der das Gegenmittel brachte – hat sich um Degus und auch um einen der Killer gekümmert, der eine böse Kopfwunde hatte. Währenddessen rief Britta eine Kollegin an und erzählte so kurz wie möglich unsere Geschichte. Sie schlug ein wie eine Bombe: Die Kollegin hat sogar unseren Chefredakteur mitten in der Nacht alarmiert.«

»*Was für ein Wahnsinn*. Nichts weiter, nur diese vier Worte hat er gesagt«, übernahm Britta. »Er war sofort bereit, die Sache noch in die Wochenendausgabe zu bringen.«

»Dann erst haben wir die Polizei gerufen«, nahm Matthias den Faden wieder auf. »Sie traf gleichzeitig mit dem Rettungswagen ein. Das war vielleicht ein Chaos: Sie führten sich auf, als wären wir Terroristen. Wir wurden allesamt auf der Stelle verhaftet, auch Professor Degus und die bewusstlosen Killer. Selbst Sie, Volker, wollte man mitnehmen, schließlich wurde ja inzwischen bundesweit nach Ihnen gefahndet. Gott sei Dank konnten Degus und sein Freund Böhnke den Notarzt überzeugen, dass Sie zwischen

Leben und Tod schwebten und augenblicklich in ein Krankenhaus mussten.«

»Und Sie wurden festgenommen?« Volker konnte es kaum glauben.

»Vorübergehend«, sagte Britta. »Im Grunde war uns das nur recht, denn es bewies, dass wir es mit einfachen Streifenpolizisten zu tun hatten, die von den tatsächlichen Zusammenhängen nichts ahnten. Es hätte weitaus schlimmer kommen können, wenn die Axxidizyn-Mafia Verbindungsmänner bei der Polizei gehabt hätte.«

»Aber wie es scheint«, fuhr Matthias fort, »ist die Polizei so ziemlich die einzige Behörde, mit der die Verschwörer nicht zusammenarbeiten. Am Ende tat man nichts weiter, als uns stundenlang zu verhören; offenbar gab einer nach dem anderen die Sache an den jeweils Ranghöheren weiter.«

»Das Wichtigste aber war, dass wir telefonieren durften«, sagte Britta. »Und dieses Recht haben wir ausgiebig genutzt. Unser Chefredakteur hat uns innerhalb weniger Stunden einen Anwalt besorgt – und er hat es tatsächlich noch geschafft, einen Artikel in die Wochenendausgabe zu setzen. Tja, und das war die Rettung.«

»Die Rettung?« Volker verstand nicht. »Wieso?«

»Er hat die Sache in drastischer Form als Titelaufmacher herausgebracht«, erklärte Matthias. »*Euthanasie in deutschen Krankenhäusern – Lässt illegale Organisation planmäßig Arbeitslose ermorden*? Stellen Sie sich die Schlagzeile vor! Gewiss, nicht jeder liest Zeitung, und bestimmt haben neunzig Prozent der Leser die Geschichte nicht geglaubt ...«

»Aber die übrigen zehn Prozent haben genügend Krawall gemacht«, sagte Britta. »Wir haben das erst später erfahren, weil wir bis zum Mittag bei der Polizei waren. Inzwischen steht das ganze Land Kopf. Es begann damit, dass die Redaktion mit entsetzten Anrufen von Lesern überschwemmt wurde. Gegen halb neun schließlich hat ein Radiosender unsere Meldung in die Nachrichten eingebaut. Natürlich wurde die Geschichte vorsichtig erzählt und mit rhetorischen Vorbehalten gespickt. Aber gegen Mittag hat dann ein Kabelsender das Thema aufgegriffen, und die dortigen Redakteure haben eine Riesenstory daraus gemacht: Aufsehenerregende Flucht eines Krebspatienten quer durch Deutschland – Schießerei auf dem Gelände der Firma Kunnart Pharma in Hamburg – Journalisten behaupten, Euthanasie-Skandal aufgedeckt zu haben …«

»Und dann brach das Chaos los«, sagte Matthias. »Eine regelrechte Panik brach aus. Schwerkranke Patienten versuchten, aus den Krankenhäusern zu fliehen; Angehörige stürmten die Krebsstationen, um ihre Verwandten herauszuholen. Es gab gewalttätige Auseinandersetzungen mit dem Krankenhauspersonal. Inzwischen gibt es landesweiten Aufruhr, und die Polizei überprüft die Arzneimittelbestände sämtlicher Kliniken.«

»Aber wir haben Glück«, sagte Britta. »Es sieht nämlich so aus, als ob die Spitzen von Politik und Verwaltung keine Ahnung hatten. Gegen Mittag hat der Bundeskanzler eine offizielle Stellungnahme herausgegeben – das übliche Blabla. *Wir sind alle sehr betroffen, werden der Sache unverzüglich nachgehen, bitten, Ruhe zu bewahren,* und so weiter. Ich kenne seinen Stil – der Mann hatte Angst; das war deutlich zu spüren. Stellen Sie sich vor, jemand in der Regierung weiß von der Sache oder wäre an den Aktivitäten beteiligt. Das würde ihn den Kopf kosten.«

»Seine Reaktion ist ein gutes Zeichen«, erklärte Matthias. »Würde die Regierung selbst in der Sache drinstecken, hätte man sie augenblicklich vertuscht. Stattdessen hat man in Berlin wohl begriffen, dass die Sache rücksichtslos aufgeklärt werden muss.«

»Aber wenn es wirklich ein Netzwerk von Einzelpersonen ist, werden sie niemals alle kriegen«, murmelte Volker.

»Nein.« Britta nickte. »Aber das braucht uns im Moment nicht zu kümmern. Jedenfalls ist der gegenwärtige Aufruhr eine Art Lebensversicherung für uns. Wir haben absichtlich dafür gesorgt, dass unsere Namen in den Artikeln genannt wurden – auch Ihrer, Volker. Das ganze Land weiß inzwischen, wer wir sind, und kennt unsere Geschichte. Falls unsere Gegner immer noch hinter uns her sind, haben sie jetzt mit ernsthaften Problemen zu rechnen. Das gilt übrigens auch für Professor Degus. Er ist natürlich in der allergrößten Gefahr, denn er war ein langjähriger Mitwisser und wird jetzt als Kronzeuge auftreten müssen.«

»Mein Gott ... und mir hat er das Leben gerettet!«, erinnerte sich Volker.

»Eben diese Tatsache wird zu seinen Gunsten ausschlagen«, sagte Matthias. »Und da er längst alles ausgesagt hat, was er wusste, wird es für die Verschwörer wohl kaum noch Sinn haben, ihn zu beseitigen. Im Moment befindet er sich in einem Zeugenschutzprogramm.«

»Und wir?«, fragte Volker.

Britta zuckte die Achseln. »Sie ermitteln noch wegen Hausfriedensbruch und wegen der zwei getöteten Killer, aber das wird sich schnell erledigt haben, wenn die Hintergründe aufgedeckt sind. Derzeit sind wir alle auf freiem Fuß – auch Sie, Volker.«

»Und von den Leuten hier in der Klinik haben Sie nichts zu befürchten«, schloss Matthias. »Es ist eine Privatklinik; hier liegen nur Selbstzahler – also nicht gerade Sozialleistungsempfänger. Daher gibt es hier keine Kontakte zu Kunnart Pharma und auch kein Axxidizyn. Die Polizisten draußen passen auf Sie auf, und die Ärzte sind sehr nett.«

Volker lachte bitter. »Ich bin also ›Privatpatient‹? Und wer bezahlt das?«

»Degus«, sagte Britta. »Er hat es ausdrücklich so gewollt – vielleicht, um an Ihnen wiedergutzumachen, was er jahrelang decken musste. Sie sehen also: Es ist hervorragend für sie gesorgt.«

Volker blieb einen Moment still liegen und ließ all diese unerwarteten Informationen auf sich wirken.

»Es tut mir leid, aber ich muss jetzt los.« Matthias erhob sich. »Ich habe nämlich noch ein Interview zu machen ...«

»Oh«, staunte Volker. »Mit wem denn?«

»Sie werden lachen: mit unserem Rastalocken-King. Als im Fernsehen die Meldung kam, dass die Firma Kunnart in die Affäre verwickelt ist und gestern Nacht eine Schießerei stattfand, hat der Junge in unserer Redaktion angerufen.« Er grinste. »Das wird eine Super-Geschichte: Ghetto-Kids als Helden. Ich hoffe, dass diese Jungs die längste Zeit auf der Straße herumgehangen haben. Vielleicht lässt die Zeitung genug Geld springen, damit sie eine echte Chance bekommen.«

Matthias packte seine Sachen und verabschiedete sich, und Volker blieb mit Britta allein.

Sie rückte ihren Stuhl näher an sein Bett und nahm seine Hand.

Volker seufzte.

»Wissen Sie, was? Als ich halbtot in diesem Labor lag und Sie mir erzählten, dass diese Jugendlichen gerade die Killer fertig machen – ich kann mir nicht helfen, aber da wurde mir richtig warm ums Herz. Ich dachte bloß noch: Wenn ich jetzt sterbe, nehme ich die Gewissheit mit, dass es ... noch nicht vorbei ist. Dass die Geschichte weitergeht. Dass mein Tod nicht umsonst ist.«

Britta sah ihn mit einer erstaunlichen Wärme an – ein seltsamer Blick ihrer grünen Augen zwischen den roten Stirnfransen.

»Sie werden nicht sterben«, sagte sie sanft.

»Nicht jetzt vielleicht«, sagte Volker und wandte den Kopf zur Wand. »Aber vergessen Sie nicht, dass ich immer noch Krebs habe ... bei all der Aufregung hatte ich es selbst schon beinahe vergessen. Ich hoffe nur, dass ich noch lange genug lebe, um als Zeuge aussagen zu können.«

Britta blickte ihm ernst ins Gesicht.

»Ich verstehe nichts von Medizin«, sagte sie. »Aber vielleicht, wenn Sie wirklich weiterleben wollen und ganz fest daran glauben ...«

»Sagen Sie: *hiiiii.*«

Der Arzt, ein junger Mann mit verfrühter Halbglatze und Nickelbrille, schob das Endoskop langsam in seinen Rachen hinab.

»*Hiiii*«, summte Volker gehorsam.

Der Arzt runzelte die Stirn, verschob das Instrument von der linken Seite zur rechten.

»Noch mal bitte.«

»*Hiiiii.*«

»Danke.«

Der metallene Stab wurde zurückgezogen und verschwand. Volker öffnete die Augen und sah, wie der Arzt das Instrument beiseitelegte, auf seinem Drehstuhl zur Computerkonsole hinüberrollte und noch einmal die Röntgenaufnahmen abrief. Er starrte aufmerksam auf den Bildschirm; seine Augen glitten forschend hin und her. Dann schüttelte er den Kopf.

»Erstaunlich.«

Er schaltete das Programm ab und wandte sich Volker zu.

»Tja, Herr Kühn ... Sie hatten ein Kehlkopfkarzinom im Frühstadium, sagen Sie?«

Volker nickte.

Der Arzt zuckte die Achseln. »Also, Ihre Stimmlippen sind sauber, und auch die Röntgenaufnahmen sind vollkommen klar. Ich kann nichts erkennen.«

»*Was*?«, fragte Volker fassungslos. »Aber vor wenigen Wochen war da doch noch …«

Der Arzt schüttelte den Kopf. »Jetzt jedenfalls nicht mehr. Offenbar sind Sie auf dem Weg der Genesung, Herr Kühn.« Er nahm seine Brille ab und rieb sich den Nasenrücken. »Ihr Krebs ist verschwunden.«

»Wie ist das möglich?«, flüsterte Volker.

»Tja …« Der Arzt setzte seine Brille wieder auf, lehnte sich zurück und verschränkte die Arme vor der Brust. »Gute Frage … Wir nennen so etwas ›Spontanremission‹. Das kommt bei Tumoren gelegentlich vor; die Chance ist allerdings nicht viel größer als auf einen Sechser im Lotto. Einige Dutzend solcher Fälle sind inzwischen dokumentiert. Bislang hat die Medizin keine Erklärung für dieses seltene Phänomen.«

»Spontanremission? Was heißt das?«

»Der Krebs bildet sich von selbst zurück, ohne medizinischen Eingriff. Wie das funktioniert, wissen wir nicht, aber vieles deutet darauf hin, dass sogenannte immunbiologische Prozesse eine Rolle spielen. Ein Krebsgeschwür entwickelt sich erst dann, wenn die Abwehr geschwächt ist und nicht mehr gegen das Wachstum des Tumors ankommt – zum Beispiel unter Stress, im höheren Lebensalter oder bei Vorschädigung des betreffenden Organs. Die kranken Zellen beginnen sich zu vermehren und unkontrolliert zu wuchern; so entsteht ein Karzinom. In einigen Fällen aber kommt es vor, dass das Immunsystem plötzlich von irgendwoher einen Schubs kriegt, auf Hochtouren schaltet und Unmengen von Killerzellen aktiviert, die den Tumor zerstören. Warum so etwas geschieht, ist nicht bekannt; manches deutet aber darauf hin, dass seelische Faktoren eine Rolle spielen.

Patienten erleben etwas, das ihren Lebenswillen plötzlich wieder wachruft, der Impuls überträgt sich auf den Körper und aktiviert die Immunabwehr. Haben Sie in letzter Zeit ein solches Erlebnis gehabt?«

Volker blickte zu Boden.

»Ja«, sagte er nachdenklich. »Als ich erfuhr, dass ich Krebs habe, hatte ich mich bereits aufgegeben. Aber dann, vor kurzem, passierte etwas ... Jedenfalls...«

Der Arzt nickte ermunternd. »Ja?«

»... habe ich plötzlich alles getan, um mein Leben zu retten und mich aus einer bedrohlichen Situation zu befreien.«

Der Arzt nickte wiederum. »Das könnte der Grund gewesen sein.« Er griff nach dem Befundbogen, zückte seinen Kugelschreiber und schrieb einen Vermerk. »Was auch immer es war, Sie sind offensichtlich auf dem Weg der Genesung. Kommen Sie zur Sicherheit regelmäßig wieder, wir werden die Sache im Auge behalten.« Er erhob sich. »Tja ... Herzlichen Glückwunsch, Herr Kühn!«

Er gab Volker die Hand, nickte anerkennend und hielt ihm die Tür auf.

Volker ging hinaus, halb träumend, halb schwebend, ohne recht zu begreifen, was geschehen war.

Draußen wartete Britta auf ihn: Sie stand an der Rezeption auf dem Gang, ein leuchtend roter Tupfer in all dem Weiß. Sie sah ihn kommen, stutzte, bemerkte die Veränderung in seinem Blick. Unwillkürlich griff sie nach seiner Hand und sah ihn fragend an.

»Volker! Was ist los?«

»Ich erklär's dir draußen«, sagte Volker und blickte in ihre grünen Augen.